JN228298

# 死念山葬

しねんさんそう

朝倉宏景

東京創元社

# 目次

第1部　鬼哭啾啾……5
第2部　幽愁暗恨……179
エピローグ　三位一体……265

# 死念山葬

# 第1部　鬼哭啾啾

## 1

これから殺す相手の言動に対して、絶対にリアクションを返してはならない。

それが、この仕事における何よりも大切なルールなのだと、最初に浅木(あさぎ)は言った。

僕は嫌々浅木の仕事を手伝いながらも、その「何よりも大切なルール」だけは忠実に守っていた。

なんとなく、破ってはいけないような、不吉な予感めいたものが心の奥底に居座りつづけていたからだ。


「どうか……、どうかお願いします。命だけは……」

黒いビニール袋を頭からかぶせられた男が、情けなくすすり泣いている。懇願(こんがん)するその声は腹の底から震え、恐怖によって奥歯ですりつぶされ、まるで言葉そのものに後悔の血へドがにじみ、しみこんでいるかのような印象を与えた。

「なんでもします。本ッ当になんでもしますから……！」

「本」と「当」のあいだに、切実な空白と感情をこめて、男がなおも訴える。

「子どもがまだ小さいんです。お願いします」

男の恐慌が、じわりと車内の温度と湿度を上昇させた気がした。ハンドルを握る僕の手に汗がにじむ。たまらず左手を伸ばして、エアコンの温度を下げた。

そのあいだにも、ちらちらとバックミラーで後部座席を確認する。

男の表情は、袋にさえぎられ、うかがい知れない。荒い呼吸のせいで、口や鼻のあたりのビニールが激しくふくらんだり、顔にへばりついたりを繰り返している。手首と足首を結束バンドで縛られた男は、ときおりもぞもぞとむなしい脱出を試みようとする。

男のとなりに座り、黙って前を見すえるのは浅木だ。腕を組み、どっかりと上半身をシートにあずけ、男の訴えを黙殺しつづける。

後部座席の二人は、律儀にシートベルトを締めている。

バックミラーに映るその光景が、どうしようもなく滑稽に映った。男は黒い袋をかぶせられ、手足を縛られ、そのうえシートベルトで上からおさえつけられている。浅木も、しっかりと法を守り、シートベルトを毎回きちんと着用する。

ラジオからは、神宮球場のナイター中継――「打った！　大きい！　大きい！　入った！」アナウンサーの叫び声と、観客の歓声がカーステレオのスピーカーを震わせた。

笑ってしまうようなたぐいの滑稽じゃない。日常のなかに、するりと非日常が入りこんでくるような、背筋が自然と伸びるような、そんな違和感がぬぐいきれない。

僕は浅木にバレないようにため息をついた。きっと、何度人殺しの場面に立ち会ったとしても、慣れることはないんだろう。

未舗装の山道を走るファミリータイプのワゴンの揺れが、しだいに大きくなっていく。タイヤが砂利を踏みしめる音が響く。

「ここ、どこですかっ！」

人生の終着点が近づいてきていることを悟ったのだろう。男が急に暴れはじめた。とはいえ、後ろ手に縛られ、シートベルトを締められているので、脱出は到底かなわない。

僕は「別荘」の前に車をつけた。

「あぁー、野球、いいところだったのに」浅木がつぶやきながら、スライド式のドアを開けた。まだ名残惜しそうに中継に耳を傾けている。

「エンジン、切っていいですか？」

「まあ、勝ってるからいいわ」

贔屓（ひいき）のチームが大量リードしているので、機嫌がいいらしい。エンジンをとめると、アナウンサーの声と野球場の喧噪が消滅して、周囲の緑の葉擦れの音だけが耳についた。ハンドルの横のつまみをひねり、ヘッドライトを切る。

強烈な白い光の帯がすぅっと消えて、あたりが闇に包まれた。

死ぬって、こういうことかもしれないと、僕はふと考える。

僕は浅木とともに、男を降ろしにかかった。

「えっ、えっ、やだ、いやだ！」

男が抵抗を試みる。強引にシャツの襟や腕、足を二人がかりでつかみ、ほとんど引きずるようにして男を「別荘」に運びこむ。

「助けて！　誰か！　誰かいませんか！」

男の悲鳴が森にこだました。

きっと、これがドラマや映画のワンシーンなら、「どんなに叫んでも、助けはこないぞ」と、浅木がもったいぶったセリフを吐くのだろう。だが、僕らは何も言わない。

これから殺す男の言葉には、決して返答してはならない。ただ、淡々と命の炎を消すだけだ。男を椅子に座らせる。僕はテーブルの上にあったロープで、男の体を背もたれにきつく縛りつけた。浅木は、もう一本のロープを自身の手のひらと甲にぐるぐると巻きつける。左右の手のあいだに余らせたロープをピンと張った。

男の呼吸が一段と荒くなる。黒いビニールが完全に顔に貼りついて、くっきりと鼻と口の形が浮かび上がった。

「さっ、最後に！　ポケットのタバコを……。タバコだけでも、一本。お願いします！」

僕は一瞬、浅木を見た。浅木はやはり何も言わない。何も答えない。

「タバコだけでも……！」

浅木が、男の背後に立つ。ロープを首の前側にゆっくりとかける。僕は息をのむ。

「お前ら！　絶対、呪ってやる！　絶対に許さないからな！」

くぐもった絶叫が鼓膜を揺すった。耳をふさぎたい。

「許さない、許さねぇぞ！」

でも、「耳をふさぐ」という行為も、浅木いわく男の言動に対する「リアクション」にほかならない。だから、何も聞いていないふりをよそおう。浅木の持つロープが男の首の皮膚に食いこんでいく様を、暗がりのなかでじっと見つめる。

「ぐぎ……」

声にならない声がもれた。

「ぎぎぎ……」

縛られた男の両足が何度も床を激しく打ちつける。顔の凹凸（おうとつ）が浮かび上がった黒い袋が、小刻みに震える。僕はそっと目をそらした。

「ぎぃ」

あまりの苦しみに耐えようと、懸命に歯を食いしばっているのだろう。この前、首を絞められた男は差し歯が何本か折れていた。

やがて、男はぐったりと動かなくなった。そのあとも、しばらくのあいだ浅木は力を緩めなかった。

こめかみに血管の浮いた浅木が、ようやくロープをはずす。男の首元と、ロープをぐるぐる巻きにしていた浅木の手には、縄のあとが赤黒くくっきりと残っていた。

「ちゃっちゃと終わらせるぞ」

浅木が男の顔の袋をはぎ取った。

もっとも嫌な瞬間だ。浅木が所有するスマホのカメラを起動した僕は、目を細め、わざと視界の焦点をぼかしながら画面を見た。

浅木が男の髪の毛をつかみ、頭を持ち上げる。力なくうなだれていた男の顔が、正面を向いた。

間違いなく殺した、という証明がいるらしい。男の運転免許証も、すでに写真におさめている。人違いで殺人をしないように、きちんと念入りに対象を確認しているのだ。身元がわかる物は、あとですべて燃やす。

とくに、とりたてて特徴のない、中年男だった。

僕はこの男が何者なのかも、殺されるべき何をしたのかも知らないし、知りたくもない。僕はただの手伝いだ。

「え……」思わず声がもれた。

顔認識システムが、死んだ男の、赤黒く鬱血した顔を四角く覆っている。

そのすぐ近くの空中に、もう一つ、顔検出の枠が浮かび上がった。男の周りをふわふわと動きまわる。

男の頭をつかむ浅木の顔は、画面に入っていない。死んだ男以外、画面には誰も映っていない。それなのに、もう一つの枠が消えない。生首が浮かんでいるみたいに、あっちこっちをさまよっている。

「おい、どうした?」いらついた浅木の声が響く。「早くしろよ」

「すみません……」シャッターのボタンを数回押した。そのまま、ろくに画像も確認せずスマホのロックをかける。

撮影が済むと、浅木がふたたび袋を男の顔にかぶせた。

「穴掘る前に、ちょっと休憩するか」

「はい……」

浅木が埃の積もった棚からウイスキーを手に取った。瓶から直接茶色い液体をあおり、リビングのソファーに腰かける。僕はテーブルの横の椅子に座った。月光が窓からうっすらと射しこみ、その淡い光のなかを埃の粒が漂っている。

ここは、長野県にある別荘地なのだが、開発途中でリーマンショックが起こり、建設が頓挫したという。たった一軒の別荘が建てられただけで、業者は引き上げた。山の中腹を切り開いた広大な更地は、徐々に緑に侵食されつつある。

浅木が仕事に使うこの「別荘」は、手入れも掃除もろくにされないので、荒れ放題だ。浅木や組織が所有している土地や建物なのか、それとも勝手に使っているだけなのかも僕は知らない。

「しかし、ガクは肝が据わってるな」

浅木は僕のことを「ガク」と呼んだ。本当の名前は「日置学」で「まなぶ」と読むのだが、そっちのほうが言いやすいのだろう。実際、僕の周囲でもそう呼ぶ人は多い。

「いや、まともには見られませんよ、正直」いまだに汗ばんでいる手を服でごしごしとぬぐう。震えそうになる声を、懸命に低く、平板に保った。

「最初はひどかったもんな。たしか、一人目のときは吐いちゃったんだよな」

「当たり前ですよ。目の前で殺人が平然と行われるんですよ。無理に決まってるじゃないですか」

「でも、歳のわりには堂々としてるよ、ガクは。あいつが、タバコくれだの、許さねぇだの、呪ってやるだのわめいているのを聞いても、動じないだろ、お前。ふつうの人間なら、何かぽろっと言っちゃうんだよ。ごめんなさいとか、俺は関係ないから許してくれとかさ」

「だって、浅木さんが言ったんじゃないですか。何もリアクションするなって。でも、タバコの一本くらいよかったんじゃないですか？」

「ダメだよ」浅木が首を横に振った。「答えたら、ダメなんだ」

「まあ、情がわいちゃいますもんね」

「それだけじゃない」

「はい……?」

浅木の目が細くすぼめられた。

「結局な、つけいられるんだ。優しくすると」

「つけいられる……?」

「ちょっとでも優しくすると、死んだあと、つけいられる。許さない、呪ってやるって言われて、ごめんなさいって答えるのも、まずい。やっぱり、つけいられる」

「えぇっと……、それは、どういう……」

扉が開け放たれたとなりの部屋をちらっと見る。

死んだ男が、黒い袋をかぶせられたまま、椅子の上でだらんとうなだれている。さっきまでじたばたとあがき、呪詛(じゅそ)の言葉を吐いていた人間が、今はもうぴくりとも動かない。その事実が、信じられない。

ふわふわとさまよっていた顔認識の枠は、強制的に肉体から引きはがされた男の魂をとらえていたんだろうか。その魂が、どこかに「つけいる」隙を探している。あまりの無念であの世にも行けない、体にも戻れない。だったら、殺した人間にくっついて……。

鳥肌が立った。こんな異常な状況に僕を無理やり引きこんだ浅木が心底許せなかった。もし、今ここで浅木を殺せるなら……。そんな心の動きを見透かしたように、浅木が上半身を前傾させて鋭く僕を見つめた。

「ま、とにかく、その調子でつづけてくれってことだ。あと三人だ。約束は守るから心配ない」

死んだあと、つけいられる——その言葉の意味を説明する気はないのか、浅木がソファーから立ち上がる。これから、いちばんの大仕事が待っている。

僕らは「別荘」を出て、車から軍手やシャベル、懐中電灯を取り出した。荷物が多いので、死体はあとで運ぶ。山中に分け入り、地中深く掘れそうな場所を探して、シャベルを突き刺した。コツは木の根をさけることだ。

いったい、この山にはどれだけ多くの死体が埋まっているのだろう……？　僕はその想像を無理やり打ち消して墓穴掘りに集中した。からみつくような湿度が不快で、全身がすぐに汗にまみれた。

「そういえば、ガクのおばあちゃんの話、たしかめてみたか？」額に浮かんだ汗をシャツの袖でぬぐいながら、浅木がたずねてきた。

「ばあちゃんの出身地に、地元の人間が誰も寄りつかない山があるって話ですか？」

「そう。つい最近まで土葬文化が残っていた集落。死体をそのまま座棺に入れて、直接山に埋める村。基本的に葬式と墓参り以外では、村人もそこに足を踏み入れない。ましてや、今は火葬が主流になって、その土葬の山には誰も寄りつかない。おまけに幽霊が出るって噂で、山に入ったら最後、戻ってこられないっていう都市伝説まで生まれた、魔の山」

しばらく無言で穴を掘った。

ザッザッザッ。

シャベルの音が響く。遠くで、フクロウらしき鳥が鳴いている。

誰かに見られている気がして、僕はとっさに振り返った。地面に置いた懐中電灯が、頼りない光を投げかけている。さらに向こうの闇に、奥の奥のほうまで木々が立ち並んでいるのがうっすら見えただけだった。

浅木の考えていることは、手に取るようにわかる。べつに怪談話をして僕を怖がらせたいわけじゃない。安全に死体を処理できる、新たな場所を探しているだけだ。人が寄りつかない山奥なら、見つかるリスクも少ない。しかも、土葬の山なら白骨が出てもあやしまれたり、調べられたりする可能性が低いのでは……。

殺すのは簡単だが、死体遺棄は一筋縄ではいかない。それは、浅木の「仕事」を間近で数回見ていたからよくわかる。日本の国土の大部分は山林で、いくらでも埋める場所は見つかりそうなものだが、事はそう簡単にいかない。よそ者のナンバーの、見知らぬ車がうろちょろしているだけで、田舎では目立ってしまいかねない。そもそも、死体が重いので、車を停めた車道や山道から、そうそう山深くまでは分け入っていくことができない。地盤や土質も重要で、いざ掘ろうとしたら硬くて歯がたたないということもある。深く埋めなければ、獣にあばかれて、死体が露見してしまうおそれもある。

バラバラにするとか、溶かすとか、僕には絶対に無理だし、さすがの浅木もできれば面倒はさけたいと思っているのだろう。殺した相手が一人か二人なら、覚悟を決めてそういう大仕事もできるのかもしれないが、浅木はきっと数えきれない人間を「仕事」で葬っている。もっとも手間がかからず、かつ露見するリスクが低い方法は、誰もいない、誰も来ない山に、そのまま深く埋めることだ。

「ばあちゃんに山のことくわしく聞いたら、一喝されましたよ」僕は手を休めずに答えた。「あそこだけは、いかん。絶対に、いかんって」

僕はとくに幽霊や怪談のたぐいを、信じているわけでも、信じていないわけでもない。ただ自分では経験したことがないから、あっても、なくてもおかしくないと思っているだけだ。

でも、年長者の「いかん」という言葉は不思議と説得力がある。世の中には、理由ははっきりしなくともタブーとされていることがたくさんあるらしい。

「実はさ、裏社会でこんな噂が存在するのを、お前のおばあちゃんの山の話を聞いて思い出したんだ」

浅木が穴を掘りながら言った。

「とある山を所有して、管理してる神社が、不法に死体を受け入れてるっていう話だ」

「受け入れてる?」

僕は思わず手をとめる。

「そう。五十万とか百万とか、それ相応の金額を払えば、その管理してる山に死体を遺棄することを黙認してくれるっていう噂。しかも、その山は幽霊や祟りが噂される曰くつきの山で誰も寄りつこうとしない。裏社会御用達の死体遺棄の山」

「それも都市伝説ですか?」

「俺もそう思ってたんだけどなぁ。ガクのおばあちゃんの地元の地域と、裏社会の噂の地域がほぼ同じなんだ。しかも、都市伝説の細部やキーワードも重なる部分が多い。土葬とか幽霊とか」

「ありえないでしょう」僕はつとめて冷静をよそおって答える。「その噂が本当なら、誰も人が来ないことを利用して、山の所有者の神主が裏で金儲けをしてるってことですよね?」

「そういうことになるな」浅木が腰を伸ばす。「でも、ここだっていつ再開発が入るかわからない。あんまり多くの死体を埋めるわけにはいかないからな。たまにニュースであるだろ。工事してたら、人骨が出てきたって」

中部地方のとある県にある山奥の集落が、ばあちゃんの出身地だ。すでに地元との縁は切れているらしく、実家の家族、親戚も絶えている。祖母の両親らが眠る墓所——それが土葬の墓なのか僕は知らないが、そこに帰省してお参りすることもない。

　ばあちゃんが、たしか言っていた。その集落の周辺には、寺が一軒もない。明治時代に起こった廃仏毀釈とやらで、寺や仏像がことごとく破壊しつくされ、その後も復活はかなわなかったという。それ以来、集落の冠婚葬祭はすべて神社が取り仕切っているという。

　まさかな……。僕は一つ身震いをして、土に突き刺したシャベルに靴の踵を強く落とした。

　ようやく、深い穴が掘れた。道具をその場に置いたままふたたび別荘に戻り、死体をとりにいく。

「あれっ……」さすがの浅木もぎょっとした様子で立ち止まった。

　椅子の上にいたはずの死んだ男が、床に倒れていた。窓から射す月光が、その姿をぼんやりと照らしている。

　バランスを失って、椅子から転げ落ちたのだろう——そういうもっともらしい理屈が通用しないほど、男の遺体は椅子から距離が離れている。だいたい二メートルくらいだろうか。まるで出口に向かって芋虫のように這い進み、途中で力尽きたかのような体勢で、手足を縛られた男は顔に袋をかぶせられたまま硬直している。

　思わず浅木と目を見合わせてしまう。

「背もたれに体を縛りつけてたはずだろ？」

「いや、ロープは僕がここを出るときにほどきました」

「じゃあ、勢いよく倒れこんだんだろ」

「だったら、椅子も倒れませんか？　遺体が勢いよくその場にくずおれて、椅子だけ倒れずにそのままスライドしてって……、おかしくないですか？　だいたい、頭が重くなって落ちるんなら、椅子の横に倒れると思うんですけど……」

しゃがみこんだ浅木が、そっと男の首元に手を添えた。黙って首を横に振る。脈はないということだろう。

外で強い風が吹いて、すぐ背後の山の木々が揺れた。

嫌だ、怖い、逃げたい。恐怖で足がすくみ、震えている。でも、懸命に強がって、なんでもないように振る舞っているのは、浅木が目の前にいるからだ。この男には、絶対に弱みを見せたくない。死んでも弱音を吐いてたまるかという思いで、この場に踏ん張って、耐えている。

「考えてもしかたのないことは、この世界に山ほどある」浅木がゆっくりと立ち上がった。

「考えてもしかたがないなら、考えない。ただ、それだけのことだ」

運ぶぞ。そう僕に声をかけて、浅木が男の上半身を起こしにかかる。

そうだ。考えてもしかたのないことは、この世界に山ほどある。

人はそれを不条理、不合理、理不尽と言って体よく片付け、強引に自分を納得させる。

僕は理不尽が支配するこの世界の裏側を、二十歳にして嫌というほど思い知ったのだ。

僕とばあちゃんが、この浅木という男に翻弄され、いいように使われているのも、まさに「考えてもしかたのないこと」――不条理、理不尽の極みなのだから。

僕は祖母と二人暮らしだ。父親はエジプトのカイロに長期赴任中で、母親も一緒についていった。僕も同行するかどうか迷ったのだが、赴任が決まったときはまだ高校生で大学受験を控えていたことと、エジプトの治安や国内情勢が不安定ということで、日本に残り、父方の祖母の家に身を寄せた。

祖父は三年前に亡くなっていた。一人暮らしだった祖母は、僕を心から歓迎してくれた。家があるのは東京郊外の立川(たちかわ)市で、それなりに広い敷地を有していた。季節ごとに造園業者を入れるような庭と、その庭をのぞむ縁側が自慢だ。しかも、トイレや風呂などの水回りは最近バリアフリーをふくめたリフォームをしたらしく、ピカピカだ。

祖母一人では、持て余すほどの家だった。大学に受かった僕は、生まれ育った実家のマンションよりも広く、快適な一軒家で、最後のモラトリアムである気ままな大学生活を楽しんでいた。

浅木が目の前にあらわれるまでは。

半年前の、真冬の夕方、僕は大学から帰宅した。鍵を取り出し、シリンダーに差しこんだのだが、錠は開いていた。どうせ、ばあちゃんが締め忘れたのだろう。僕はとくに不審に思うことなく家のなかに入った。

すぐに異変に気がついた。

んー、んー!

声にならない叫び声が、廊下の奥からもれ聞こえてくる。まぎれもなく、ばあちゃんの声だ。僕は靴を脱ぎ、あわてて声のする方向へ走った。その途端、和室から黒い影が躍り出てきた。侵入者が振り上げたバールが鈍く光るのを、目の端でとらえた。僕は反射的に身をかがめて、相手の男にタックルした。

もんどり打って、見知らぬ男とともに畳の上に倒れこむ。そこからは無我夢中だった。暴れる男の上に馬乗りになって、何度も相手の顔面を殴打した。男は目出し帽と呼ばれる、目と口だけが露出したニット製のかぶり物をしていた。

そのあいだにも、奥からばあちゃんとおぼしき、くぐもった声が聞こえてくる。大丈夫だ、生きている。きっと口をふさがれ、手足を縛られているのだろう。しかし、重傷を負っている可能性もある。侵入者が一人ともかぎらない。

気がつくと、目の前に男がぐったりと横たわっていた。僕の手には、男が落としたバールが握られていた。目出し帽の頭の部分がじっとりと濡れ、畳にも赤い血がしみていた。殺してしまったかと一瞬焦ったものの、意識のない男はときおり苦しそうにうめいている。

とっさに立ち上がり、近くの戸棚にあった荷造り用のビニール紐を取り出した。震える手で、乱暴に男の手足を縛り上げた。絶対にほどけないように、きつく、きつく、何重にも交差させて。

何度も転びそうになりながら、和室を出る。靴下がつるつると廊下をすべり、つんのめりながらリビングに飛びこんだ。

ばあちゃんが床に倒れていた。口の部分がガムテープでふさがれている。あわてて剝ぎ取った。

「大丈夫？　怪我は……！」

涙目のばあちゃんが、首を横に振った。

「強盗は一人だった？」

今度は、しきりにうなずく。ショックで声が出ないらしい。手足もテープでぐるぐる巻きにされている。

石油ストーブの上のヤカンが、盛んに湯気を吐き出していた。ばあちゃんの服は汗でぐっしょりと濡れている。僕はストーブの火をとめた。

「ちょっと待っててね。すぐに警察に……」

僕はスマホをポケットから取り出した。

その途端、いつもよりやけに間延びした余韻を残して、家のチャイムが鳴り響いた。恐怖で色を失ったばあちゃんと僕は、思わず目と目を見合わせる。

わざわざたずねないでも、互いに考えていることはわかった。

仲間が、来たのだ。

しかし、玄関の鍵は開いているはずだ。僕は記憶を反芻(はんすう)する。玄関に入った直後、ばあちゃんのうめき声が聞こえて、すぐに靴を脱いだ。男の仲間が助けに来たなら、チャイムなど鳴らさず、問答無用で押し入っているはずだ。

おそるおそるインターホンの画面を確認した。スーツ姿の、中年の男が立っていた。僕は通話ボタンを押した。心臓がありえないほど速いスピードで鼓動を刻んでいる。

「警察です」

スーツの男が言った。

「近所の方から、もみあったり、暴れたりするような物音や声が聞こえると通報がありました。家のなかを確認致します。一度、出てきてください」

男の落ち着いた声音に、僕は安堵のため息を吐き出した。ばあちゃんに「もう大丈夫」と、声をかけて、玄関に急ぐ。

スーツの中年男は、一人だった。僕を安心させるためなのか、日に焼けた顔にくしゃっと笑みを浮かべ、うなずきかけてくる。その瞬間、僕の頭に様々な疑念が駆けめぐった。

通報があったとして、いち早く駆けつけて来るのは、制服警官じゃないのか。いや、たまたま近くを巡回していた機動捜査隊が派遣されたのだろう。でも、そういう隊員ってペアで動くんじゃないだろうか？　一人はおかしくないか？　そもそも警察にとって、僕こそが侵入犯である可能性も捨てきれないはずだ。それなのに、簡単に警戒をといて、笑みさえ浮かべている。

映画やドラマで得た警察の知識を脳内でフル稼働させて、僕はようやく言葉をひねり出した。

「すみません、念のため警察手帳を……」

「ああ、失礼しました」

男がジャケットの内ポケットに手を入れた。僕は男の顔から視線を切って、その手元に目を落とした。

男がゆっくりと右手を出す。

その手のなかには何もなかった。

「え……？」

男の握られた拳（こぶし）が、そのまま僕めがけて飛んでくる。

脳みそが揺れた。顎を正確に打ち抜かれ、たまらず三和土（たたき）に尻もちをつく。

直後、しびれるような、強烈な電撃が全身を貫いた。

スタンガンだと気づいたときには、意識を失っていた。

目を覚ます。体が動かない。手足の自由がきかない。暴れようとしても、体がむなしくフローリングの床をすべるばかりだった。

「あっ、起きた？」

のんきな声がした。

「意外と早かったね。日置ガク君」

顔を上げると、スーツの男は僕の運転免許証を手にしていた。ガクではなくマナブだという指摘は、この場では無意味だし、そもそもガムテープで口をふさがれているので声を発することができない。言葉にならない叫び声しか出せない。

「さて、困ったことになりました。どうしましょう」スーツの男はソファーにふんぞり返り、足を鷹揚（おうよう）に組んでいる。

僕は床に転がされたまま、首をもたげて周囲の状況を確認した。僕と同じように、二人の人間が体を拘束され、床に寝そべっていた。

一人は言うまでもなく、ばあちゃん。もう一人は、目出し帽の男だった。僕が縛ったビニール紐がいまだに彼の体にまとわりついている。スーツの男が、和室からこのリビングまで目出し帽の男を運んできたらしい。

それにしても、おかしくないか……？　スーツの男は、目出し帽を助けに来たのだと思っていたのに、なんで縛ったままなんだ。

「頼みますよ、アサギさん。頭が割れそうに痛いんです。早く紐を切ってください」目出し帽が情けない声を発した。顔は見えないが、おそらくかなり若い。

アサギと呼ばれた男が、ふらっと立ち上がり、目出し帽に歩み寄る。そして、突然相手の腹を蹴り飛ばした。ぐふぅと、苦しそうなうなり声がもれる。

「そういうところだよ、君。なんで二人の前で、アサギだなんて名前出しちゃうの。考えなしにも程があるよ、本当に。まあ、偽名だからいいけど」

　この男が、のちに「お世話」になる浅木だった。だいたい四十代半ばくらいだろうか。イケメン、というよりは、ハンサムと表現したくなるような濃い顔立ちで、昭和の映画の主役をつとめてもおかしくないような風貌だ。側頭部と後頭部を刈り上げ、頭頂部は長く伸ばした髪を後ろで縛る、特徴的な髪型をしている。

　こんなチャラい髪型の刑事が、そうそういるはずない。本当に僕は馬鹿だった。悔やんでも、悔やみきれなかった。

「まったく、なんのためのアポ電強盗なの。おばあちゃん一人かどうかをたしかめるためのアポ電でしょうが。なんで、同居してる孫が帰ってくるの。確認が甘いんだよ」

　浅木の愚痴はとまらない。リビングに転がる僕らのあいだを、腕を組みながらぐるぐると歩きまわる。

「一人でやれるっていうから、気持ちよく送り出したのに。素人（しろうと）のガキ一人にのされちゃって。呆れ果てて言葉が出ない」

　言葉が出ないというわりに、それからしばらく浅木の呪詛はつづいた。

「ん－！　しきりにばあちゃんが、口の奥でわめいている。それに気がついた浅木が、ばあちゃんの脇にしゃがみこんだ。

「何か言いたいことあります？」

　ばあちゃんがうなずく。

「騒いだら殺しますけど、いいですか？」

　フローリングに接している側頭部がごりごりと音をたてるほど、ふたたび力強くばあちゃんがうなずく。浅木が口に貼られたテープを剝がした。

　ばあちゃんは、汗と涙でぐちゃぐちゃになった顔をゆがませながら、それでも冷静な声で訴えた。

「金目の物は、持っていっていい。そのまま出ていってくれたら、絶対に通報しない。だから……」

「だから、信じてくれ……っていうことですか？　ちょっとそれは要検討です」浅木が今度は僕のかたわらに近づいてきた。「君の主張はどうですか？」

　今度は、「騒ぐな」という脅しもなく、テープを剝がしてくれる。僕はむさぼるように口から空気を吸いこんだ。途端にむせてしまう。

　焦るな。殺すつもりなら、とっくに殺している。

　それでも、恐怖で下腹部が緩み、おしっこがもれそうになる。たぶん、「信じてくれ」と言っても、信じてくれるはずがない。何を言うのが正解なのか……。

「ちょっと、お聞きしたいんですけど……」僕は話の方向を意図的に変えた。助かりたい一心で、しどろもどろになりながらも必死に頭に浮かんだ疑問をならべたてた。「アポ電強盗の実行犯って、使い捨ての、どうでもいい人間がやらされるってテレビで言ってました。闇バイトで雇ったような、縁もゆかりもない人間なら、べつに警察に捕まってもいいんじゃないですか？　アサギさん……と、お呼びしていいかわからないですけど、どうしてあなたはここまでやって来たんですか？　危険をおかして家に上がったわりに、そいつを助ける感じもしないし」

「質問が多いね」

「す、すみません」

「でも、いいところをついている、と思う。俺は迷ってるんだ。気絶したガク君を縛ったうえで、こいつを連れてすぐ逃げることも考えたんだけど、俺、顔隠すもの何も持ってなかったし、そもそも表に出てくる予定じゃなかったし。馬鹿のせいで自分まで捕まりたくないじゃん？　おばあちゃんに聞いたら、まだ通報してないっていうから、最善策を考えようと思って」

浅木が説明をつづけた。

目出し帽の男は、アポ電強盗を取り仕切るグループの中枢の幹部の本名や素性を知っているらしい。借金で首がまわらなくなり、もともと学生時代から知り合いだった幹部に頼みこみ、仕事をもらったのだ。だから、もし警察に捕まってぺらぺらしゃべられると、グループの本丸にまで捜査が迫る可能性があり、大変困るのだという。

「俺は何もしゃべりませんって！　だいたい、さっさとこいつら殺せば、すぐに仕事は片付くじゃないですか」目出し帽が必死に訴える。

「うん、今のところのプランAは、申し訳ないけど、おばあちゃんとお孫さんを殺す」

やめてください！　お願いします！　無様な命乞いの言葉を、ようやくの思いで喉の奥におさえこむ。浅木は「迷ってる」と言った。変に刺激して生存率を下げたくなかった。

それでも、絶望の重力が全身を重たくした。僕もエジプトに行っていればよかった。エジプトのほうがよっぽど安全だったかもしれない。

「でも、あんまり気が進まないんだよねぇ」もったいぶった様子で、浅木が大きくため息をついた。「おばあちゃん一人だったらその道を選んでいただろうけど、二人殺すとなると話は別だ。死体をそのままにして逃げるか、それともどこかで処理するか。いずれにせよ、君が失敗した時点ですでにリスクは跳ね上がってる。誰かに見られてたり、聞かれてたりしたら……」

「だから、早く殺しちゃいましょうって！」

「だいたい君、人を殺したことあるの？　ないでしょ？　ヤるのは俺なんだよ。気安く殺すとか言わないでくれるかな！」

浅木に一喝され、目出し帽が黙りこむ。

「そこで、プランBだ。日置ガク君」

急に名前を呼ばれ、僕はふたたび首を持ち上げた。

「ガク君さぁ、こいつを殺してみない？」

「は……？」僕と目出し帽の男が、同時に素っ頓狂な声をあげた。

「我ながら、この混沌とした場を解決するいい考えだと思うんだよね」浅木がゆっくりとふたたびソファーに腰かける。「役立たずは、いらない。死人に口なし。死んでくれたら、警察にしゃべる口もなくなるし。そもそも、祖母と孫が同時に家からいなくなるよりも、借金まみれの男が一人消えるほうが、不自然さはない。捜索願がどこかから出されたとしても、警察の捜査の力の入れ具合も断然違う」

「いやいや、冗談でしょ、勘弁してくださいよ」

「俺ね、逃亡時の運転手役として今日雇われて来たわけだけど、初仕事の君のお目付役でもあったんだよ。何か粗相や失敗があったら、殺していいって言われてるから。君は入団テスト不合格。著しく能力に欠ける」

「いや……、そんな……」目出し帽の男が、焦りに染まった、情けない声で懇願をはじめた。

「待ってくださいって。次はちゃんとやりますから」

「強盗に押し入る寸前になって、こいつがビビって、尻込みし、逃げだしそうになった。だから、殺した。そういうストーリーでいきたいと思います」

「待ってくださいって！　そんなのあんまりじゃないですかっ……！」

目出し帽の男が、床の上で顔を横に振り、懸命に訴える。その言葉を完全に無視して浅木が僕を見た。

「ということで、ガク君。君がこいつを殺してくれれば、君もおばあちゃんも通報できなくなる。人には言えない罪を一生背負うことになるけれど、二人は生き残ることができる。どうせクズみたいな人間だから、殺しても気に病む必要なんてない。みんなハッピーだ」

僕はつばをのみこむ。喉がからからだ。緊張で、口のなかがかわききっている。

「選んでください。おばあちゃんと一緒に死ぬか、生きるために殺すか。まあ、俺だったら、迷わず殺すほうを選ぶかな」

「あまりに……」僕はようやくの思いで言葉を発した。「あまりに理不尽すぎませんか？　勝手に押し入ってきて、家のなか滅茶苦茶にして、それで最後の最後に殺すか、殺されるか、選べだなんて」

今までこらえてきた、恐怖、絶望、怒りが、すべていっしょくたになって押し寄せ、決壊した。涙が流れ、床にぽたぽたと雫（しずく）が落ちていく。

「ガク君。平和な日本であんまり意識はしないけど、理不尽なんて、この世界にあふれてるんだよ。言っておくけど、選択ができるだけまだラッキーだよ。たいていの人は理不尽の大波にのみこまれて、あっという間に、訳もわからないまま死んでくんだ」

優しい口調のまま、浅木は唐突に話題を転じた。

「俺さ、子どもの頃に見た映画が、ちょっとトラウマになってて。ナチスのホロコーストの映画だったんだけど」

　涙でぼやける視界に、とうとうと語る浅木がぼんやりと映る。

「強制収容所の所長が気まぐれで、ユダヤ人たちを全員運動場に整列させるんだ。そして、笑いながら告げる。『今から、十人に一人ずつ射殺する』って。ユダヤ人は、その場にひざまずき、運命を待つ。銃を持ったナチの兵士が背後を歩いていく。一、二、三、四……。数を数えていく。ユダヤ人たちは抵抗することなく、ただただ震えながら目をつむって、兵士が後ろを通り過ぎてくれることを願う。五、六、七……。数える声と軍靴の足音が近づいてくる。八、九、十人目で頭を撃ち抜く。バンッ！」

　ものすごい大声を発した浅木以外の三人が、そろってびくっと床の上で震えた。

「十人目はその場に倒れこむ。となりに座る、九人目と十一人目のユダヤ人は、安堵のため息をそっと吐き出す。それを延々繰り返す」

　目出し帽の男も、恐怖にかたまったまま浅木の話を聞いている。

「理由なんてない。ただ十人目、二十人目、三十人目にいたってだけで死ぬ。普段、あんまり意識しないけど、なんだかんだで死神の理不尽なテンカウントは、今も世界中でずっとつづいているんだよ。戦争はもちろん、通り魔、交通事故、レイプ、自殺に追いこまれるほどのイジメ、放火、無差別テロ、大災害……」

「私がやるよ！」

　今まで黙っていたばあちゃんが、突然叫んだ。

「孫にそんな罪を背負わせられないよ。だったら、私がやる」

　ばあちゃんと、浅木が見つめあう。

「じゃあ、かわいいお孫さんには、死体処理を手伝ってもらいましょうか。これで、俺たち三人は晴れて共犯です。でも、おばあちゃん、自首はしないでくださいね。お孫さんの死体遺棄も、たとえ脅されてやったことでも、立派な犯罪ですから。前途ある若者の将来が台無しになってしまいますので」

「八十年間まっとうに生きてきて、最後の最後で刑務所になんか入りたくない。檻のなかで死ぬなんて、絶対に嫌だね」ばあちゃんが吐き捨てた。浅木をにらみつける。

「その言葉が、今日いちばんで説得力があります」笑みを浮かべた浅木が、両手を大きく打ちあわせた。「さぁ、気が変わらないうちに、さっそくとりかかりましょう！」

うわー！　目出し帽の男が叫んで、ぐねぐねと身をよじらせた。

僕はこれから散々目にすることになる、ある種の滑稽な光景を目の当たりにしていた。目と口だけ露出した男が、言葉にならない言葉を必死に叫んで命乞いをしている。唇が真っ青だ。やはり笑えないたぐいの滑稽さだが、同時に僕は、えも言われぬ後ろ暗い優越感で、緊張していた全身が緩むのを感じていた。

僕だって、ホロコーストの映画をいくつか見たことがある。

収容所には、ユダヤ人なのにナチスの側について、看守のような役割を果たしている人間が必ずいた。彼らは同胞であるはずの一般囚人を鞭で打ち、脱走などのあやしい動きを監視、密告し、なんとか己の立場を守ろうとする。食事はじゅうぶん与えられるし、過酷な労働はしなくていいし、少なくともすぐにガス室に送られる心配もない。

誰だって、助かりたい。誰だって、「十人目」にはなりたくない。

「ちょっと黙っててもらいましょう」浅木がスタンガンを目出し帽の男の脇腹にあてた。

痙攣(けいれん)したように男の体が震え、すぐに沈黙する。そこらにあったスーパーの白いレジ袋を浅木が男にかぶせた。

「こうすれば、人を殺す心理的ハードルはだいぶ下がると思います。おばあちゃんの力で首を絞めるのはちょっとしんどいんで、包丁でいきましょうか」

浅木がキッチンに向かい、包丁を手に戻ってくる。ばあちゃんの上半身を起こし、手足のテープを切りはじめた。

「いくつか忠告がありますので、聞いてください」

つい数時間前まで家でくつろいでいたはずのばあちゃんは、化粧をしていない、眉毛のない顔で浅木を見る。

「一つ目は、俺を襲わないでくださいねっていうことです。いちおう念のため、言っておきます。変な動きを見せたら、容赦なくプランAに戻しますので」

包丁を手にしたところで、八十歳のばあちゃんが、スタンガンを所持するこの男に勝つのは到底不可能だろう。ばあちゃんも、重々それはわかっているはずだ。

「二つ目は、こいつに情けをかけないでください。殺すときに言葉もかけないでください。念仏も謝罪もいりません。無言で、ひと思いに刺してください。死んだあと、つけいられてしまいますので」

僕は浅木の言葉が理解できなかった。

つけいられる……？　浅木からこの言葉を聞いた、これが最初だった。

ところが、ばあちゃんは、さも「当たり前のことを言うな」という表情で、一つうなずいただけだった。

「三つ目は、刺す場所です。首や腹は血があふれて大変なことになるのと、死ぬまで時間がかかるので、心臓がいいと思います。ただ、骨があるので隙間を探って、体重をかけて刃を沈めてください。狙いは胸の真ん中です。ひと思いに刺してあげないと、この人が苦しみますからね」

ばあちゃんの拘束がとかれた。つらい体勢で床に長時間寝かされていたせいか、顔をしかめて体を伸ばしている。顔面は蒼白だ。ほつれた後れ毛が汗で濡れて、頰やうなじに貼りついている。

僕もようやく解放された。しかし浅木に対抗する気力も気勢も、心の根元からぽっきりと折れていた。浅木の指示に諾々と従って、気絶した目出し帽の男を浴室まで引きずっていく。

広い浴室だ。大の男が寝そべっても、まだ余りある。

「本当にこれ以外、選択肢はないんだね？」ばあちゃんが慈悲を請うように問いかけた。

「二人そろって助かりたいなら、これ以外はありません。あんまりじらすようでしたら、あなたたちを殺す方針にいつでも切り替えますよ」残念そうに浅木が答える。「じゃあ、いきましょうか。覚悟は決まりましたか？」

浅木がスマホのカメラを起動して、ばあちゃんに向けた。

「念のための証拠として、おばあちゃんが殺す映像をおさめておきますけど、ガク君とおばあちゃんが変な気さえ起こさなければ、これが世に出ることはないと誓いますので」

たぶん、いざというときの保険だろう。僕とばあちゃんが自首して、「浅木が殺した、自分たちは脅され、手伝わされただけだ」と口裏を合わせて証言する可能性をつぶしたいのだ。抜け目がない。

「じゃあ、三、二、一、キュー！」

まるで映画監督のように、スマホを持っていない手で合図を送る。

包丁を両手で握りしめたばあちゃんが、大きく息を吸った。痩せぎすの、薄い胸が激しく上下する。

本当にこれでいいのか？　僕はとっさに自問した。

勝ち目は薄いとしても、浅木と格闘し、理不尽に対して命を賭けて抗うのが、人間としてのあるべき姿なんじゃないか……？

ばあちゃんと目が合った。ばあちゃんが、目を細め、少しだけ笑顔を浮かべた。そして、首を軽く横に振る。

そこから、ばあちゃんに迷いはなかった。男の胸の細かな位置を左手で確認し、右手で包丁を突き立てる。少し刃をうずめ、そのままいけると確信したらしく、左手を添えて一気に突き通した。

ゴプッと、水中で息を吐き出すような音がした。

男の頭にかぶせられた白い袋の内側に、赤黒い血が溜まっていく。

「ギャー！」意識を取り戻した男の断末魔の叫びが浴室に反響した。「なんで……！　なんで！」

のたくって、暴れる。欲に走って、安易な強盗に手を染めた後悔を今、胸いっぱいに抱きながら、男は死にゆくのだった。

ばあちゃんが、包丁の柄に両手を添えながら、暴れる男の上半身に覆いかぶさった。ばあちゃんだけに任せるわけにはいかなかった。僕も男の足にとりすがり、必死になっておさえこむ。

「やめ……、やめて！　許して！」男の絶叫が、まだ温かい相手の体を通して腹の底に伝わった。

途端に吐き気がこみ上げてきた。口のなかいっぱいに溜まった酸っぱい液体を、たまらず排水口に吐き出した。

男の背中からも、一筋、赤い血がつぅーと流れていく。僕の嘔吐物と一緒になって吸いこまれる。

やがて、男は動かなくなった。びくびくと痙攣したように動く四肢も、しばらくすると沈黙した。

どれくらい時間が経っただろう。

寒気を感じた。真冬の浴室は、芯から震えるほど寒かった。足元のタイルが氷のように冷えきっている。

「さすがです、おばあちゃん」

録画をとめた浅木が、感嘆のため息を吐き出すように言った。

「実は、俺があなたたちを殺さなかったのには、もう一つ大きな理由があるんです。さっきは話さなかったんですが、それが今、確信に変わりました」

僕は浴槽に力なく寄りかかり、まだおさまりきらない吐き気と格闘していた。浅木の言葉は気になったが、問い返す余裕もない。

「おばあちゃん、家族にも言えないような、大きな隠し事をしてますね？」

突然、浅木が占い師のような発言をした。

ばあちゃんは、少女のようにぺたんと正座を崩したような恰好で、浴室のタイルに座りこんでいる。生気のない、ぼんやりとした視線を浅木に向けた。

「ものすごく深く巨大なものを背負っている。それが何かは……、よくわからないんですが、とにかく俺があなたを殺して、その巨大なものに俺がとばっちりを食らって巻きこまれるのがいちばん嫌でした。業や呪いっていうのは、えてして跳ね返ったり、思わぬところにリフレクションするものですから」

何を言っているんだ、この人は……。やっぱり、裏社会の人間は覚醒剤なんかの悪いクスリを常用しているのかもしれない。

「殺されたこの男も、おばあちゃんの家を選んでしまったその時点で、命運が尽きてたんでしょう」

嘔吐物の味のする、酸っぱいつばをのみこみながら、僕はばあちゃんを見た。ばあちゃんは、悲しげな視線を左右にさまよわせている。

小柄で、最近、少し背が曲がってきた、どこにでもいるふつうの老女だ。僕が手料理を、うまい、うまいと食べると、くしゃくしゃに皺を寄せて相好を崩し、同年代のご近所さんと持病の話で盛り上がるような、ごくごくふつうの……。

「その背負ってるもの、墓場まで持っていくおつもりですか？　あなたも地獄に引きこまれるかもしれませんよ。それに、しつこい借金取りにつきまとわれるみたいに、お孫さんの代にまで禍根（かこん）を残すかもしれない」

目の前に、胸に包丁が刺さったままの男が横たわっている。その体から、いまだに鮮血が流れつづける。

「どうすればいい……」

ばあちゃんが、ぽつりとつぶやいた。

「私は死んだあと、どうなろうといい。でも、マナブには迷惑をかけたくない」

僕の名を呼んだばあちゃんが、骨張った腕を体の前にまわして、かき抱く。

「あっ、ガク君じゃなくて、マナブ君なんですね」と、浅木は僕の名前に関してのんきな感想を口にした。「でも、ガクのほうが呼びやすいかな。じゃあ、ガクは夜まで待機。体力を温存して、夜中、こいつを処理しにいくよ。運転してもらうかもしれないから、仮眠や食事もとっておいてね」

結局、ばあちゃんの問いかけには答えず、浅木は一旦家を出ていった。雇われたグループに、男の失敗と死を説明しにいくという。どうやら、浅木は特定のグループや組織に所属せず、フリーで仕事を請け負っているらしい。反社でさえやりたがらないような汚れ仕事を下請けしていると、自嘲気味に話した。

「念のため、すぐにセコムと契約したほうがいいと思います。ホームセキュリティね」浅木が去り際に言った。「一度狙われると、別の組織からまたカモられることもあるんで。もちろん、さすがのセコムも、おばあちゃんの背負ってるものまでは祓(はら)えないと思いますが」

まったく笑えなかった。

僕とばあちゃんは浴室を出て、リビングの椅子にぐったりと腰かけた。何をする気力も、今は起きなかった。それでも、問いかけずにはいられない。

「ねぇ、ばあちゃん、さっきの話……。背負ったものが、どうとか」

「マナブには、言うつもりはない。マナブの両親も知らない」

汗がかわいて冷えたのか、ばあちゃんがストーブをつけた。

「あいつの言う通り、真実を知った途端に巻きこまれるかもしれない。それこそ、あいつが話したような、とんでもなく理不尽な大波だ。セコムでも警察でも自衛隊でも防げない」

本当に笑えない。

「いや……、でも、僕にだってできることはあるかも……」

「いかん……！」

つけたばかりのストーブの火に手をかざし、ばあちゃんは弱々しい笑みを浮かべた。刃物を見知らぬ人間の肉にうずめた感触がいまだに残っているのか、その骨張った手は小刻みに震えていた。

今も、浴室にはあの男が横たわっている。死体を葬ったあとも、これから風呂に入るたび思い出してしまうだろう。

「私はマナブが幸せになってくれればそれでいいんだ。だから、絶対にいかんもんは、いかん！」

ばあちゃんはそう言って、かたく口を閉ざした。

2

「ねぇ、霊感があるってどんな感じなの？」

僕はテーブルの向かいに座る夢花（ゆめか）に聞いた。

「何、いきなり」夢花が眉をひそめる。「マナブって、そういう話題、嫌いじゃなかったたっけ？」

テーブルの中央には、大きな舟盛りの刺身が鎮座している。さらにアワビのステーキ、天ぷらと、豪華な夕食が所狭しとならんでいた。

僕と夢花は旅館に到着後、すぐ温泉に入った。浴衣を着て、夕食会場の個室レストランに通された。二人で乾杯し、夢見心地のまま、今までに食べたことのないほどのご馳走を味わっている。

二十歳(はたち)そこそこのカップルには不釣りあいな高級温泉旅館だった。この宿泊費が浅木の金でまかなわれていることは、絶対に夢花には言えない。

「たとえばさ」僕は声をひそめた。「この旅館に何か霊的なものがいるとか、わかるものなの？」

「いや、わからない」夢花が鯛の刺身をワサビ醤油につけて頬張り、即答した。「わかるわけないじゃん」

わからんのかい。僕は心のなかでつっこみを入れる。

夢花は同じ大学の一年先輩だ。交際をはじめて、約一年になる。自称「私、霊感がある」という以外は、とりたてて目立ったところのない――でも、僕にとってはかけがえのないほどかわいい女の子だ。

温泉とアルコールで上気した赤い頬、一つに結んだつややかな髪、かけているメガネのレンズにくっつきそうなほど長い睫毛(まつげ)、浴衣からのぞく華奢(きゃしゃ)なうなじ――夢花は生きている、そんな当たり前のことに僕はいちいち感動してしまう。

というのも、この瞬間にも、胸に包丁を突き立てられた男の断末魔、首を絞められて「ぎい」とうめく悲鳴、たくさんの死体が脳裏にちらついて離れないのだ。

それでいながら、僕はなんでもないふりをして、夢花の笑顔を見つめ、幸せな思いにひたる。現金なものだと思う。うまい料理に舌鼓を打ち、ビールを飲み干す。今日も生きている。それが、途轍もない奇跡だということを、僕はすでに知ってしまっている。

「私の霊感をたとえると、こんな感じかな」

すっぴんに見えるが、もしかしたら風呂上がりに軽くメイクをしているのかもしれない。ぽってりした唇を少しすぼめながら、夢花は説明をつづけた。

「外国人に道をたずねられるとするでしょ。それで、私は拙い英語で必死に答える。そんな感じ」

「どんな感じだよ」

「集中力を切り替えるっていうのかな。頭のなかで日本語を英語に翻訳して答える。相手の言ってることを聞き取って、これも頭のなかで日本語に変換する」

「要するに、脳を切り替えて集中しないと、見えないし、聞こえないってこと?」

「そうそう。英語のネイティブに近いほど――つまり霊感が強いほど、円滑にコミュニケーションがとれる。でも、ホテルとか旅館で、わざわざそんなことする必要ないでしょ。意味ないし、これから泊まるのに怖いし」

「うん、まあ、たしかに」

「けどね、よくラジオの周波数が合うっていうたとえ方をするけど、こっちが望んでなくても、勝手に波長が合っちゃったり、向こうが無理やり合わせてくることもあって、そういうときは問答無用で見えちゃうし、最悪の場合はついてこられたり、取り憑かれたりする」

話に切実さがこもっているわりに、あっけらかんとした口調で夢花が言った。アワビのステーキを口に放りこみ、「何、これ！　うまし！」と、箸を持ったまま両手を頬に添え、満面に笑みを浮かべる。

「こっちが見える人間だって察知されると、無理やり周波数を合わされることが多いかな」

正直、最初に「私、霊感がある」と夢花に告白されたとき、僕は胡散臭いとしか思わなかった。交際にかこつけて、高価なお札でも買わされるんじゃないかと、本気で疑ったほどだ。

でも、今は信じる方向に気持ちが傾きつつある。

あきらかに「霊感」がありそうな浅木の言動と、ばあちゃんの過剰な反応を思い起こすと、そういう不思議な力があってもおかしくないのではないかと感じはじめている。

「もしかして、明日行く集落のお墓が気になってるの？」夢花が瓶ビールを僕のグラスについでくれる。「曰くつきっていう、土葬の山」

「うん、まあ、ね」ビールを一口飲んで、僕はうなずいた。

「私の経験上、そういう心霊スポットって、九十七パーセントは何もないよ。ただ噂が一人歩きしてるだけ。あのね、ついこの間まで日本は基本的に土葬文化だったの。それなのに火葬が主流になって、土葬を気味悪がるっていうのは非常にナンセンスだと思う」

夢花は民俗学を専攻している。怪異を信じているわりに、思考は科学的で論理的なので、僕はどういう反応をしていいのかときどき戸惑ってしまう。

「でも、裏を返せば、三パーセントは本物ってこと？」

固形燃料で温めるタイプの鍋が、ぐつぐつと煮えている。浴衣の袖口を片手でおさえながら手を伸ばし、鍋のふたを開けた。真っ白な湯気が立ちのぼる。

「まあ、そうだね」湯気の向こうの夢花がうなずいた。「で、そういう本物のスポットはマジでヤバい場合が多いかな」

今さら、夢花を巻きこんだのはまずかったんじゃないかと後悔が襲ってきた。

でも、浅木の提案はどうしても断れなかったのだ。

長野の「別荘」での死体処理を終えた翌週、突然、浅木が僕の通う大学にあらわれた。近くのベンチに腰かけると、二十万円の入った封筒を手渡されそうになった。

「おばあちゃんの出身地の山を調査してきてほしい。この二十万は好きに使っていいよ」

「嫌ですよ」僕は即答した。「自分で行けばいいじゃないですか」

浅木とは、ある契約を交わしていた。最初の目出し帽の男をふくめて「十人」、死体処理を手伝うこと。そのあいだに、浅木はばあちゃんを縛りつけている「何か」の正体を探り、その解決方法を見出す協力をしてくれるという。すべてが終わったら、ばあちゃんが殺人を犯した証拠の動画を消去してもらう約束だ。

十人。

浅木が話したホロコーストの映画を嫌でも思い出して、気分が悪くなった。でも、ばあちゃんのことはどうしても気がかりで、捨て置けない。目出し帽の男を殺してから、めっきり食欲もなくなったみたいで、もともと痩せていたのに、どんどんやつれている。僕はまったく見えないのに、何か巨大なものが華奢なばあちゃんの背後にのしかかっているような気がしてならないのだ。

その上、こちらの犯罪の証拠も浅木に握られている。逆らうと、浅木がどんな行動に出るかわかったものじゃない。絶対に僕自身は直接手を下さないという約束のもと、嫌々ながら浅木の手伝いをすることに決めたのだった。やることは、主に運転と穴掘りだ。

僕は脅されて、従わされているだけだ。何度も自分にそう言い聞かせて、この半年間、罪悪感から目をそらしつづけてきた。僕が手伝っても、手伝わなくても、浅木が手にかける人間が死ぬ運命は変わらない。十人のノルマをクリアし、ばあちゃんの問題を解決できたら、僕はまた、代わり映えのしない大学生活に復帰する。

果たして、人間らしい生活に本当に戻れるのか？　何食わぬ顔をして、夢花の前で笑えるのか？　そんな自問を僕は必死に打ち消す。

地獄ってどんなところなんでしょう？　僕はあるとき、何の気なしに浅木に聞いた。

知らん。浅木は答えた。でも、おばあちゃんがそんなところに、死んだあと未来永劫引きずりこまれるのは嫌だろ？

地獄が本当にあるのなら、この男こそ、真っ先に地獄行きだろう。はっきり言って、すべて浅木のハッタリである可能性もないわけではない。でも、ばあちゃんの反応からして、あながち嘘とも思えない。

僕は今、七人目の死体処理の手伝いを終えたところだ。同時進行で、それとなくばあちゃんの子ども時代の話を聞き出して、ようやく地元に変な山があることをつきとめた。しかも浅木いわく、その山は裏社会でも都市伝説化している可能性が高い。

ベンチに座る僕と浅木のあいだに、二十万円の入った封筒が置かれている。集落への調査費として受け取るのか、受け取らないのか、僕は迷いつづけていた。

「ちなみに、おばあちゃんの旧姓は？」浅木がたずねてきた。

「大間々です」

「君は大間々家の子孫なんだよ。集落の神社を訪ねる正当な理由があるわけだ。高齢の祖母がお参りに来られない代わりに、僕が曾祖父、曾祖母の供養に参りました。近くに立ち寄ったついでですが、祖母の生まれ育ったルーツの土地を見てみたかったんです。そう言って玉串料でも納めれば、神主は心を許すだろ」

「まあ、たしかに……」でも、その神主がとんでもない悪党である可能性もあるわけだ。

ベンチにならんで腰かけながら、僕は空を見上げた。カラスが二羽、追いかけっこのようにして、夕方の空を飛び交っていた。ちょうど授業が終わるタイミングなので、あちこちから学生たちの楽しそうな声が響いてくる。

「夢花ちゃんも連れていくといいよ。このお金で高級旅館に泊まって、贅沢してくるといい。夢花ちゃんも、よろこぶだろ」

「でも……」と言いかけて、僕はぎょっとした。この時点で夢花の話なんて、一言も浅木にしていなかった。彼女がいるとも話したことはないのだ。

「夢花ちゃん、霊感があるんだって？　しかも、民俗学専攻。さっきちらっと見かけたけど、かわいい子じゃないか。きっとガクの役に立ってくれるよ」

まさか、この男は千里眼まで備えているのかと一瞬思ったが、さすがにそんなことあるわけがない。浅木は僕の周辺を調べ上げているのだ。そして、暗に脅しをかけている。逆らうなら、夢花がどうなっても知らないぞ、と。

憎しみが、心の内側でパンパンにふくれあがって、破裂しそうになる。涙目でにらみつける。

「言っとくけど、俺はガクとおばあちゃんの味方だ。十人、っていう約束も守る。なんとか、おばあちゃんを救う方法も見つけたいと思ってる。絶対に、その山に何か秘密があるはずだ」

真摯な目で、浅木が見返してくる。

「そのかわりの報酬として、俺は死体遺棄の楽園を手に入れる。ギブアンドテイクだ」

いっそのこと、アポ電強盗のときに殺されていたほうがマシだったんじゃないかと思う。あのとき死んでいれば僕は天国行きだった。今はずるずると地獄の使者に足をからめとられつつある。

でも、僕は生きたいと願ってしまった。人を蹴落としてでも、十人目にはなりたくなかったのだ。


高級旅館宿泊の翌日、僕は助手席に夢花を乗せて、レンタカーを走らせた。

「私、今日の朝方、夢を見たの」周囲の景色が山深くなってきたとき、夢花が唐突に話しだした。「今までに見たことがないほどストーリーがはっきりしてて、すごく怖かった」

聞きたくないと思った。今朝、朝食のバイキングを食べていたとき、夢花は笑顔ではしゃいでいて、怖い夢の話はおくびにも出さなかった。朝から寿司を満喫し、デザートもたらふく食べていた。

それが、集落に着く直前のこのタイミングで、なんでそんな話をしだすんだ。夢花は無闇に人を怖がらせるような真似は絶対にしない。だからこそ、不気味なのだ。

とくに聞くわけでもなくつけていたラジオに、ノイズが走るようになった。電波が入りにくい場所なのだろう。僕はオーディオを切った。アスファルトのひび割れがひどく、車がときどき大きく揺れる。

「あのね、私とマナブで、遊園地に行くんだ。でも、私たち二人だけじゃない。マナブは赤ちゃんを抱いてるの」

「それって……」

「とくに、その子どもについて意味はないかもしれないから、聞き流して。名前も性別もわからない。私たちの子どもっていう意識もとくになくて、ごくごく自然に三人でいるってだけだから。もちろん私の願望もいくらか混じってるかもしれないけど」

「うん……」願望、という言葉は、あえてスルーする。

山道がうねる。運転に集中しなければならない。左側は崖だ。

「一通りその遊園地で遊んで、そろそろ周りに人もいなくなってきたし、帰ろうかって話になったんだけど、全然出口が見つからないんだ。係員の人に何度聞いても、要領を得ない返事しか返ってこない。山を切り開いてつくった遊園地みたいで、ますます迷っていく。いつしか、乗り物や遊具も全然見えなくなって、山が深くなって。でも、遠くからオルガンの、ちょっと古めかしい遊園地にありがちなメロディーがうっすら聞こえてくる」

この先、渋滞があります——カーナビの無機質な女性の声がした。僕と夢花はそろってカーナビの画面を見た。こんな田舎の山道で、渋滞なんてありえなかった。それなのに、画面が指し示す道の先は渋滞を意味する真っ赤に染まっている。あと、五キロほどで目的地の六地蔵(ろくじぞう)集落だ。

その名前はどうにも奇妙な印象を与えた。六地蔵の地名は各地にあるけれど、当然地蔵は仏教に由来する。寺は一軒もなく、神道の集落。それなのに、六地蔵。まだ寺があった江戸時代以前の名残だろうか。

「それでね、ようやく一人の女性を見つけるの。その若い女性もお客さんで、同じく出口を見つけられず途方に暮れてる。山の中腹の見晴らしのいいところに出て、私たち、遠くのほうを見たの。そうしたら、麓のほうに電車が走ってて、民家も見える。でも、途中に有刺鉄線や金網が幾重にも張りめぐらされていて、このまま山を下りられるかどうかわからない。すると、女性が言うの。私、行ってきますって。それで、無事にたどり着けたら、必ず助けを求めて、あなたたちのもとへ向かわせますからって。女性は道なき道を行ってしまった」

　カーナビは何事もなかったかのように沈黙した。画面に表示された、うねうねと曲がる道は、渋滞を示す赤から緑の表示に戻った。

「私は迷ってた。赤ちゃんを抱いたまま、マナブと私で山を下りるのは危険だ。子どもは私が預かって、マナブだけでも女性のあとを追わせるべきなんじゃないかって。でも、マナブも残るって言ってくれたんだ。私はちょっとほっとした。するとね、目の前の山道をタクシーが走ってきた。それも二台つづけて。私たちは必死にタクシーを停めたの。でも、二台とも停まったタクシーの運転手が、俺のほうが乗せるって口論しはじめて。私たちはどっちでもいいから、麓まではいくらくらいかかるのかってたずねたの」

「それで……？」僕はおそるおそるたずねた。

「どっちの運転手も、五十万って答えた。でもね、よくよく聞いてみると、単位は円じゃないの。五十万パスカルみたいな聞いたことない単位で、それはこの遊園地が設定していた、架空の通貨だったことを思い出した。観覧車一回、千パスカル、イコール三百円みたいな。ああ、私たちやっぱりまだ遊園地のなかにとらわれてるんだって絶望した。この運転手たちも、とらわれたまま出られず、しかたがないからここでパスカルを稼いで生計をたててるんだって知ってしまった」

「先に行った女性は、無事だったのかな?」夢のなかの話とはいえ、僕は本気で心配になってきた。

「わからない。私たちの赤ちゃんを運転手たちに強引に奪われて、走り去られて、それで私、泣きながら途中で目が覚めちゃったから」

間もなく、目的地周辺です。声がして、我に返る。結局渋滞などなく、むしろ、ここ十五分間くらいは一台の車も見かけなかった。

夢は、不条理の最たる例だ。遊園地の出口が見つからない。現実には存在しない子どもを奪われる。もしかしたら、人生で起こる不条理を先に知らせて、注意をうながしているのかもしれない。

「えっ、ここ?」僕は車を停めて、カーナビが示す道の先を見た。

山の斜面に、一本、暗く細い道がひらけている。かろうじて舗装はされているが、車のタイヤが踏む場所以外は、アスファルトのひび割れから雑草が茂っていた。僕はハンドルを切り、急勾配の山道を進んだ。

「私の霊感は、自分自身はもちろん、マナブを守るためにあると思ってる。危険なところには、首を突っこむべきじゃない」

昨日の夕食のときは、土葬を気味悪がるのはナンセンスとまで豪語していたのに、急に弱気になったらしい。「山」が刻一刻と近づき、その不穏な気配を感じているのだろうか。

もしかしたら、僕が裏で何をしているか、夢花はそこはかとなく感づいているのかもしれない。もちろん僕は、殺人をしていない。でも、死体を埋めている。無念と未練を抱え、生きている人間につけいる隙を探している死体を。

「今日の訪問は、僕にとって必要なことなんだ。今はちょっと話せないんだけど、必ずすべてを夢花に打ち明けようと思う。たぶん、夢花は僕のことを心底軽蔑して、見かぎると思うんだけど……」昨日の豪華な食事や露天風呂が、泡と消えていく気がした。むしろ、現実のほうが夢かもしれないとすら思う。

「私、マナブが心優しい人だっていうことは知ってるし、だからこそ何か大切な理由があるんだろうなってわかってるんだけど……」

「これだけは言えるよ。その夢の通り、僕は夢花がそばにいてくれるかぎり、夢花のもとから離れないから」

ちらっと、助手席を見やる。メガネをかけた夢花の目は、少し涙がにじんでいる。

「絶対に、夢花から離れない」

やっぱり、連れてきたのは間違いだったかもしれないと思った。でも、もう手おくれだ。

峠を一つ越えると、急に視界が開けた。そこは、四方を山に囲まれた集落だった。標高を少しずつ上げながら奥のほうまで民家がぽつぽつと点在している。

周囲に視線をめぐらせながら、のろのろと車を進ませる。集落のどん詰まりにあるはずの石牟呂（いしむろ）神社を目指した。

なんてことはない、田舎の風景だった。集落の真ん中を川が流れ、その周囲に田んぼや畑が広がり、民家が建ちならぶ。人は見当たらない。僕はゆっくりと西の山の麓にある神社に車を停めた。朱塗りの鳥居と、山頂へとつづく石積みの階段が見える。木々は鬱蒼（うっそう）と生い茂り、蟬の鳴き声が聴覚のすべてを奪うほど世界を埋めつくしている。

僕のタスクは二つだ。一つは、ばあちゃんの背負うものがいったい何なのか調べること。そして、浅木の言う、裏社会の都市伝説は本当なのかたしかめること。

「車で待っててもらってもいいけど……」フロントガラス越しに山を見上げた。

「行く」夢花が答えた。「私だって、マナブから離れない。それに、私ならきっと役に立てると思う」

しばらくのあいだ、運転席と助手席で手を握りあっていた。僕らは意を決して、本殿のとなりにある社務所に向かった。

インターホンを押すと、すぐに引き戸が開いた。なかから出てきたのは、意外に若い、三十代前半くらいの男性だった。神主や宮司と言われて、誰もが思い浮かべる恰好——白衣に、水色の袴をはいている。丸いフレームのメガネの奥の瞳は優しげに微笑(ほほえ)んでいた。

「どうされました？　お見かけしないお顔ですが」

「突然、すみません。大間々家ってご存知でしょうか」僕はあらかじめ心のなかで用意していたセリフをひと息でしゃべった。「僕の祖母が大間々家の出身でして、一度、祖母のルーツを訪ねたいとかねがね考えておりました。もしよろしければ、大間々家のお墓にもお参りをさせていただきたく……」

おそるおそる相手の反応をうかがう。

「大間々家……」

男は顎に手をあてた。まるで髭があるかのようになでさするのだが、剃りあとすら見えないほど、つるつるだった。

「ああ、思い出しました！　今はもう大間々家の方々は集落に住んでいらっしゃいませんが、たしかにこの山に墓所がありますよ。亡くなった父から聞いております」

　僕と夢花に対して、きちんと交互に視線を配りながら対応してくれる。

「申しおくれました。私はこの石牟呂神社の宮司です。名前もそのままイシムロと言いますが、漢字は『石』に『寝室』の『室』と書きます。一般的な石室の字ですね」

　愛想のいい相手の態度に、僕はひとまず胸をなで下ろした。こんな人の良さそうな宮司が裏稼業に通じているなんて、まったく想像できなかった。

　僕は東京で買ってきたお土産と、五万円を包んだ玉串料を差し出した。すべて浅木の金だが、夢花にはばあちゃんから託されてきたと嘘をついていた。

「これはこれは、ご丁寧に。お若いのに、とてもしっかりしていらっしゃる」

「連絡もせずに押しかけて、すみません。神式のこういったお参りには疎いもので、お包みした額もふさわしいものかわからず……」

「いえいえ、こういうのはお気持ちでけっこうなんです。定期的にご祈禱はしておりますが、私もご一緒に参りまして、祝詞を上げさせていただきます」

　準備の時間がほしいというので、僕たちは畳の敷かれた、待合室のような場所に通された。出されたお茶を、少しの居心地の悪さを感じながら、ちびちび飲む。

「何か、感じる？」僕は万が一にも石室さんに聞かれないように声をひそめた。すぐ背後は、あの山だ。

「今のところは、何も」夢花が緊張した面持ちで答えた。

　しばらくすると、石室さんが戻ってきた。白い紙がたくさんつけられた祈禱のための棒——

大幣を持っている。

「では、参りましょう。お忘れ物など、ないように」

僕たちは鳥居で一礼して、石段を登っていった。すると、平らにひらけた場所がすぐ右側に広がった。

いわゆる土饅頭といわれる、土がこんもりと盛り上がった墓がいくつもあった。それぞれに、仏教の卒塔婆のような木の札の墓標が立てられている。〇〇家之墓と彫られているような、一般的な墓石は一つも見当たらない。

僕の目が奪われたのは、まるで剣山のように、鋭く尖った竹が何本も突き刺さった土饅頭がいくつかあったからだ。見る者、来る者をはねつけ、拒むような、なんとも殺伐として不気味な光景だった。

「ああ、あれは犬はじきと言いまして、獣がご遺体を掘り返さないように竹を刺す習慣があるんです。自然に風化して、倒れたときに片付けます。ご遺体が白骨化すれば、もう掘り返されることもないですから」

「えっ、ということは……」僕は比較的新しく見える竹の針山を見つめた。「ごく最近も、土葬を？」

「ええ。こちらは、故人の生前のたってのご希望で、土葬にしました」石室さんが笑顔で答える。「勘違いされている方が大勢いらっしゃるんですが、日本ではとくに土葬を禁止する法律はありませんよ」

「えっ、そうなんですか？」

「東京や大阪などの、一部の自治体では禁じられているようですが、日本全体の法律では、とくに縛りはありません。故人や遺族が望み、その要望に応えられる土葬の墓所があれば現在でも可能です。細々とではありますが、今も各地で土葬は行われているようですよ」

「なんだ。そうなんですね」

昨日、夢花が言っていた通りだった。土葬だからといって、無闇に怖がるようなものではない。

もう少し登りますと言って、石室さんがさらに石段を進んでいく。木々が左右に濃く迫ってくるように茂っている。

「仏教では、故人が西方（さいほう）の極楽浄土へ往生できるようにと、お経を唱えますね。しかし、このあたりの神道では、亡くなった方々は山へ還る、自然に還るという考え方をします。そして、故郷や家、山や自然を守る神の一部となる。だからこそ、神道と土葬はもともと非常に相性が良いわけです。各家庭には神棚や祖霊舎があり、天照大神（あまてらすおおみかみ）や土地の神様と祖霊が祀（まつ）られます」

すんなりと腑に落ちる説明だった。なんだ、なんてことないじゃないかと、少し肩すかしを食らったような気持ちにもなっていたが、となりを歩く夢花がじっと足元を見つめて黙りこんでいるのが心配だった。石の階段の上の、わざわざ太陽にあぶられるような場所で、ミミズが干からびて死んでいた。

やがて、山の中腹あたりに出た。土地は段々の形状になり、そこここに墓標が立っている。

「こちらです」

石室さんが案内してくれたのは、墓標がかなり古びて、よく読み取れないお墓だった。かろうじて、「大間々」や「翁」「霊」といった墨書きの文字が見える。僕と夢花は、石室さんから渡された榊（さかき）や御神酒（おみき）をお墓に供えた。

いつの間にか、蟬の鳴き声がやんでいた。嘘みたいに静かだった。風が吹くたび、木漏れ日が足元でゆらゆらと揺れる。僕は腕が触れあう寸前まで、横に一歩、夢花に近づいた。それでも、斜めに落ちた影は遠慮がちに、互いの肌と肌を密着させた。

「では、祝詞を申し上げます。そのあとは、神社のお参りと作法は同じです。二礼二拍手一礼でお願いします。葬儀や墓参（ぼさん）の際は、しのび手と申しまして、音を立てない拍手をするのですが、これは死後五十日までの風習です。本日は、音をたてて柏手を打っていただいて結構です。要するにお亡くなりになって時間が経てば、神様としてお参りしていただいて差し支えないということですね」

石室さんが、大幣をかまえた。かしこみ、かしこみと、祝詞でよく聞くフレーズが最初に発せられる。

僕と夢花は、軽くこうべを垂れて祝詞を聞いていた。ところどころ、はっきりと内容が聞き取れる箇所もあった。「祖霊となって山や土地をどうかお守り……」という、わりと口語に近い言葉が石室さんの低く朗々と歌うような独特の口調で述べられる。何かお願いしたいことはありますかと事前に聞かれていたので、僕はとくに祖母である「日置繁子（しげこ）の長生きと安全を」と頼んだ。そこも、ほとんどそのまま「日置繁子の長寿、安寧……」と、読み上げられる。

ここに眠る人たちからしたら、ばあちゃんは子どもにあたるわけだ。どうか、ばあちゃんを守ってあげてほしいと心のなかで僕もお願いする。写真で見たことも、会ったこともないけれど、この人たちが存在しなかったら僕も生まれていなかったのだと考えると、なんだか不思議な気持ちになった。

もしアポ電強盗のときに殺されていたら、将来生まれるはずだった僕の子どもも存在しえなくなってしまう。だからこそ、子どもを奪われたという夢花の見た夢はそこはかとなくリアリティがあって不気味だった。

祝詞が終わると、大幣が振られた。バサバサと紙の触れあう音がする。すると、夢花が肘のあたりにかけていた鞄にそっと手を伸ばした。僕は頭を低く下げたまま、薄目を開けてその様子をうかがった。

夢花が鞄から取り出したのは、数珠(じゅず)だった。

その瞬間だ。

「お嬢さん！」

今まで穏やかだった石室さんからは考えられないほどの剣幕で怒鳴られた。

「お数珠は必要ありませんよ。神式の祭礼です。わきまえてください」

僕は一歩後ずさった。石室さんは僕らの前に立ち、お墓のほうを向いている。こちらは一度も振り返っていないのだ。なんで、夢花の動きが見えるんだ。

「しまってください、お嬢さん」

「で……、でも」

額に汗をうかべた夢花が口ごもった。それでも、あわあわと唇を動かし、数珠を握ったその手で山の上を指さす。

「お経が聞こえてくるんですよ。仏教のお経が、上のほうから……」

背筋が凍った。夢花を見て、そして、頂上のほうをうかがった。鬱蒼とした緑しか視界には映らない。土葬の墓に周囲をぐるりと取り囲まれている。

「宮司さん、私だって、おかしいってわかるんです。でも、聞こえるんです！」

石室さんが、ようやくこちらに向き直る。少し呆れたような表情で、夢花に軽く首を振った。

「ありえません。先ほど申し上げた通り、この集落の家庭にあるのは神棚だけで、仏壇はありません。お寺もありませんから、お経を唱える人間もおりません」

「人間っていうか……」

夢花が耳をふさいだ。数珠が、じゃらり、夢花の手元で鳴る。

「本格的な読経です。きちんと修行したお坊さんが唱えるような……」

耳から手を離した夢花が、僕の腕を取る。からみつくような湿気で、汗ばんだ肌と肌がぺったりと吸いつくように触れあった。

「しかも、鬼気迫る感じがする。怒ってるみたいに、低く、強く、まるで地中から伝わって足元へ響いてくる……」

「それは、この世ならざる者の仕業と……？」石室さんが、丸いフレームのメガネを押し上げた。「現に私には聞こえませんし、日置さんもそうですよね？」

問われ、僕は曖昧にうなずいた。いくら耳をすましてみても、風の音しか聞こえない。そういえば、さっきより少し風が強くなってきた気がする。ごうごうと、山全体がうねるように葉がこすれる。

「でも……」僕は言った。「夢花を信じます」

すがりつくように僕の腕を取る、夢花の力が強くなる。

落ち着こう。論理的に考えよう。お経が聞こえる。でも、寺はないし、仏教徒もいない。

「僕、祖母から聞きました。廃仏毀釈のこと。もちろん祖母が生まれるよりも、ずっと前のことですけど。でも、ここに眠る曾祖父の代や、さらに上の代にはリアルな出来事だったはずです」

石室さんの、メガネの奥の瞳がすぅっと細くなる。

「もともと、お寺はどこにあったんですか？　六地蔵ということは、お地蔵様にゆかりのあるお寺だったんですか？」

「私もくわしくはわかりませんが、先ほど見ていただいた、麓に近い、比較的新しい墓所一帯、あそこに地蔵菩薩を本尊とした、当社の宮寺があったと伝えられています。地名の由来となっている六地蔵の石仏は、お墓に立てられることが多いそうです。その六地蔵がこの山のいったいどこに立っていたのかは、もう定かではありませんが」

いまだに夢花は怯えたように、ちらちらと山の奥をうかがっている。

「日本は古来より、神仏習合と言って、神と仏がほとんど不可分に信仰されてきた歴史があります。しかし、明治維新によって、神と仏を分離し、神だけを独立させる動きが生じた。神職に就く私が言うのもおかしいですが、明治政府の都合のいいように」

「要するに、お寺が破壊されたっていうことですよね。あんなに広い土地に建っていた建物が、跡形もなくなっているわけだし、お寺のご本尊の地蔵菩薩も、お墓に立ってた六地蔵も後世に残ってないんですよね。それは、すべてこの神社に祀られている神様を独立させるためだったんですか？　ここに住む人たちも望んでやったことだったんですか？」

「過激な廃仏毀釈は、ごくごく一部の地域での話だったと聞いております」

こちらを向いていた石室さんが、お墓にふたたび相対する。

「私も経験がありますが、若い頃というのは、えてして想像力がたくましくなるものです。お嬢さんも、長旅でお疲れなのでしょう。ひとまずお参りを済ませましょうか」

これ以上、食い下がっても無駄な気がした。夢花が数珠を鞄にしまう。

二礼二拍手一礼。僕たちの柏手の音が、高らかに山に響き、吸いこまれていった。

「それでは以上です。お暑いなか、ありがとうございました」大幣を横に倒して顔の前に掲げ、深く一礼した石室さんが、僕たちに笑みを見せた。

その笑顔がかりそめの表情であることを、僕はもう知ってしまっているような気がした。

「あの……。せっかくなんで、僕、ちょっと山頂まで行ってみたいと思ってるんですが」

はっきり言って、怖い。山の奥で、聞こえないお経を上げつづける存在が待ち構えているかもしれない。怯えている夢花をどこまで連れていけるかもわからない。それでも、たしかめなければいけないと思った。本当にこの山で死体遺棄が行われているのか。そして、何よりばあちゃんの背負うものに関係する何かを見つけなければならない。

石室さんの反応をうかがう。

相手はなんとも言えない複雑な表情を浮かべていた。口元は変わらず笑っていた。しかし、眉間には深いしわが縦に走っている。

「申し訳ありませんが、ここより上はご遠慮ください。山頂付近は現在、立ち入り禁止になっておりますので」

「立ち入り禁止?」

ますますきな臭くなってきた。人が物理的に立ち入れない場所なら、誰にも見られることなく穴が掘れる。

「山頂には、この石牟呂神社の名前の由来であり、ご神体である巨石があります。日本各地にありますでしょ? 奇岩や巨岩をご神体と崇(あが)めている神社が。当社もそうです」

幣を小脇に挟んだ石室さんが、両手の指先をそっと合わせて、腕と腕で三角形をつくる仕草をした。

「見上げるほど大きく平らな岩が、まるで『人』の字のように絶妙なバランスで支えあって立っております。自然とそういう形状になったにしてはあまりに奇跡的だし、誰かが造ったのなら、重機のない時代、それこそ巨人が持ち上げでもしないかぎりそんな芸当はできません。支えあう巨石の下に、室のような空間ができていますので、いつしかそこは石牟呂と呼ばれるようになり、古代より神聖な空間だとみなされてきたのです」

たしかに、特異なかたちの石や岩に神聖なパワーが宿ると考えるのは、世界共通と言えるだろう。日本にも、そんな神社や寺が数多くある。

「もともと、神社の本殿は山頂にあったんです。しかし、近年、岩の崩落のおそれを指摘され危険なのと、集落の高齢化もあり、昭和の中頃あたりに本殿を今ある場所に下ろしました。宮司である私も、年に数回のご祈禱の折にしかその神域には入りません」

納得はするが、同時に違和感もおぼえる。

日本各地の奇岩がある神社は、パワースポットであることを前面に押し出し、参拝客を誘致する。下世話な話、参拝料をとれば神社も儲かるし、地域も潤うはずだ。それなのに、崩落の危険を理由に、そんなうまい話をみすみす放棄するだろうか？　柵でも設けて、近寄れないようにすればいいだけのはずなのに、なぜ山頂一帯を立ち入り禁止にする必要があるのだろう。

夢花が、じっと一点を見つめていた。僕もその先に視線を転じた。

あじさいが群生しているのだが、とうに時期を終えて、すべての花が茶色くしおれている。梅雨が明けて、そろそろ本格的な夏がやってくる。

するとと、夢花がぽろっとつぶやいた。

「死体の養分を吸ったあじさいは、どんな色になるんでしょう……？」

石室さんの口元の笑みが消えた。夢花は呆けたような遠い目で、朽ちていくあじさいを見つめていた。

土壌の成分によって、あじさいの色が変わるという話は聞いたことがある。土葬の里のあじさいは、さぞ鮮やかな赤い色に染まるような気がした。

「あっ、すみません。変なことを言ってしまって」我に返った様子の夢花が、しきりに石室さんに頭を下げた。「山頂に行けば行くほど、たくさんの人が眠り、たくさんの魂がさまよっている――そんな濃厚な気配を感じます。実際、私、さっきから髪を触られたり、足を引っ張られそうになったりしています」

周波数が合ってしまうとか、無理やり合わせせられてしまうとか、もはやそういうレベルではないのかもしれない。丑三つ時、この山に死体を持ちこみ、浅木と穴を掘り、埋める――そんな大それたことが僕にできるのかと、今さら不安になってきた。

夢花がかたく組みあわせた両手を胸にあてた。そして、頭上を仰ぎ見る。

「でも、山頂は、私の感覚では『無』なんです。何もない、何も感じない。それは善い無なんでしょうか？　悪い無なんでしょうか？」

「善いも、悪いも、生きている人間の価値感にすぎませんが、お嬢さんの感覚を信じるならば、私はこう解釈します」石室さんが目をつむった。「人間の登山と同じです。山頂はゴールです。魂は山頂の神域を目指していく。そして、たどり着いたものが山に還り、神の一部となる。それは、集落の全員が共有している意識ですので、かつては山頂により近くお墓をつくるのが好まれました。高齢化によって麓付近に墓所をもうけたのはごく最近のことです。ご遺体を運ぶのも、お参りするのも一苦労ですからね」

「仏教徒は神様に拒まれるとか、そういうことは……？」僕はおそるおそるたずねた。

「石牟呂神社の正式な成立は奈良時代です」

石室さんがゆっくりとまぶたを開けた。

「それよりもさらに前のいにしえの時代から、おそらく山頂にある神域は、アニミズム的な信仰の対象となってきたことでしょう。この土地の人間にとって、神聖な山に眠り、還ることはごく自然な感覚であり、ずっと信仰と畏怖の対象となってきました。その長いスパンで考えれば、明治維新や廃仏毀釈などほんの少し前の話です。仏教徒だってたくさん眠っているはずです。仏教、神道、歴史、時間、空間――そういったすべてを超越し、懐深く受け入れるのが、この神聖な山なのです。感じやすそうなお嬢さんが、何らかの気配らしきものを感じたとしても、おかしいことはないのかもしれません。実際、山頂に近づくほど磁場がくるいますので」

石室さんの白い足袋の先は、土で黒く汚れていた。その近くを大きな蟻が一匹、触角をうごめかせながら通り過ぎていく。

「たとえどんな宗教を信仰しようとも、今も集落に暮らす人たちにとって、この山は神聖な場所であり、死後に還り着く終の棲家なのです。弥生、古墳時代までさかのぼれば、おそらく何万――もしかしたらそれ以上の数の人たちがここに葬られてきたはずです。はっきり申し上げますが、墓所ではないところでも、少し掘れば簡単に人の骨が出てきます」

熱く語り、諭す石室さんに、どこか胡散臭さを感じないでもない。それこそ、あらゆる人に何百回と神社の縁起の説明を繰り返し、はぐらかし、この山で起こる怪異を「神聖な」というまらない。

一言でしれっと否定しつづけてきたのではないかと勘ぐってしまうのだ。

「ということは、関係のない遺体を持ちこんでここに遺棄したとしても、そう簡単にはバレないってことですよね?」僕はついにこらえきれず、禁断の言葉を口にしてしまった。

汗がつぅーと、頬をつたう。

夢花と、石室さんが、そろって妖怪でも見るような険しい目つきでこちらを見た。それでも、僕の意思ではない何かが、勝手に口を動かしているんじゃないかと思うほど、なぜか言葉がとまらない。

「古代からの神域で、人骨が当たり前に出る場所なら、地元の警察も手を出しにくい。石室さんは、いったいいくらで不法な死体の遺棄を受け入れているんですか?」

そのとき、僕の首に、ふと触れるものがあった。

蜘蛛の巣が引っかかったような、かすかな感触だった。一本の見えない糸が首にからみついた気がして、僕はとっさにそのあたりをこすった。

こすっても、こすっても、感触は消えなかった。ずっと首に糸がまとわりついている。

「なんのことをおっしゃっているのか、まったくわかりませんが……」

石室さんが、大幣を口元にあてた。にやっと微笑んだその表情が、半分隠れる。

「それでも、もし仮にそんな大それたことを私がしているのなら……」

僕は息をのむ。石室さんの言葉のつづきを待った。

「ご遺体、一体につき、五十万……」

丸いフレームのメガネが木漏れ日を反射させる。

「五十万パスカルで、いかがでしょう?　ところで、パスカルって日本円に換算するといくらなんでしょうかね」

　五十万パスカル……。どこかで聞いたことのあるような響きだ、いったいどこで……、と記憶をたどりかけた途端、石室さんが高らかに笑った。

　あははっ、冗談ですよ、冗談！　そんなことあるわけないじゃないですか！　石室さんがさもおかしそうに笑うと、幣の白い紙がざわざわと音をたてた。

「さぁ、下山しましょう。お二人とも、本当にお疲れのようです。今日は集落に泊まってみてはいかがですか？」

　夢花はすっかり青ざめ、震えていた。

　僕もパニックになっていた。

　ここに向かうレンタカーのなかでしか、夢の話はしていない。盗み聞きなど、できるはずがない。まさか、「山」が聞いていた、とでもいうのか。

「もし本日、こちらに逗留していただけるなら、お二人には特別です。明日、山頂をご案内致しましょう」誰かに聞かれることを恐れるような小声で、石室さんがささやいた。

「え……？」

「ご予定がないのなら、ぜひ」

　そう言って、先にさっさと石段を下りていってしまう。僕は夢花と目を見合わせた。

　本来なら、このまま足を伸ばして、金沢でもう一泊する予定だった。長居は無用と、僕の本能が告げている。

　引きつった表情のまま、夢花が意外な言葉を口にした。

「私、ここに残りたい。なんだか、一方的に負けたみたいで、腹が立ってきた」

抜けるほど青い空に、夏の走りの入道雲がわき上がっているのが、木々の葉の隙間から見えた。

「あの人、絶対、私たちが今日来ること、あらかじめわかってたと思う」

石室さんが、遠ざかっていく。その背中に聞こえるんじゃないかと思うほど、夢花の声のボリュームは遠慮がなかった。二人でこそこそと内緒話をしても、もはや意味がないと言わんばかりに。

「そんな……、まさか」

「じゃあ、さっきのはどうやって説明つける気？　私、ずっとあの人の手のひらの上で転がされて、翻弄（ほんろう）されて、はぐらかされつづけた。お経の件だって、あの人、絶対に気づいてるし、理由も知ってるはず。もしかしたら、あの人の手にも負えないことなのかもしれないけど」

木の幹と幹のあいだに、きらきらと光るものが見えた。きれいな六角形に編まれた蜘蛛の巣だった。たくさんの虫の死骸が引っかかっている。

僕はハッとして、首をさわった。見えない糸の感覚は、いつの間にか消えていた。

「あと、マナブの話もちゃんと聞きたいと思った。どういうこと？　不法な死体を遺棄するって。本当に信じられなかったけど、でも、マナブの言葉があったから、ちょっとだけあの人の本性が見えかけたのもたしかだし」

「わかった。あとで話すよ……」

夢花が数珠をあらためて取り出し、合掌した手のなかで珠をこすりあわせた。山の上のほうに向かって、何かをつぶやきながら、大きく頭を下げる。

世界を覆いつくすほどの蟬の鳴き声が、突然、降ってわいたように復活した。

石室さんの運転する車に先導されて着いた先は、立派な古民家だった。

「なかはフルリノベーションされていますし、家電も一通りそろっていますから、快適に過ごしていただけると思います」車を降りた石室さんが自慢げに言った。

僕はその言葉に、少しだけ胸をなで下ろした。明らかに民宿などなさそうな集落だったから、先ほど通された社務所の待合室にでも泊まらされたらどうしようかと怖かったのだ。

「実は、この集落、移住を積極的に受け入れているんですよ。空き家を改装して、格安で売ったり、貸したりしています。最近でも、二組のご家族が正式に移り住んでくれました。この家は、移住を考えている方のために、体験用として整備したおうちです。数週間、あるいは数ヵ月単位で生活することができます。夏のあいだのリモートワークの場として利用される方もいて、けっこう人気なんですよ」

先ほどの山での不穏なやりとりなど、まるでなかったかのように、朗らかな声を響かせる。

田んぼの稲が青々と育ち、まぶしいほどに初夏の太陽を反射させる。風が渡ると、稲が波のようにいっせいになびいていく。透明な風の帯が、稲の倒れていく様子でそのまま手に取るように見える気がした。

太陽の光のもと、すべての輪郭が明瞭で、くっきりとした生命力にあふれ、輝いている。美しい里だった。だからこそ、山の禍々(まがまが)しさが余計に際立つのもまたたしかだった。

「あの……、一泊だとおいくらですか？」僕はびくびくしながらたずねた。また「パスカル」で答えられたら、たまったものではない。

「いえいえ、お代はけっこうですよ。あっ、砂田(すなだ)さーん！」

ちょうど近くを歩いていた、七十代くらいの女性に、石室さんが声をかけた。

「ちょっと急なんですけど、本日ハウスに泊まられるお二人です」

ハウス、というのが、移住体験用住居の、この土地での通称なのだろう。

「申し訳ないんですが、砂田さん、お二人のお夕食、お願いしてもいいですか？」

「えっ、そんな……」と、僕と夢花はそろって遠慮の声をあげた。

「このあたりはお食事ができるお店なんて、ありませんよ」砂田さんが笑顔で答えた。「スーパーと言っても、個人商店のごく小さいところしかないですし。どうぞ遠慮なさらず」

「砂田さん、こちらの日置君は、大間々繁子さんのお孫さんだそうですよ。覚えていらっしゃいますか、繁子さんのこと」

砂田さんは、しばらく宙を見上げていた。すると、脳のなかで何かの回路がつながったかのように、大きく両手を叩いた。

「ああ！　シゲちゃん！　懐かしいわぁ。私、シゲちゃんの五歳下でご近所だったから、よく遊んでもらったの。シゲちゃん、お元気なの？　まだご存命？」

「はい」と、僕はうなずいた。人殺しをする以前は元気でしたなんて、まさか言えるはずがない。

「じゃあ、今日は歓迎会だねぇ！　お二人さえよければ、いろんな人を呼んでみましょうか。シゲちゃんの話、聞いたらいいよ」

「いいですね！」石室さんも宮司としての仮面を脱ぎ捨て、好青年の見本のような笑顔を見せた。「君たちは、お酒飲めるの？　僕はいいお酒を持参しますよ」

この人の酒は、絶対飲みたくない。そもそも、来てほしくない。

でも、チャンスではあると思う。祖母の背負ったものを解き明かすチャンスだ。でも、慎重にいかなければならない。こんな小さい集落の古くからの住人が、よそ者には明かせないタブーを共有していないはずがない。

「じゃあ、日暮れまでゆっくりして、疲れをとってください」ハウスのブレーカーを上げた石室さんが、ふたたび車を運転して去っていった。

外見は古き良き古民家だったが、内装は大きな梁や柱など和のテイストを残しながらも、洋風に改装されている。しばらく仮眠をとりたかったけれど、ゆっくりもしていられない。ここまでの情報を夢花と共有し、今後の対応を協議しなければならない。

とはいえ、浅木の話をするのは気が重かった。それでも、一つ一つ、アポ電強盗から浅木の闖入(ちんにゅう)まで丁寧に包み隠さず、理不尽の荒波に引きこまれた状況を語った。

「マナブが生きててくれて、本当に良かったよ」

テーブルに向かいあわせで座っていた夢花が、わざわざ僕のとなりの席に移ってきた。背中をさすってくれる。

「怖かったよね。私にマナブとおばあちゃんの選択をどうこう言う権利はないと思う。ただただ、こうしてまた会えた。それだけでいいと思う」

夢花の手が温かかった。でも、その陰で、一人の男があっけなく命を落とした。

ときどき、僕は夢花が殺される夢を見る。首を絞められ、よだれを垂らしながら、「ぎぃ」とうめく夢花を。絶対にそれだけは嫌だ。

「マナブ自身は本当に手を下してないんだよね？」

「うん。浅木って男は、仕事を終えるとすぐに強いお酒を飲みたがるんだ。だから、僕は運転と穴掘りだけ。もちろん罪悪感はあるし、逃れたい……。でも、いろんな状況にがんじがらめにされて、身動きがとれないのが悔しくて」

「浅木って男の手伝いは、本当はやめてほしいけど……、そっちのほうはおいおい考えるとして、今は山のことに集中しようか」

彼氏が死体処理の仕事を手伝っているのだ。ショックを受けていないはずはないだろう。それでも、夢花は気丈に振る舞う。

ハウスのなかには、紅茶やコーヒーが常備されていた。僕たちは電気ポットでお湯を沸かし、コーヒーを飲んだ。気温は暑かったけれど、温かい飲み物を口にしたことで少し人心地がついた。

「あのね、私、どうしてもお経が聞こえたのが、気になるんだよね」

夢花は思案に沈んでいる様子で、西に面した窓に視線を移した。例の山が見えるが、全体が緑に覆われ、山頂にあるという奇岩の様子はうかがえない。

「そんなに、はっきり聞こえたの？」

「うん。それでね、私が『お経が聞こえる』って言った途端、いろんなものが私の体に助けを求めて介入してこようとした。それを拒むだけで、私、いっぱいいっぱいだった」

「助けって……。何から助けてほしいんだろう……？」

額に汗を浮かべた、苦しそうな夢花の様子を僕は思い出した。夢花は、今も祖母の形見だという数珠を手にしっかり握っている。

「実は、私、廃仏毀釈で、ちょっと気になってることがあって」

ハウスにはコーヒーカップがなかった。僕たちは湯飲みでコーヒーを飲んでいる。夢花が数珠を持ったまま、日本茶のようにコーヒーをすすってから話しだした。

「廃仏毀釈って、そもそもの大前提として、千年以上の神仏習合の歴史があったからこそ起こったムーブメントだったの」

「ああ、あの宮司も言ってたよね。もともと神仏は不可分に信仰されてきたって」

「マナブは本地垂迹説って聞いたことある？」

「日本史で習った記憶はあるけど、正直、ピンときてない」

「私も。そもそも神仏の話なのに『説』ってどうなのかって思う。とにかく、その当時の政治や権力の趨勢が仏教に味方をした結果、仏様が本地――つまり本物の姿で、神道における神様は民衆を救うためにこの世にあらわれた仮の姿であるっていう、都合のいい結論が導かれた。たとえば、大日如来の仮の姿が、天照大神だとか。でも、そんな本地垂迹的な考え方は明治政府にとっては逆に都合が悪かったわけ。だから、両者を引き離そうとした。日本古来の神は、仮の姿なんかじゃない、独立した、尊い存在だって」

「まあ、天皇家を担いだ以上、そうなるよね。ってことは、神と仏の押し引きの力関係は、つねにその時代の政治に左右されてたわけだ」

「そもそも、現代の私たちは忘れがちだけど、仏教だってキリスト教みたいに外来の宗教なの。最初は排仏派もいたみたいだけど、徐々に仏教は政治的な力をつけていって、しだいに日本の国教のようになっていった」

「聖武天皇の東大寺と国分寺とか？」

「そうそう。本地垂迹説は平安時代あたりに起こったんだけど、それ以前の奈良時代、まさに聖武天皇あたりの時代にどういうふうに神仏習合が進んでいったかっていうとね」

さすが、民俗学専攻だ。すいすい説明が出てくる。

「私、ある授業で、古い文献を読まされたことがあって。とある日本古来の神様が、大陸から渡ってきた偉い仏教の僧侶に神託を下したっていうの。で、その内容がね、私は――つまり神様ね――ずっと悪いことをしてきて、罪深い業を背負っている。だから、こうして神として存在するという報いを受けている。僧侶のあなたにどうかお願いがあります。私のためにお寺を建ててください。私も仏教に帰依し、修行をして、なんとか神である存在から離れたいと願っていますって。その神託を受け入れた僧侶が、神社のとなりにお寺を建てましたとさ……。これが神身離脱っていう考え方で、神仏習合が進んでいった初期の要因なんだって。要するに、神が仏教に入信するわけ」

「え……?」僕は眉をひそめた。「神様が罪深いってどういうこと？　神として存在することが報いって、おかしくない？」

　でも、日本の神様は、キリスト教みたいに一神教じゃない。個性豊かないろんな神がいるわけだ。夢花が僕の問いに答えた。

「その罪の内容はよくわからないんだけどさ。日本って不思議じゃない？　貧乏神とか疫病神とか言うでしょ。悪いことも神様のせいにして、敬(うやま)って、なんとかお祈りをして、悪いことをやめさせようとする。昔話でもよくあるよね。人身御供(ひとみごくう)みたいな生け贄(にえ)を捧げなきゃ暴れる神もいたりして」

「たしかに……」僕は妙に納得してしまった。神も悪さをする。そして、僧侶に助けを求め、仏に祈り、修行をし、救われたいと願っている。ひどく人間臭い。

「人間の立場から言えばさ、どこの馬の骨ともわからない、悪さをする化け物や魔物みたいな存在も、姿が見えないから、神様として崇めて、奉(たてまつ)って、神社を建てて、どうかやめてくださいってお願いする場合もあるんじゃないかと思って。無理やり神様化するっていうか……。それが、神として存在しなければならない報いってことなんじゃないかな」

「なんか、わかるかも。魔物も神様も紙一重っていう感じ。あと、平将門(たいらのまさかど)とか菅原道真(すがわらのみちざね)なんかもそうだよね。怨霊化したのに、祟(たた)りを恐れるあまり神様として祀るっていうのも、よく考えたら不思議だと思う。怨霊として神様化させられたら、たしかに成仏だって永遠にかなわないだろうし」僕は西の山を窓越しに見た。あのてっぺんには、いったい何がいるんだろう。

「でもさ、自分から罪を申告して、僧侶に仏教への帰依をお願いする悪い神様って、すごい良心的だよね」

「そうなの。まるで、自首して、自分から刑務所に入りにいくみたい。修行だってつらいだろうしね」

　夢花の言葉に、僕は思わず笑ってしまった。

「人間を見てもわかるけど、そんな良心的な存在ってごくわずかでしょ」夢花がテーブルに頬杖をついて、遠い目をした。「ふつうは罪を背負ってもなお、後戻りできず、突き進もうとする」

「えぇっと、じゃあ……」僕は少し居心地が悪くなった。罪と知っていても、その道を進もうとする――まるっきり今の僕じゃないか。

「つまりね、自首してくれない以上、悪い神様に手を焼いた人間の側が、泣く泣く外来の仏教に助けを求めるってことも考えられるんじゃないかと思って。警察や裁判所に訴えるみたいに、どうか仏様、あの神様をしずめてくださいって。だからこそ、神社の境内にお寺――つまり神宮寺を建てた」

「土着の荒ぶる神や魔物、強力な怨霊をおさえこむため、大陸から伝わってきた仏教が箍を嵌める役割を負っていた……？」

「もちろん、全部が全部、悪い神ってわけじゃないだろうし、神身離脱だってその当時の為政者の政治的な思惑がないわけじゃない。仏教を優位に立たせるためのこじつけかもしれない。でも、本地垂迹説よりよっぽど説得力がない？」

「うん」

寒気をおぼえた。かなりの遠回りをして、今、夢花の言いたいことが徐々に具体的なかたちをともなって眼前にあらわれつつあった。

「仏様や僧侶が祈って、悪い神をおさえつけて、千年以上うまくやっていた。けれど、明治時代に廃仏毀釈の嵐が吹き荒れた。神と仏は分離させられて、神社のなかにあるお寺は廃寺の憂き目に遭った。この地域をずっと守ってきたお地蔵様が破壊されてしまった」

「ということは……」

「まさに箍が外れるって言っていいと思う。とんでもない不良のいる高校に勤めてた厳しい教師が、定年退職しちゃった、みたいな。そして、その不良は、周囲の生徒から恐れられ、崇め奉られ、好き放題暴れまわる」

「人間の世界でたとえるの、マジでやめて」僕は苦笑いした。まったく冗談になっていない。

「でも、それを聞くと、六地蔵の地名だけ残ってるのが、なんだか意味深かも……」

「お寺や地蔵菩薩が壊され、焼かれ、僧侶もいなくなって、今まで仏の力でおさえこんでいたものが噴出する。山のバランスが崩れる。怪異があふれて、噂になる。悪いことが起こって、人心も荒れる」

　夢花が腕を交差させて、両手でなでさすった。数珠がかすかな音をたてる。

「もし、あの宮司が本当に遺体を不法に受け入れてるんだとしたら……。アウトローの世界で処理されるような遺体って、生前、それなりに悪いことをしてきた魂であることが多いんじゃないかな。そんな邪悪な魂を地中で平らげて、養分にする神様だって言ったら、私の想像力が豊かすぎるって思う？」

「じゃあ、お経を唱える主っていうのは……」

「最初はもちろん怖かったけど、私、あのお経にあんまり悪い印象を受けなかったの。むしろ、悪い神を封じこめるために――あの山でさまよう魂を救うために、ずっと……」

　夢花が立ち上がった。西日が厳しく差しこんできた。

　西に面した窓のカーテンに手をかけて、夢花はぴたりと動きをとめる。

「えっ、何、何、どうした？」

　僕の問いかけにも答えず、無言で何かを凝視している。僕もあわてて窓辺に駆け寄った。

「え、何これ……」

　ガラスにびっしり、何かの文字や文様のようなものが透明な線で描かれていた。見る角度や光の当たり具合を調整しないとよく見えないということは、人の指先の脂か、あるいは蝋みたいなもので窓の表面をなぞったと考えられる。

　夢花が保温状態になっている電気ポットのコードを抜き、本体を持ってきた。窓辺でふたを開くと、蒸気が一気に立ちのぼり、ガラスの表面が曇った。が、結露した窓に指で落書きをしたときのように、透明な線だけが曇らず、そのままくっきりと残った。人、人、人、鬼、鬼、鬼――それらの文字が周囲を取り囲み、人の顔のような絵も中央に描かれている。不気味すぎて、言葉が出てこない。

　夢花がスマホの角度を工夫しながら写真を撮った。

「実家がお寺で、呪術系にくわしい、オクラちゃんっていう後輩がいるから写真を送って聞いてみる」

「オクラちゃん？」

「奥田(おくだ)沙良(さら)で、あだ名がオクラ。ひどいときは、オクラサラダって呼ばれてる」

　夢花が写真を添付して送ると、ほとんどタイムラグがなく電話がかかってきた。

「夢っち先輩、ちぃーす、お疲れ様でーす、なんすか、これ」

　夢花がスマホを操作し、スピーカーに切り替えてくれた。軽いノリの、ギャルっぽい女子の声が響いてくる。

「こっちが聞きたいの。何、この文様」

「たぶん、密教系の呪符みたいなもんだと思いますよ」

「密教ってことは、仏教だよね」

「そうっすね。えっ、夢っち先輩、旅行って言ってましたよね。彼氏と一緒すか？　いいなぁマジで」

「それはいいから、オクラちゃん。いったい、どういう呪符なの？」

「くわしくは調べてみないとわからないけど、魔除けなんじゃないすかね。これって、窓の表面ですよね？　窓の内側に呪符、で、窓の外側には手形がある。何かのイタズラですか？」

「は……？」夢花の声が凍りついた。「外に手形？」

僕はしゃがみこんだ姿勢で、先ほどと顔の角度を変えて、窓に目をこらした。奇っ怪な模様に注意を奪われていたけれど、たしかに窓の外側の表面に、うっすらと手形のようなものが、いくつか残っている。手のひらの面積に比して、異様に指が細長い気がする。

思わず、勢いよくカーテンを閉めた。西に面した、あの山の見える窓。何かが山から下りてきて、この窓に手をつき、じっとなかをのぞきこむ様子が、容易に想像できた。

「内側にいるかぎりは問題ないですよ。ということで、彼氏さんと熱い夜をお過ごしくださーい。彼氏が布団に潜りこんできたと思ったら、実は魔物だった――みたいなオチはないと思うんで。うふふっ」

だから、シャレにならないんだって！　あやうくスマホに向かって叫ぶところだった。

「じゃあ、お土産待ってまーす」

「うん……、わかった」

「あっ、それと日が暮れたら、窓を叩かれたり、ピンポンされたりしても、くれぐれも窓や扉を開けないように……。なんちゃって！」

「了解」と答えた夢花の顔がこわばっている。

電話が切れた。もしかしたら、オクラちゃんは何かの冗談だと思っているのかもしれないが、こちらとしては切実な死活問題だ。僕はカーテン越しに、窓の鍵がしっかりかかっていることを確認した。

僕と夢花は、しばらく無言で目を見合わせた。互いに広い家のなかの気配を探る。大丈夫、何も感じない。

「問題は、誰がこの呪符を描いたのかってことなんだけど……」夢花が、あらためて数珠をしっかりとその手に握りしめた。

「それは、ここに泊まってた誰かでしょ。怖い思いをして、あわてて窓を突破されないようにって」

「でも、ここに泊まったふつうの人が、たまたまこんな本格的な呪術を使えるって、変じゃない？」

「言われてみれば……」

「ねぇ、こういうことも考えられないかな？　これを描いたのは、宮司の石室さんか、もしくは集落の人間」

「えっ……？」

「ここって、移住の体験用住居でしょ？　移住を勧めている集落側からしたら、体験期間中は何も起こってほしくない。そこで、お札だと仰々しいから、泊まる人には見えにくいようにそれとなく結界を張る。もしかしたら、この窓だけじゃなく、いろんなところに同じような呪符があるのかもしれない」

「じゃあ、何事もなく体験を終えてもらって、集落がいいところだと思わせて、移住を決意してもらうように……ってこと？」あまりの闇の深さにのみこまれそうになる。「その線で推測すると、ここの人たちは怪異を当たり前のものとして認識してるってことだし、それをおさえこむには神道じゃなく、仏教が有効だってこともしっかりわかってる」

ぞわっと鳥肌が立つ。

「そして、何も知らない、移住希望者を釣る……」

ピンポーン。

クイズで正解したときの効果音のように、絶妙なタイミングで玄関のチャイムが鳴った。

ギャルが言っていた魔物がやって来たのだと、僕は完全に思いこんでいた。夢花を守るように、その前に立ちはだかる。

鍵を締めたはずなのに、何の断りもなく扉が外側から開けられた。僕はつばをのみこんで、廊下の先の薄暗い玄関を見やった。

入ってきたのは、魔物とほとんど大差がないと思われるほど、不気味な存在だった。

「どうも、どうも。いちばん乗りのようで」

石室さんが靴を脱いで上がりこんできた。

「あっ、すみません。わざわざ玄関までご足労をかけるのもしのびないので、合鍵を使いました。言っときますけど、夜には入りこみませんよ。信じてくださいね。まあ、気になるのなら、内鍵をかけといてください」

僕と夢花がぎょっとしたのは、リビングに入ってきた石室さんの服装だった。

神職の装いから一転、背中にブルドッグの絵が描かれた、赤いジャージのセットアップを着ている。今どき暴力団の人間でもこんなわかりやすい恰好はしないんじゃないかと思ったが、メガネと優しそうな風貌が相まって、そのアンバランスさがどうにもインテリヤクザの印象を与える。

「どうしました？　暗いお顔ですね。何を話されてたんですか？」

「い……、いえ。あのっ、コーヒーを頂いてます」

「どうぞどうぞ、ここにあるものは遠慮なく召し上がってください」

まさか、すべて聞かれていた……？　僕は焦った。かなり不用心だったかもしれない。いまだに「パスカル」の説明はつかないけれど、この家に盗聴器がしかけられている可能性だって考慮に入れておくべきだった。

「奉献」と印刷された熨斗（のし）がつけられ、二つ連なった一升瓶を、石室さんがテーブルにどすんと置いた。神社へのお供え物を飲むつもりらしい。

「ちゃんと休んでました？　お二人とも、なんだかげっそりしてますけど」

石室さんが、もう一つの手に持っていたビニール袋から缶ビールを取り出し、冷蔵庫にしまいはじめる。背中のいかついブルドッグが僕たちをにらみつけてくる。

やっぱり、用事を思い出しました。そう言って、ここを脱出するべきか……。

「あの……、宮司さん、一つ根本的なことを聞いてもいいですか？」それとなく、数珠をショートパンツのポケットにしまった夢花が、ブルドッグの背中に言葉を投げかけた。「宮司さんは、怖くないんですか？　あの山の麓で暮らしているんですよね？　怖いと思ったことは一度もないんですか？」

「怖い？　私が？」冷蔵庫の扉を閉めた石室さんが、こちらを向く。「なぜです？　なぜ私が怖がるんです？　というか、何を怖がるんでしょう？」

矢継ぎ早に質問を投げ返してくる。夢花の問いがあまりに素朴なものだったために、それがかえって石室さんの神経を深く刺激したようだった。

夢花がちょっと勝ち誇ったような顔になる。

「親ガチャって、人生で最初に体験する理不尽ですよね。石室家に生まれたことを、恨んだりはしませんでしたか？」

「いえ、まったく」すぐに気持ちを整えたらしく、石室さんはふたたび余裕のある笑みを浮かべる。「むしろ、いちばん怖いのは、私が独身のままで石室家が絶えてしまうことですかね。そろそろ、婚活でもはじめなければなりません」

だったら、まずはその服装をなんとかしたほうがいい――そんなつっこみは、恐ろしくてできなかった。

でも、僕は思うのだ。廃仏毀釈のとばっちりを受けたのは、ある意味、石室家なんじゃないかと。夢花の推測がすべて当たっているのなら、明治以降の石室家に生まれた人たちは、独力で山と神社と集落を守らなければならなくなったわけだ。てっきり僕は、廃仏毀釈で神社が得をしたと思いこんでいたのだが、実はまったく逆なのかもしれない。

限界集落では、寺の復活はそうそう望めない。そんな場所に来ようと思う住職は、まずいないだろう。神社に嫁ぐ独身女性となると、なおさらだ。望み薄でも移住を募り、人口を回復させる以外に道はない。

まさか、死体遺棄で稼いだ金は、すべて移住対策の空き家の改修に使われているんじゃないだろうか。何よりそれを物語っているのは、石室さんの乗っているボロボロの軽自動車だった。裏稼業で儲けているかもしれないと聞いて、僕は勝手に、外車を乗りまわす悪徳宮司を想像していたのだ。

「やっぱり、どこも晩婚と少子化が問題ですよね」夢花が話の矛先を変えた。「ところで、この集落にかぎらず、住人が誰もいなくなって、神社やお寺も廃墟になって、そこに祀られたり、封じこめられたりしていたものが、誰のケアも受けることなく解き放たれるって、大丈夫なんですかね？」

「いい着眼点だと思いますよ。有史以来、着実に増えつづけてきた日本の人口が、今、まさに減少に転じようとしているんですから、大きなターニングポイントです。かぎりなくテクノロジーが進化した都会と、誰も人がいなくなり、神社も寺も廃れ、飛鳥時代より前のような、魑魅魍魎(ちみもうりょう)が跋扈(ばっこ)する地方。超極端な二極化が、もしかしたらこれから実際に起こるかもしれません」

夢花の誘導尋問じみた問いかけがうまいのか、石室さんの語りが核心に迫っていく。

「人の絶えた山奥で魑魅魍魎に喰われるのは、たまに訪れる旅人。そして、その噂を聞きつけた、馬鹿なユーチューバーか、肝試しの若者か……」

もはや「喰われる」と言ってしまっているが、石室さんは先ほどのように「冗談」とはぐらかすことはしなかった。

本当に夢花が話すような怪異が現実にあるのだとしたら、過疎の村や集落における神社や寺、墓地の廃墟化はかなり切実な問題なんじゃないだろうか。誰にも祈禱や供養をされなくなった神や魂は、どこへ行くのか。

移住などの手立てを講じて、人口を維持し、神社を守っていきたいと考える石室さんの苦労を考えると、少しだけこの人に対する見方も変わってくる。

あるいは、誰も来ない山奥であるなら、もはや悪いものが解放されてもかまわないと開き直り、集落と神社を捨てる撤退戦を覚悟するべきか――。

そんなことが、日本中のあちこちで起こるかもしれないのだ。

しかし、石室さんは年若い宮司である以上、撤退戦ではしんがりを務めなければならない。苦しい立場だ。言葉は悪いかもしれないけれど、玉砕が決定的な戦場の指揮を命じられた青年将校みたいで、ちょっと不憫(ふびん)ですらある。夢花が発した「親ガチャ」はかなり酷な言葉だ。どこにだって、理不尽は転がっている。

そうこうするうちに、住民たちが三々五々、食べ物や飲み物を手に集まってきた。畳の敷かれた、広い和室に座卓を出して宴会がはじまる。

絶対に石室さんが持ってきた酒は飲むまいと心に誓っていたのだが、地元のおいちゃんやおばちゃんたちにしきりに勧められ、コップに注がれ、この場の空気にのまれて、なし崩しに杯をあけつづけるハメになった。

毒や睡眠薬が入っているということはなさそうだった。みんなも同じものを飲んでいるわけだし。

砂田さんの旦那さんが釣ってきたという鮎、地元の猟友会が獲った猪など、新鮮な食べ物も魅力的だった。そして、集まってきたご近所さんは、みな温かくて、親切だった。宴会は久しぶりなのか、わいわいと石室さんの話題で盛り上がっている。どうやら、石室さんの下の名前は崇史（たかし）というらしい。

「崇史君にも、夢花ちゃんみたいな人が嫁いでくれたら、私らも安心なんだけどねぇ」

「その前に、崇史よぉ、その服をなんとかせぇよ。センスってもんがねぇんだよ」

お年寄りたちに、服装のセンスをとがめられる三十代ってどうなんだと思ったが、石室さんは「やっぱり、マズいですかね」と、苦笑いで後頭部をかいている。集落のなかでもかなり若い部類に入る石室さんは、どうやらいじられキャラのようだ。

もちろん、決して油断はできなかった。最悪の場合、不法な死体遺棄を、住民全員が認め、把握していないともかぎらない。こうして善良なご近所づきあいを演じて、新しい移住者を手ぐすね引いて待ち構えているかもしれないのだ。

「おめさんだち、結婚してここに住んだらいい」

案の定、場が程よく温まってくると、入れ替わり立ち替わり僕と夢花のとなりに座ってきては、移住を勧めてくる。僕らはそのたびに、「いやぁ」とか「どうですかねぇ」と、お茶を濁しつづけた。

このハウスに仕掛けられた呪符と、夢花の推測を考えると、口がすべっても「いいですね」とは言えない。

「ところで、僕の祖母はどんな子ども時代を過ごしていたんでしょう?」僕はあわてて移住から話題をそらした。

「ああ、シゲちゃんはとっても利口な人だったよぉ。年下の子は、みんな勉強見てもらって」

砂田さんが、懐かしそうに目を細める。

「そうそう。この集落でただ一人、集団就職で東京さ行って」

「見送りんときは、戦中の出征する兵士を見送るような盛り上がりようだったね。みんな、バンザーイ! ちゅうて」

高度経済成長期の金の卵というやつだ。そして、ばあちゃんはそのまま東京で結婚し、根を下ろす。

兄弟は、兄と姉が一人ずついたと聞いている。兄は早くに亡くなり、姉は別の集落にお嫁に行ったが、やはりすでに他界しているという。

話をくわしく聞いていても、後ろ暗い過去は浮かび上がってこない。この場で祖母に電話でもかけてみたら、どうなるだろう。祖母には、ただの旅行と告げて家を出てきた。まさかこの集落に来ているとは、夢にも思っていないはずだ。

祖母は子どもの頃、いったいどんな思いで、あの「山」を見つめていたのだろう。

「皆さん、石牟呂神社のご神体の岩はご覧になったことがあるんですよね？　やっぱり、神聖な雰囲気が漂っているんですか？」

何の気なしに発した質問だった。

笑い声に満ちていた和室が、急にしんと静まりかえった。そのあまりの唐突な落差に、僕の酔いは瞬時にさめた。

集落の住民たちが、真顔でこちらを見つめてくる。ただただ、じっと、無言で。

にこにこと笑っているのは、石室さんだけだった。

「それは、明日のお楽しみですよ」石室さんが、場を取りなすように言った。「明日は、半年前に移住してきたご家族も一緒にご案内する予定ですので、そのつもりでお願いします。いわば、この集落の一員として、神様に受け入れてもらう儀式ですね」

「それは……、ご一緒しちゃまずいんじゃないですかね？」

「日置君だって、この集落にルーツがあるわけですから、見学するのに何も問題はありませんよ」

夢花が僕の袖を無言で引く。

大人しそうでいながら、意外と勝気で、負けず嫌いな彼女の性格はよくわかっている。虎穴に入らずんば……、とでも言いたげな、メガネの奥の強い瞳だった。

一年前に出会ったときも、訴えかけるような、燃えるような瞳を向けられたことを僕は懐かしく思い出した。

それは通学中の出来事だった。一限目に出席するための時間帯で、電車はかなり混んでいた。

大学の最寄り駅に着いて、ホームに降りると、途端に苦しそうにしゃがみこむ若い女性が視界に映った。学生たちが、無言でその横を通り過ぎていく。

僕は迷った。誰か彼女の友人が声をかけてくれることを祈ったが、全員、きれいに無視していく。

素通りはできなかった。女性のとなりにかがみこみ、思いきって声をかけた。

「ご気分が悪いようでしたら、駅員さん、呼びましょうか?」

相手がハッとした様子で顔を上げる。今にも雫が頬にこぼれ落ちそうなほどの涙目だった。それでも、まるでにらみつけるように、じっと強い眼差しで見つめてくる。

僕はたじろいだ。はたから見れば、まるで僕が痴漢したみたいだった。

「あっ、あのっ、すみません……!」あわてて立ち上がって、この場を去ろうとした。その袖を、さっとつかまれた。

ならんでベンチに腰かける。訥々と彼女が語ったところでは、いつも同じ男につけ狙われて、痴漢をされているという。車両を変えても、多少時間帯を前後させても、しつこく待ち伏せをしてストーキングしてくるらしい。

「たぶん、私、痴漢するにはちょうどいいんだと思う。大人しそうで、反撃しなさそうで、恰好の的にされる。中学生のときから、けっこうひどい目に遭ってきて……」

「ちょうどいいだなんて、言わないでください!」思わず声を荒らげた。

夢花が不思議そうに僕を見つめる。メガネのレンズの内側に、先ほどの涙のあとがついていた。

「ちょうどいいだなんて、ご自身で絶対に言わないでください。男が悪いに決まってるんです」

後々知ることだが、夢花は霊感があって、しかも負けず嫌いで、ゲームやオセロは僕に勝つまでしつこく挑んでくる。

でも、霊感があろうが、勝気だろうが、関係ない。怖いものは、怖い。理不尽なものは、理不尽だ。

「あの……、もし良かったら、僕が朝、ご一緒しましょうか?」

下心はまったくなかった。ただただ、許せなかった。憤っていた。もしかしたら、夢花には僕の本心を見抜く力が備わっていたのかもしれない。

「ご迷惑じゃないですか……?」

ハンカチを握りしめた夢花が、迷っている様子で瞳を左右にさまよわせる。

「全然、迷惑なんかじゃありません。僕が一緒にいますので」

僕は夢花から離れない。出会った時点で、かたくそう心に誓ったのだ。

## 3

宴会も終わり、風呂に入り、僕らは疲れていたこともあって、早々に床についた。寝る前には、しっかりとすべての窓と玄関の鍵を確認した。あのギャルの忠告と呪符の効果を信じるしかない。

ハウスの外でひそひそと話す声が聞こえてきたのは、深夜二時頃だった。

尿意をおぼえて、僕は起き上がった。暗くて怖かったけれど、ぐっすり眠る夢花を起こさないよう、電気をつけずに玄関付近にあるトイレに向かった。

すぐに異変に気がつく。玄関の扉の中央に嵌められた磨りガラスに、ぼんやりと明かりがにじんでいた。どうやら、懐中電灯の光のようだった。

男の声が、複数する。僕は足音を忍ばせて玄関に近づいた。耳をそばだてる。真夜中の蟬とカエルの鳴き声の向こうに、低く圧し殺したささやき声が響いてくる。

「大間々の子孫が、今さらのこのこと顔を出しやがって」

「まったく、どのツラ下げて来やがったんだ」

「まあ、飛んで火に入る夏の虫ってやつだ。さっさとやっちまうべ」

悲鳴を上げる寸前で、なんとかこらえた。怒気をふくんだ男らの声は、今さっき宴会で聞いたばかりの、優しそうなおいちゃんたちのものだった。

寝ぼけていた意識が一気に覚醒した。心臓がドクドクと暴れる。ヤバい、ヤバい、逃げなければ。

「あの娘は、ちょうどいいんじゃねぇか？」

「お山に差し出せばいい。大間々の子孫は、殺して埋めちまえばいい」

「お山は、ああいう生意気な娘が好きだからなぁ」

僕は手を口にあて、叫びだしそうになるのを懸命にこらえた。

とにかく、魔はやって来た。人間だろうが神様だろうが、魔物は魔物だ。ただし、人間の物理的な攻撃は呪符では防げない。

考えが甘かった。山の異常を感じ取った時点で、集落を出るべきだった。

とにかく、夢花を起こして、台所で包丁などの武器になりそうなものを探し、一一〇番だ。

いったい、警察がこの集落に駆けつけてくるまで何分かかるのだろう。頭のなかで目まぐるしくやるべきことを整理していると、一台の車が近づいてくる音がした。

ヘッドライトが、ぐるりと回転して、家のすぐ前で停まる。ドアを開け閉めする音につづいて、こちらも聞き慣れた声がした。

「どうしたんですかぁ？　いきなり夜中に呼び出して」なんとも緊張感のない、あくび混じりの間延びした口調だった。石室さんだ。

「崇史、合鍵持ってきたんだろうな？」

「持ってきましたけど、いくらなんでも急すぎません？」

恐慌の波が僕の首のすぐ下まで迫ってきて、まさにあっぷあっぷと溺れたみたいになり、呼吸がままならなくなる。内鍵は締まっている。が、こんなもの、悪意のある侵入者の前では物の数にもならないだろう。

「娘を捕まえっぞ」

「いくら大間々家に恨みがあるからって、勝手なことをされると困るんですよ」

恨み……？

いかんもんは、いかん！　そう声を荒らげた祖母の、鬼気迫るほどの剣幕が脳裏によみがえる。いったい、ばあちゃんは何をしたんだ……？

石室さんが落ち着いた声で、興奮した様子の男たちをなだめている。

「万が一、どちらか片方にでも逃げられたら、大変なことになりますよ。抵抗されて、こっちが大怪我を負うリスクだってあるわけだし。そうなっても、救急車を呼ぶわけにはいかないんですよ」

「こっちは人数がそろってるんだ。寝てる隙に一気にやりゃ……」

「大声を出されて、移住組に聞かれたらどうするんです？　宴会までに睡眠薬を用意できなかった時点で、あきらめようって話になったじゃないですか」

やっぱり、食べ物や飲み物を疑ってしかるべきだった。薬が調達されていたら、僕らは今頃、土の下だったかもしれないと思うとまさに生きた心地がしなかった。

「ここは、落ち着いていきましょう。これから本格的な夏休みで、移住体験が何組も予定されてるんです。事件が明るみに出たり、変な噂をたてられたりしたら、この集落にとって大打撃です。私たちは、なんとか生き残る道を探っていかなければならないんです」

渋々といった雰囲気で、男たちの足音が遠ざかっていく。石室さんのついた大げさなため息は、まるで僕に聞かれているのを意識したかのように、芝居がかって聞こえた。

ムシムシと暑いのに、下半身から震えがきた。石室さんの車が発進するのを待ってから、僕はトイレに飛びこんだ。

目が暗がりに慣れていたので、電気はつけなかった。先ほどの会話をひそかに聞いていたと、万が一誰かに気づかれるのが怖かった。極限まで高まっていた恐怖と危機感が、尿と一緒に流れ出るのを感じて少しだけ緊張が緩んだ。

トイレには小さい窓がついていた。

その磨りガラスに、かすかに影がよぎる。

コン、コン。

小さく二度、窓が叩かれる。

弛緩（しかん）して丸まっていた背中をぴんと起こし、窓の外の気配をうかがった。息がとまる。

腕と拳が、すぅっとガラスの向こうに伸びる。

もう一度、拳が窓にあたった。

「石室です。驚かせてすみません。ちょっとお話を……」

僕はあわてて、寝間着代わりのジャージのズボンを上げた。

「私は味方です。信じてください」

小さく、低く、ささやくような声だった。近くに車を停めて、徒歩でこっそり戻ってきたのかもしれない。

「ちょっとだけ、窓を開けてください」

人が到底入れないような小さな窓だ。しかし、そこからするりと魔が入りこんでくる気がして、僕は躊躇した。

「夢花さんを失いたくないでしょう？　私の言うことを聞いてください」

僕はおそるおそる、窓をスライドさせた。冷たい夜の風がすぅっと肌をなでて通り抜けていく。

「誰かに聞かれると困るので、手短に済ませましょう。信じられないかもしれませんが、夢花さんはお山に住む神に狙われています。霊感がある女性はとても好まれるのです。お山の意志は、ここに長年暮らす住民たちの意識に浸透し、ほとんど同化しています。このままでは、彼女はお山に呼ばれ、連れていかれてしまいます。あるいは、この集落の人間に捕まってしまうか……」

姿の見えない石室さんの声が、かすかに響く。

僕は唇を噛んだ。ここに残りたいと最初に強く主張したのは夢花だった。あの時点で、すでに夢花は山に見入られ、取りこまれかけていたのかもしれない。

「私は、もううんざりなんです。誰かが犠牲になるのは。だから、こうしてあなたたちを救いに来ました」

僕はトイレのタンクのほうに身をのりだして、小窓の向こうをうかがった。相手は何かを警戒するように、こちらに背を向け、少しうつむき気味に立っていた。赤いジャージにプリントされた、いかついブルドッグが暗がりで浮き上がって見える。

「で、僕らはいったいどうすれば……?」

「くれぐれも、今すぐ逃げだそうなどと考えないでください。集落の出口には見張りがいます。追いかけられて、殺されて、お山に埋められてしまいます」

僕はつばをのみこんだ。

「夢花さんが怯えるので、さっきの出来事は決して話さないように。そして、山頂へのお参りは、予定通り参加してください」

「大丈夫なんでしょうか……?」

「このまま東京に帰っても、おそらく夢花さんはお山に呼ばれ、じわじわと取りこまれていくでしょう。ふらっと行方不明になって、あのお山で発見されるという事態だけはさけなければなりません」

田んぼに生息しているのか、カエルがかしましく鳴きたてる。僕は必死に相手の言葉に耳を傾けた。

「そうならないよう、私が夢花さんのために山頂で祈禱（きとう）を行います。その際、夢花さんの持っているお数珠（じゅず）が邪魔になります。中途半端にああいう法具を持ちこむと、相手を刺激し、怒らせてしまい、逆効果になる恐れがあります。私の神式の祈禱に悪影響を及ぼしますので」

「じゃあ……」

「今のうちに隠しておくのが得策でしょう。置いていけと真正面から言っても、聞くような人ではなさそうですから。こっそり持ちこまれたら困りますので、黙って隠してください。帰り支度をするときに、見つかったと言って返してあげれば、あやしまれることもないでしょう」

相変わらず蟬とカエルの鳴き声しか聞こえない。夢花が起き出す気配もない。

「それでは、明日の朝、お会いしましょう」

そう言って、石室さんは足音もなく去っていった。

僕はトイレの窓と鍵をしっかりと閉めてから、布団の敷かれた和室に戻った。変わらず夢花はぐっすり寝ている。

部屋の隅に、夢花の鞄があった。僕は夢花の安らかな寝顔をうかがいながら、そっと手を伸ばした。

数珠はすぐに見つかった。

ふと、迷う。

一から十まで、あの人の言うことを信用していいものだろうか。私は味方です――そう石室さんは言った。たしかに、先ほどはいきり立つ集落の男たちを必死になだめてくれた。しかし、それは騒ぎになると困るからという理由だった。実際、宴会までに睡眠薬が用意できていたら事に及んでいた可能性が高いのだ。

彼は夢花を助けるため、祈禱をする気があるのだろうか。本当に、その祈禱は効果があるのか。そもそも、山に行くこと自体、危険な行為なのではないだろうか。

警戒すべきは、神か、人間か――。山をさまようという幽霊はともかくとして、僕は正直、神や魔の存在を信じきれていない。いちばん怖いのは、「お山」を恐れ、敬い、暴走する人間たちの心のほうだと思う。先ほどの彼らの言動からして、夢花を供物として差し出そうとしていることだけはたしかなのだ。

僕らは、山に囲まれたこの集落にとらわれている。まさに、夢花の見た夢が現実になりつつある。

となると、この集落のなかでただ一人冷静に振る舞っている石室さんを信用し、脱出の機会をうかがうしか道はない気がした。そのための切り札は、浅木の存在だ。

明日は移住してきた家族が同行する予定らしい。山頂で待ち構えていた集落の人間たちがいきなり襲いかかってくる、ということはまず考えにくいだろう。

僕は手にした数珠を夢花から隠すため、自分の大きなリュックの奥底にしまった。

翌朝、冷蔵庫で保存していた昨日の残りのご飯やおかず、漬物などで朝食を済ませた。あのあと誰かが侵入してきた形跡はなかったし、僕は住民たちの動きを警戒して、ほとんどの時間起きていた。今さら食べ物に何かをされた可能性は考えられなかった。山で何が起こるかわからない以上、しっかりと腹ごしらえをしておく必要があった。

夢花の様子にも、おかしなところはない。本当に山へ連れていかれようとしているのなら、みずから山頂に近づくべきではないんじゃないかと、僕は今もずっと迷いつづけている。

「あれ？　マナブ、私のお数珠知らない？」出発間際になって、案の定、夢花が騒ぎだした。鞄の中身を何度も出してはしまい、敷いていた布団の下までめくっている。

「いや……、わからないけど、もうそろそろ出なきゃいけないよ」

「うん。おばあちゃんの形見だから、戻ってきたらきちんと探さなきゃ」

「ねぇ、本当に行く？　やっぱり、危険すぎるんじゃないかな……？」

「だって、マナブのおばあちゃんの抱えてる秘密が、山の上にあるかもしれないんだよ」夢花が怪訝(けげん)そうに僕を見つめ返した。「怖いのはわかるけど、ここまで来て行かなかったら、あとあと後悔するかもしれないし」

深夜の男たちの会話が、嫌でも思い出される。ばあちゃんは、確実に集落の人間たちから恨みを買っている。

朝八時が約束の時間だったが、少し早めに僕たちは車で神社に向かった。山に登る前にもう一度、石室さんに話をつけなければならなかった。

移住してきたという家族は、まだ来ていないようだった。車のあたりで夢花を待たせた僕は、社務所のインターホンを押した。すっかり神職の装束に身を包んだ石室さんがすぐに顔を出した。

「少しだけ、お話いいですか？　すぐに済みますので」

引き戸を閉めて、石室さんと対峙する。

「もう、腹の探りあいはたくさんなので、率直に言います」

昨夜の言い知れない恐怖が、足をすくませる。それでも、僕はきっぱりと告げた。

「僕は、とある反社会的勢力の人間に弱みを握られ、命令され、ここに来ています。裏社会でささやかれる死体遺棄の山がここにあると聞いて、その噂が本当かどうかたしかめるために」

まったく驚いた様子もなく、石室さんが重々しくうなずく。今日は烏帽子をかぶり、紫色の立派な狩衣を着ている。

「はっきり言います。僕と夢花が無事に戻らなかった場合は、この集落の人間、そして神社の宮司が犯人だと、今朝、相手の男に伝えてきました」

浅木に電話し、昨日の出来事をすべて話した。

「男は、約束してくれました。僕らが消えたときは、頭数をそろえてここに乗りこみ、手荒なことをしてでも、すべてをつまびらかにする、と」

僕のやっていることは、ほとんど暴力団と変わらない。武力を背景に脅し、相手を屈服させる。でも、夢花の命がかかっている。こうでもしなければ、無事は保証されない。

「わかりました。約束しましょう。私が最後まで責任を持って、あなたたちをこの集落から出します」

石室さんが、ぐっと声を落とした。

「その上で、もし、誰にも気づかれず遺体を処理したい場合は、こちらで承(うけたまわ)ると、その男にお伝えください」

「じゃあ……」

「はい。裏社会の都市伝説は本当です。昨日は、日置君の意図が読めなかったのではぐらかしましたが、率直に話していただいたので、こちらも正直に認めます。あなたは弱みを握られていると言った。ということは、日置君自身も警察に通報したり、自首したりできない立場にあると思われるので」

話の内容は、厳かな神職の装束にはまったく似つかわしくないものだった。

「お山の腹を満たすために、遺体とその魂が必要です。それを供給してくれるのなら、願ったり叶ったりです」

石室さんが、さらっと恐ろしいことを言った。到底信じられないけれど、信じなければ僕らはここから出られない。

しかし、邪悪な魂を地中で吸い上げることで、悪い神はより力をつけてしまうのではないかと僕は心配になった。それは、のちの世代に禍根（かこん）を残しつづける悪循環なんじゃないか――。けれど、昨日の夢花の推測をここでぶつけることはできなかった。石室さんだって、前の世代が後まわしにしつづけた莫大な負債を背負って、今ここに立っているかもしれないからだ。部外者の僕がどうこう言って解決できる問題ではない。

「ご遺体は、通常、一体につき五十万で受けているんですが、日置君は特別価格、三十万でけっこうです。パスカルじゃなくて、日本円ですよ」石室さんが、少し冗談めかして言った。

「相手の男にもそうお伝えください」

「パスカル」という言葉を耳にしても、不思議と昨日のような恐怖は感じなかった。

「あの……、なんで石室さんは、夢花の見た夢の内容がわかったんでしょう？」

「実は、私もたまに予知夢のような夢を見ます。昨日は、たまたま夢花さんとリンクするような夢を見た、ということです。おそらく、この集落に近づく夢花さんの心配や恐怖と、それをそこはかとなく感じ取った私が無意識下で重なったのでしょう。シンクロニシティというやつです。だから、あなたたちが来ることは、たしかに事前にわかってました」

もはや何を言われても驚かない。石室さんの言葉を信じなければ説明がつかないからだ。

「さて、ここで日置君にクイズです。夢花さんの夢に私も登場しました。私はいったい、どの役柄で夢に出てきたでしょうか？」

いきなり問われ、僕は記憶を反芻した。

先に下山を試みたという若い女性。そして、僕たちの子どもを奪ったタクシー運転手――。

僕が首をひねると、すぐに石室さんが答えた。

「正解は、遊園地の係員でした。私は心底困った様子の夢花さんと、赤ちゃんを抱くあなたにしきりに出口をたずねられました。でも、そこで働く私だって出口なんかさっぱりわからないんです。必死にはぐらかして、さも知っているようなふりをして答えて、ますます迷っていくあなたたちを、幾ばくかの罪悪感と虚無感とともに見送りました」

石室さんの表情が、悲しそうにゆがむ。

「遊園地で働いていながら、その出口を知らない係員――現実における私の境遇も、同じようなものなのです。多少ルールのようなものを知っているだけで、この山に私もとらわれ、同じ過ちを繰り返し、まったく出口が見えない。いったい何人、迷い人がさらに迷いこんでいくのを見送ったことか……」

僕は、沈鬱な石室さんの顔から目をそらした。

「やはり、あなたたちはそのまま東京に帰ったほうがいいでしょう」

「えっ……？」顔を上げた。

すでに石室さんの表情は、何を考えているのかわからない、いつものののっぺりとした笑顔に戻っていた。

「午前中は、お二人ともハウスで待機していてください。もう、襲われることはないので安心してください。私は山頂への案内を済ませてから、午後、あなたたちを集落の出口まで誘導します」

「わかりました。ありがとうございます」脅迫のような真似をしてしまったけれど、本音で語りあえてよかったと思った。

石室さんや、移住してきた人たちの立場は不憫だが、ひとまず無事に脱出することが先決だ。その上で、ばあちゃんともしっかり向きあい、この集落での出来事を聞き出さなければならない。

もちろん、昨日のトイレでの窓越しの会話が気にならないでもなかった。石室さんは、山頂で夢花のために祈禱を行うと言っていた。そうしなければ、東京に帰ってからも「お山」に呼ばれつづける、と。

でも、これ以上危険な山頂へは近づかないほうがいいだろう。石室さんの現時点での判断を尊重するべきだと思った。僕は社務所を出た。

すると、一人の男が近づいてきた。四十代くらいだろうか。こざっぱりとしたシャツにジーンズという恰好で、どことなく洗練された容姿だった。

「こんにちは。あなたも、移住を考えてるんですか？」男のほうから話しかけてきた。

もしかしたら、移住してきたという家族の旦那さんかもしれない。僕は軽く頭を下げて答えた。

「いえ、僕は祖母がこの集落出身でして、昨日はじめてお墓参りに。今日も山頂へご一緒させてもらう予定だったんですが……、ちょっと用事ができてしまったので、このまま帰ります」

「そうですか……。なら、よかった」旦那さんが声を落とした。しきりに社務所のほうを気にしている。「いえね、どうもこの集落、変なんですよ。移住体験をしたときは、むしろこんないいところはないと思っていたのに」

聞けば、お子さんが都会でひどいイジメにあい、不登校になってしまったという。田舎で心機一転、やり直そうということで移住を決意したらしい。夫婦共に在宅でイラストレーターの仕事をしているので、通勤の必要もないそうだ。

「変って……、何が変なんですか？」

「住民たちの噂話です。たとえば、あの家の誰それは、向かいの家の人間を憎んでいて、夜中にこっそり農機具を壊した、とか。でも、噂話の対象の人間が来ると、何事もなかったかのように、にこにこと対応する。それで、その場にいない人間の悪い噂をまた性懲(しょうこ)りもなくはじめる、といった感じなんです。根拠も薄弱な、根も葉もない噂がほとんどで」

「それは、怖いですね……」昨夜、石室さんが語っていた。お山の意志は、ここに住む人間たちの意識に浸透して、ほとんど同化している、と。

住民同士、互いにいがみあわせたり、僕や夢花を襲わせようとしたり、何か邪悪な瘴気みたいなものが、山頂から絶えず降りてくるようで、僕は寒気を必死でこらえていた。

「自分たちも、古くからの住民の噂話のやり玉にあがってるんじゃないかと思うと、ちょっとぞっとします。でも、妻と娘は、なぜかここをすごく気に入っていて……。小学校が遠いこと以外、もちろん環境は最高にいいですし、家も購入してしまって、そうそう動くことはできないんですが」

「今日のお参り……、ひとまず、やめておいたほうがいいんじゃないですか？」

山頂へ行くことが、山の意志と完全に同化し、住民の一員になる儀式ならば……。しかし、一時的にとめたところで、この人たちは引越しを決意しないかぎり、ずっとここで暮らしていかなければならないのだ。

石室さんが、僕と夢花を逃がそうとしてくれているのは、あくまで互いの利害が一致しているからにすぎない。山の食料となる、遺体と魂を供給するために、僕は逃がされる。その事実をあらためて突きつけられる。

「実は、私もこの山がどうにも不気味でして」旦那さんが、ちらっと山頂のほうを見やる。

「でも、やはりなぜか妻と娘は、今日のお参りを楽しみにしていて」

「ところで、ご家族は一緒じゃないんですか？」僕は神社の境内を見まわした。「あれ？　そう言えば、僕の連れも見当たりませんね。おーい！　夢花……！」

「今朝方、仕事のメールを至急打たなければならなかったんで、妻と娘は散歩がてら先に行くと言って出ていきました。でも、神社の入り口で待ってるって言ってたんですが、やはり姿がなくって……」

車を停めたところまで戻っても、夢花の姿はなかった。大声で名前を呼びつづける。

「どうされました？」準備を済ませた石室さんが、社務所から出てきた。

「夢花がいないんです！　こちらのご家族も」

石室さんが、山頂へつづく石段の奥を見た。そして、つぶやく。

「やられましたね」

「は……？」

「彼女から目を離すべきではありませんでした。もう、なりふり構っていられません。私はスニーカーに履き替えます。ちょっとだけ待ってください」

山道を急ぐためだろう。草履（ぞうり）を脱いだ石室さんが戻ってきた。同じく妻と娘が消えたという大友（おおとも）さんとともに、三人で鳥居をくぐり、石段を上がっていく。

すると、石室さんが思いもかけないことを口にした。

「夢花さん、お数珠は持ってますよね？　あのお数珠が彼女を守ってくれるといいんですが……」

この期に及んで、また冗談を言うつもりかと、僕は石室さんをとがめる視線を向けた。しかし、石室さんはいたって真剣な表情だ。

「夢花は数珠を持ってませんよ」悲痛な叫び声をあげてしまった。「だって、石室さんが持ってくるなって言ったじゃないですか！」

「私はそんなこと言ってないですよ」石室さんの顔も蒼白になっていた。「いったい、いつです？　いつ、私がそんなことを言いました？」

この人は嘘をついていない。僕は直感した。いつも余裕を漂わせている石室さんが、額に大汗を浮かべている。

移住してきた大友さんの手前、住民に襲われそうになったことについては言葉を濁しながら、昨夜の出来事を必死に説明した。トイレの窓を隔ててした会話は、夢なんかじゃない。暗がりのなかに浮かび上がった、あの赤いジャージは今も目に焼きついている。

「私が夜おそくあの家に向かったときは、Tシャツと短パンでした。それがいつもパジャマ代わりなんです。寝ているところを電話で起こされて向かったので、あのジャージは着ていませんよ。それに、玄関前からすぐに車に乗って帰りましたし」

顔から血の気がさぁーっと引いていく。石段を急いで登りつづけ、体は火照っているはずなのに、寒気がとまらなかった。

「じゃあ、僕が見たのは……」あれは、魔物の背中だったというのか。

夢花の後輩の忠告を今さら思い出した。窓を叩かれても、決して開けないように。私は味方です——。石室さんの偽者はそう語った。

僕は騙されたのだ。小窓を開けた瞬間、冷たい風が肌をなでていった。あの感触を明瞭に覚えている。

鳥肌が立った。あの瞬間、家に入られたのだ。夢花に接触された。

「完全にやられましたね……！」石室さんが、低く怒鳴った。「よほど、夢花さんが欲しいようです」

同行する大友さんが、困惑した様子で石室さんをうかがう。事情も知らずに移住させられたことを考えるとかわいそうだが、僕は夢花の安否で頭がいっぱいだった。

「夢花さん、あのお数珠について何か言っていましたか？」

「祖母の形見だと言っていました」

僕はポケットから、夢花の数珠を取り出した。

昨夜、自分のリュックの奥底に隠した数珠は、そのままあの家に置いていくつもりだった。しかし、出発する直前で胸騒ぎがして、結局、持って出た。こんなことなら、夢花に持たせておくべきだった。

「置いてきていたら、完全にアウトでした」石室さんが言った。「やはり、そのお数珠には霊感のある夢花さんを守るために、強力な念がこめられているようです。夢花さんのおばあさんがこめたものなのか、それとも誰か有能な僧侶や霊能力者に頼んだものなのかわかりませんが、とにかく、悪いものを拒絶する強いパワーを感じます」

昨日の墓参りのとき、夢花がこっそり取り出した数珠を、この人は振り返ることなく感知した。説得力のある言葉だった。

「じゃあ、僕を騙して数珠を隠させようとした者は、その力を嫌って……?」

「そういうことです。とにかく、急ぎます」

大間々家の墓のある中腹を過ぎると、石積みの階段は途絶え、本格的な山道に入った。途端に息が上がるが、悠長に登ってなどいられない。

それにしても、夢花の背中がまったく見えてこない。女性二人と小学生の女の子一人を、男三人で追いかけているわけだが、一向に追いつく気配がない。大したタイムラグはなかったはずなのに。

すると、大友さんがぼそっとつぶやいた。

「あの、すいません……。誰か呼んでませんか?」大友さんが眉をひそめて、あたりを見まわした。「男の人が、ずっと……」

「ダメです。前を見て」

石室さんが低く怒鳴った。

「絶対に振り返らないでください。絶対に、です。反応もしないでください」

厳しい口調で石室さんが告げる。

「怖いでしょうが、このまま足をとめないで登りつづけてください」

僕は耳をすました。

おーーい。おーーーーい。

聞こえる。

下のほうから近づいてくる。どんどん近づいてくる。登山道ではなく、木や草をかきわける、ザッザッザッという足音だ。

「私たちを足止めしようとしているようです。無視してください」

おーーーーーい！

すぐ背後まで迫っている。怖い。振り返りたい。声の主をたしかめたい。

「日置君、そのお数珠をしっかりと手に持って。己も、しっかりと保ってください」

おーーーーーーーーーーーい！　すぐ耳元で怒鳴り声がした。

今にも肩をつかまれそうな気がして、危うく数珠を落としそうになる。なんとか、こらえる。手に汗がにじんだ。

待てって言ってるだろ！

耳と首筋に荒い吐息がかかったような気がした。となりで、ひっ！　と、大友さんが息を吸いこむような悲鳴をあげる。

「そのお数珠の一端を、大友さんにも持たせてあげてください」

冷静な石室さんの声が救いだった。輪っかになった数珠の端と端を、横にならんだ大友さんとともに握りあう。

強い風が吹いた。頭上の木々の葉が揺れる。

ざわざわと鳴る葉擦れの向こうに、聞こえた。

今度は、お経だ。昨日、夢花が言っていたように、低く、強く、地の底から響くような読経が。

入れ替わるように、おーーい、という声がしだいに遠くなっていった。

守ってくれた。仏様が、守ってくれた。僕は心のなかで、何度も「ありがとうございます」

と、つぶやいた。

登山道がなだらかになってくると、前方に金網の扉が見えた。「これより先、所有者の許可なく立ち入ることを禁ずる」というプレートが取りつけられている。観音開きの扉の左右には、太いチェーンが巻きつけられ、南京錠がかかっているのだが、肝心の鎖が途中で引きちぎられていた。人の力では到底かなわないようなねじ切れ方だった。からまったチェーンを取り除くと、石室さんが錆びきって不快な音を立てる扉を開けた。

「無事にたどり着きました。間もなく山頂です」

朽ちかけた木の鳥居をくぐると、急に視界が開けた。僕は膝に両手をつき、あえぐように呼吸をした。

空気が、突然、変わった。風は動いていないのに、ひどく冷たい。自分の頭と、手と、足が、ぐんと遠ざかっていくような、妙な空間のゆがみが全身を重くする。

恐怖の底が抜けたみたいに、あらゆる感覚が鈍麻した。山頂は磁場がくるうと、石室さんが話していた。夢花は「無」だと言っていた。

ふわふわと地に足がついていないような浮遊感と、それでいながら、地中にぐるぐる引きこまれそうになる圧迫感が同時に襲ってくる。それなのに、頭痛もないし、恐慌もない。真空のなかにいるみたいに、空気が薄く感じられて、僕は大きく息を吸う。吸っても吸っても、酸素が足りない。けれど、やはり不思議と焦りはない。

ようやく呼吸を整えると、僕は伏せていた顔を上げた。

見上げるほど巨大な平たい岩が二つ、危ういバランスで支えあい、屹立(きつりつ)している。紙垂(しで)が垂れ下がった大きな注連縄(しめなわ)がぐるりと岩全体を取り囲んでいる。

僕は目を見張った。

たくさんの人の骨が、岩の下の、室のような空間に転がっていた。頭部の骸骨もある。眼窩(がんか)の空洞が、じっとこちらを見つめている。

骸(むくろ)を守るように、数えきれないほどの、色とりどりの風車が土に刺さっていた。まったく風を感じないのに、回転をつづけている。赤も、青も、緑も、ピンクも、ぐるぐるとまわる。前後も、左右も不覚になるような酩酊感で、立っているのもやっとだった。

「夢花！」焼けつくようにかわいた喉を懸命に振りしぼって叫んだ。

「亜美(あみ)！　美鈴(みすず)！」大友さんも家族の名前を呼ばう。

いた――。

夢花、そして大友さんの妻と娘――三人が奥にある小さな祠(ほこら)の前で円を描くように、互いの手を握っていた。

楽しそうに、両手を上下させ、その場で回転している。

大人の女性にはさまれた美鈴ちゃん――大友さんの娘さんは、腕が突っ張って、千切れそうだ。それなのに、夢花と母親の亜美さんは、さらに腕を激しく上下させる。かごめかごめのように、その場でぐるぐるとまわりつづける。美鈴ちゃんは、身長のアンバランスのせいで、ほとんど宙に浮いている。

「パパ！　楽しいよ！　パパ！　おいで！」

腕や肩が痛いはずなのに、美鈴ちゃんは満面の笑みだ。

「パパ！　パパ！　こっちだよ！　おいで、おいでよ！」

二つに結んだ髪が、激しい回転で大きく跳ね、揺れる。

「マナブもおいでよ！」夢花も笑っていた。「おいで、マナブ……。た、助けて……！」

呆けていた僕は、夢花の絶叫で我に返った。夢花のもとに向かおうと、足を踏み出した瞬間、美鈴ちゃんのものではない笑い声が間近で聞こえはじめた。大勢の子どもたちの笑い声だった。くすくす、くすくす、耳元でささやくように、周囲を取り囲む。たくさんの駆けまわる足音がする。風車も激しくまわる。

突然、服の裾を引っ張られた。

繁子姉ちゃん！

振り返っても、誰もいなかった。

繁子姉ちゃん、遊ぼ！

祖母を呼ぶ声だった。もう一度、服を引かれる。

今度ははっきり見えた。おかっぱの女の子が頰を真っ赤に染めて、風車のあいだを縫うように、あたりを駆けまわっている。

繁子姉ちゃんは、生きて！　生きてね！

笑っている。でも、どこか悲しそうな笑い声だった。女の子の姿が消えた。と、思ったら、急に背中が重くなった。

おそるおそる振り返る。

僕の背中に女の子がしがみついている。すぐそこに、落ちくぼんで真っ暗な女の子の両目と口があった。頰の赤みとは対極的な三つの闇がどんどん広がって、のみこまれそうになる。

繁子姉ちゃん、なんで私が死ななきゃいけなかったの……？

「正気に戻ってください！」

とんでもない力で背中を叩かれた。ハッとする。笏と呼ばれる木の板で、もう一度、石室さんが僕の背中に気合いを入れる。

「さあ、二人でお数珠を握って。下山するんです」

いつの間にか夢花がとなりにいた。激しく息が上がって、ボロボロと涙を流している。「夢花」と呼ぶと、しっかりうなずいてくれた。

先ほどのように、数珠を二人で握りしめる。

夢花の代わりに誘われた旦那さんが、家族の輪にくわわろうとしていた。差しのべられた妻と娘の手をそれぞれ左右に取り、ふたたびぐるぐると回転をはじめる。遊園地のコーヒーカップやメリーゴーラウンドに乗っているかのように、はしゃいだ笑い声をあげる。

楽しいなぁ、亜美、美鈴！

楽しいね、パパ！　ママ！

私たち、とってもとっても幸せね！

「大友さんたちは、もうダメです」石室さんが首を振った。「半年間、この集落で暮らしていますから、すでに心を奪われています。唯一、旦那さんだけが強い精神で踏ん張っていましたが、もう、これで……」

「そんな……」夢花が顔をゆがめた。

「まず、あなたたち自身のことを考えてください」石室さんが、片手ずつ、僕らの背中に手をかける。「夢花さん、あなたはいずれご自分の意志をすっかり喪失し、この山に帰ってくることになります。この山の呪いに物理的距離は関係ありません。それをさける方法は、二つ」

石室さんが、交互に僕たちと視線を合わせる。

「一つ目です。早急に結婚してください」

「はい？」僕は耳を疑った。「どういうことですか？」

「あなたたち、まだ男女の営みを済ませていませんね？　神に見入られるというのは、そういうことです」

繰り返し痴漢の被害にあったせいで、夢花は男性恐怖症だった。手や腕以外の体に触れられることを極端に嫌がった。高校生の頃には、夜道で羽交い締めにされて襲われたこともあるという。人が通りかかり、危ういところで助かった。

少しずつでいいよ。僕は夢花にそう言い聞かせていた。

僕たちの子ども。奪われた子ども。「願望」と語った夢花の泣き顔を思い出して、胸がかきむしられた。

奪われたくない。誰にも。

「一つ目が難しいのなら、二つ目です」

怒りと後悔でこの身が引き裂かれそうになり、ともすれば石室さんの言葉が耳を素通りしそうになる。

「誰か身代わりを立てることです。あなたのおばあさんが、かつてしたように」

「ど……、どういうことですかっ？」思わず大きな声を出してしまった。しかし、僕はすでにわかっていたのだ。

先ほどの、おかっぱの女の子。なんで私が死ななきゃいけなかったの。悲痛な声で訴えかけてきた。

まさか、ばあちゃんが殺したのか……？　総毛立った。もしくは、ばあちゃんの身を案じた大間々家の人間が、あの女の子を代わりに差し出したのだろうか……。

集落の人間の恨みと怒りを買ってでも、娘を生かし、東京に逃がしたのかもしれない。

その甲斐もあって、僕の父――そして僕が生まれた。誰かの犠牲の上に、この血筋は保たれているということなのか。

「身代わりの方法は、おばあさんに聞いてみてください」

ぼそっと、石室さんがつぶやいた。

「説明は以上です。このまま、荷物を取って集落を出てください。安全に出られるように、集落の見張りの人間に連絡しておきます」

僕では夢花の身代わりになどなりえない。それはじゅうぶんわかっている。でも、この身を捧げて夢花が助かるのなら、いくらでもそうする。山に向かって、今すぐ叫びたい。

ふざけるな、と。

「不法な死体遺棄は、お山にとって、あくまでおやつみたいなものだと考えてください。腹は満ちるが、満足はしない。時間稼ぎにはなりますが、子どもや婚前の女性を食べるまで、しずまりません」

「だから、子どものいる家庭を移住させてるんですか！」

力なく石室さんがうなずいた。僕は天を仰いだ。ここでは風を感じないのに、風車はまわり、夏の雲は大きな力に押されるように南へ南へと流れていく。呆れるほど高く、青い空だった。

「さぁ、早く！」石室さんが叫ぶ。

僕は夢花の背中に手をかけた。

「あの……！　一つだけ！」夢花が振り返った。「なんで、石室さんは私を助けようと？」

魔がすぐ近くまで迫っている気がする。気が急いて、つまずきそうになる。

「石室さん、つい昨日まで、私をこの山に差し出すつもりでしたよね？」

「夢花さん。私は一度、あなたの夢と重なりました」

石室さんが笏を胸の前で握りしめ、心のこもった笑顔を見せる。

「はっきり見えました。夢花さん、あなたは非常に優しい人です。自分が不幸を一身に背負うことで、周囲の人たち——いや、関係のない人までこうむるはずだった不幸でさえ、肩代わりし、その身を削るように生きている。これまでも。これからも」

痴漢を受けつづけている。それと関係があるのだろうか——。

「幸せになってほしいと、なぜか心の底から思いました」

光を反射した丸メガネの奥の瞳が柔らかく笑む。

「出口を目指してください。明るい未来はきっとあるはずです。何があってもお数珠を手放さないように」

石室さんが、控えめに手を振った。

4

「だから、絶対にいかんって言ったんだよ！」

こけた頬が痛々しい。ばあちゃんが、テーブルに両肘をついて、頭を抱えた。

「ああ、なんでこんなことに……」

もう白髪を染める気力もないのか、根元から数センチが真っ白になった髪をかきむしる。

「ごめん、ばあちゃん……。僕もまさかこんなことになるとは思わなくって」

夢花は今、僕の部屋で寝ている。六地蔵集落を午前中にたち、その日のうちに東京にたどり着いた。

明くる朝、十時になっても、夢花はこんこんと眠りつづけている。このまま起きないんじゃないか。起きた瞬間、ふたたびあの山にふらっと旅立ってしまうんじゃないかと、僕は恐々としている。

枕元には、あの数珠(じゅず)を置いた。どうか夢花を守ってくださいと、僕は家にある仏壇にもお願いした。亡くなった祖父が写真立てのなかで、穏やかな笑顔を見せている。

じいちゃんは、長年連れ添った妻の秘密を何も知らずに旅立ったのだろうか。ばあちゃんが背負った業の巻き添えを、死後に受けていないかと心配になってくる。

「身代わりを立てるしかない……」ばあちゃんが、つぶやいた。「もう、こうなったら……」

「そんなの同じ過ちの繰り返しじゃないか！」

「じゃあ、夢花ちゃんが奪われてもいいのかい！」ばあちゃんが、テーブルを叩く。「死んだあとも、ずっとあのお山にとらわれて、成仏すらできないんだよ」

僕が口を開きかけたとき、廊下を走る足音がした。

僕とばあちゃんは、同時に顔を上げた。夢花が起きたのかと思ったが、子どもがふざけて走りまわるような、とても軽い足音に聞こえた。

「サヨちゃん……？　サヨちゃんかい？」

ばあちゃんの言葉と表情に様々な感情が宿る。恐怖、悲哀、罪悪感、後悔、そして、幾ばくかの懐かしさ、そして安堵が最後ににじみ出す。

「サヨちゃん、そこにいるの？　マナブの背中に乗って、山を下りてきたの？」

ばあちゃんが、ふらっと立ち上がった。リビングの扉を開け放つ。すると、足音はぱったりと絶えた。

「サヨちゃん、いるの？」小さい子どもに対してするような、甘く優しい口調で、女の子の名前を呼ぶ。「ごめんね。本当に、ごめんなさい。今さらあやまってもおそいけれど」

山頂で僕の背中にしがみついてきた女の子――ずんと沈みこむようなあの重さに、そのまま、サヨちゃんのやるせなさ、憤り、積年の無念がこめられているようで、切なさに胸がはち切れそうになった。

理不尽に命を奪われた上に、あの山に六十年以上とらわれてきた。せめて、僕の背中にくっついて、山を逃れられたことだけは幸いだった。

浅木が繰り返し言う「つけいられる」ということの意味が、今、はっきりわかった。山頂で、僕はサヨちゃんに心の底から同情した。心のなかで何度もあやまった。だから、こうして「つけいられた」。もちろん、今回ばかりはつけいられて良かったと思う。

ばあちゃんがリビングの扉を閉めて、ふたたび僕の向かいに座った。憔悴（しょうすい）しきったばあちゃんに、僕は言った。

「怒ってたよ」残酷な言葉だということはわかっていた。それでも、伝えなければならなかった。「あの子は、怒ってた。なんで死ななきゃいけなかったのって」

どすんと、和室で何かが落ちた音がする。

「でも、生きてほしいとも言っていた。その気持ち、よくわかる。軽々しくわかるなんて言っちゃいけないけど、やっぱりわかる」

タッタッタッと、また軽快な足音が響く。

「僕だって、こうしてこの世に存在している以上、身代わりの恩恵を受けてる。それに目をつむることはできないと思う」

気を緩めると、今もあの山頂の酩酊感に襲われそうになる。たくさんの骸と、風車、物言わぬ大きな岩が僕を威圧的に見下ろす。

「ばあちゃんだけの問題じゃない。だから、教えてほしいんだ。すべてを。ばあちゃんの集落時代と、あの山のことを。その上で、まずサヨちゃんのことを救ってあげたい」

まるでスキップするように、廊下で飛び跳ねる。床板がみしみしときしむ音もする。

「わかったよ……」

骨張った手をせわしなくこすりあわせながら、ばあちゃんがおずおずとうなずいた。

「どこから、話したものか……。あのお山にあるのは土葬のお墓だけじゃないんだよ、頂上では風葬も行われてたんだ」

「フウソウ……」頭のなかで、漢字に変換するのに時間がかかった。「風葬って、火葬もせずに、そのまま遺体を地上に放置するってこと？」

鳥肌が立った。たくさんの骸骨が、こちらをじっと見つめていた。地獄の入り口のような光景を思い出した。

「そうだよ。あの大きな岩の下の空間、石牟呂と呼ばれるところは、神のおわす神聖な場所とされてきた。そこに、早くに亡くなった子どもの遺体をそのまま安置して、子どもを神様のもとに返すということをしていた」

それは、やはり遙かいにしえの時代から行われてきた風習らしい。子どもは、かつては神の所有物とみなされていた。だから、夭折してしまった子どもたちは神のもとに返さなければならない——そういった考え方は六地蔵集落だけでなく、日本全国にみられるという。子どもの葬送の方法は、もちろん地方によって様々だ。

「むかしは、子どもが多かったし、医療もそこまで万全じゃなかったから、赤ん坊や子どもが亡くなるっていうのは、そうめずらしいことじゃなかったんだよ。だから、野辺送りで山頂まで登って、そこに遺体をそのまま置いてっていう葬送を、みんな当たり前のようにしていた」

「それは、お寺があった江戸時代以前も？」

「おそらく、ずっとずっとむかしからだよ。もしかしたら、飢饉の時代、貧しい時代は、口減らし……なんてこともあったかもしれない。味をしめたというと言葉は悪いかもしれないけど、神様は千年以上、子どもを食べつづけてきたわけさ。親は十日から一ヵ月くらいは、毎日山頂に参って、子どものために供養をするんだけど、室に安置した子どもの腹が裂かれて、はらわたが飛び出してたっていうことが、当たり前にあったらしい。もちろん、野犬、熊、カラスの仕業かもしれないけどね」

たしかめようもないことだが、もともときちんとした神様があの山にいたにもかかわらず、途中で魔物が代わりに居座るようになった可能性も考えられる。寺と仏像がなくなったのをいいことに、子どもの遺体が捧げられる場所を狙い、もとの神様を駆逐して、さも自分が山の主であるかのように振る舞ったのではないか。

「私がちっちゃい頃は、悪さをすると、よく両親に『お山に呼ばれるぞ』なんて、脅されたもんさ。親の世代は、またその親の代から、同じようなことを言われつづけてきたはずだよ。頑是ない子どもを諭すためのちゃちな脅し文句が、徐々に現実になっていくなんて、まさか集落の大人たちは考えてもみなかったと思うけどね」

周囲で死んだ子があれば、そのまま山頂に放置され、白骨化していくわけだ。怪異や幽霊の存在など信じていなくとも、その事実だけで子どもにとってはトラウマレベルだと思う。

「戦後十年くらい経つと、山を越えた先の村に立派な病院が建ったり、予防接種が行われたりして、そうそう子どもが死ぬことはなくなってきたんだ。私が小学生くらいの頃さ。そもそも、風葬自体が前時代的な風習だからね、子どもが亡くなっても、大人と同じように麓（ふもと）あたりに土葬するようになったんだよ。だから、人々は石牟呂のことなんて忘れかけていた。すると、様様な災いが起こるようになった」

川が氾濫して、田畑の作物が全滅する。イナゴやバッタが大量発生する。凶暴な熊が集落に出没するようになり、何人もの住民が、腹を裂かれた状態で見つかる。草刈り機が突然壊れ、刃が飛び、同じようにはらわたが飛び出した状態で亡くなった人もいたという。

「そして、その当時の宮司が夢を見たと言いだした。定期的に、女、子どもを連れていく、という神託だった。その遺体はかつての通りに、ご神体の石牟呂に安置せよ、と。最初は、もちろんみんな半信半疑だったよ。でも、最初に呼ばれた子は、みずから首をくくって死んだ。まだ小学校六年生の男の子だった。恐ろしいことに、両手がぐるぐる巻きに紐で縛られていて、指のかたちが固定されていた。右手の人差し指だけがぴんと伸びていて、たしかにあの山をさしていた。自分でやったのか、誰かがやったのかはわからなかった」

「それで、その遺体をそのまま石牟呂に……？」

ばあちゃんがうなずき、言葉をつづけた。

「こうなると、もうみんなパニックさ。その当時、まだまだ高校や、ましてや大学に子どもを行かせる家庭は少なかったんだけど、多少無理をしてでも集落を出させる家が増えた。若者も外に働きに出るようになって、ますます子どもが減ってきた。分母が減れば、それだけ自分の家の子どもや若い女が連れていかれる確率が高くなるからね。脱出の動きをおさえるように、互いが互いを監視するようになって、子どもを外に出した家は村八分にされて、ひどいイジメにあうようになった」

住民たちは根も葉もない黒い噂で悪口を言いあうと、移住組の大友さんが言っていた。その下地は、相互監視と疑心暗鬼が渦巻きはじめた当時に醸成されたのかもしれない。

「そして、中学三年生のとき、私はお山に見初(みそ)められた……」

ばあちゃんが、言った。

「不思議な感覚なんだよ。たしかに自分の意志はあるし、お腹は減るし、眠くもなる。でも、しだいに感情が吸い取られるように、なくなってくる。恐怖はないんだ。むしろ、早く召されたいと思うようになる。よく自殺の名所だったり、人身事故が多く起こる踏切りなんてのがあるだろ？　要するに、呼ばれて、吸いこまれるんだ。心が弱りはじめてる人間は、とくに」

その当時のことを思い出しているのか、ばあちゃんは生気のない顔を傾け、深いため息をついた。

「父ちゃんは村役場に勤めていた。集落から山を越えた先の村には、役場や病院、商店や銀行があって、当然、お寺もあった。父ちゃんは、ひそかにそのお寺の住職に相談を持ちかけたんだ。すると、身代わりを提案された。私の血を、身代わりにさせたい相手に飲ませることで、お山の意識はその子に向けられる」

僕はつばをのみこんだ。さっきから、キンキンと耳鳴りがする。

「サヨちゃんは、病弱で、心臓が悪かったんだ。お医者にも二十歳(はたち)まではもたないと言われていた。でも、私にはすごい懐いてくれて、七つ下だったけれど、折り紙を折ったり、おままごとをしたり、よく遊んだ覚えがあるよ」

そこで、祖母の両親は、サヨちゃんの両親と密約を交わした。サヨちゃんの家は貧しかった。多額の金を払い……、そして、サヨちゃんには内緒で、飲みものに血を混ぜた。

サヨちゃんは、それから食べ物を拒否し、痩せ衰えて死んでいった。遺体は、山頂の石牟呂に安置された。それから、しばらくは集落の平穏が保たれる。

「けれど、身代わりは大きなタブーになった。両者の合意があるならまだしも、いくらでも相手をだまして身代わりの立場におとしいれることができるからね。結果、さらに集落内の疑心暗鬼は根深く渦巻いて、その原因をつくった大間々家は、集落の全員の憎しみの対象になった。父ちゃんは、私だけでも逃がそうとした。役場で働いてたこともあって、集団就職に志願することはそう難しいことじゃなかったと思うんだ。それで、中学卒業と同時に東京へ行くことになった」

ばあちゃんが、涙を浮かべる。

「いいか、住民全員がおかしくなりはじめてる。命が危ないから、絶対に二度とここには帰ってくるんじゃないよ。私は駅でそう言われたんだ。両親、兄ちゃん、姉ちゃんに、泣きながらすがりついた。もう会えないの？　本当に会えないの？　兄ちゃんも姉ちゃんも、いつか東京に会いに行くからとなぐさめてくれた。でも結局、そこでの別れが家族全員との最後になった」

僕はティッシュの箱をばあちゃんに差し出した。十五歳で、家族との永遠の別れ。自分の意志でなく、故郷と家族を捨てさせられたのだ。

「もちろん、サヨちゃんのほうがつらい。何度も自分に言い聞かせた。いったい、サヨちゃんの人生は、自分の人生はなんのためにあるんだろうと、工場勤務のつらい仕事に耐えながら考えつづけた。でも、結婚して、子どもができて、マナブをはじめとした孫に囲まれて……。浅木があらわれるまで、私は私の罪を忘れてたんだ」

真っ赤な目で、ばあちゃんは話を終えた。

「私がすべてを背負う。その覚悟はできてるんだ。夢花ちゃんを救うためなら、私が身代わりを殺す。たとえ地獄に落ちたとしても」

僕らは永遠に山から逃れられないのかもしれない。たとえ、夢花が助かったとしても、いつか僕たちの子や孫が引き寄せられるようにあの集落に戻ってしまうような気がしてならない。

魔を祓(はら)うにはどうしたらいいか——僕は昨日の夜、とある人物に相談を持ちかけていた。

「あっ、ちぃーす。夢っち先輩の彼氏さんですか?」

昼前に電話がかかってきた。夢花の後輩、奥田沙良からだ。

「ああ、うん。奥田……さん?」

「そうっす。オクラって呼んでもらっていいっすよ」

オクラちゃんの実家は東京の郊外、青梅(おうめ)にある真言宗(しんごんしゅう)のお寺で、霊的なお祓いの相談にものってくれるという。オクラちゃん自身も民俗学専攻で、真言宗をはじめとした密教を研究している。

「午後には準備が整うそうです。父親がすぐにでも来てほしいと言ってますんで」

「本当にありがとう」

電話を切り、僕は夢花を起こした。もう午前十一時だ。ゆうに半日以上は寝ている。

「おはよう。マナブ」

大きく伸びをして、とろんとした目で僕を見つめる。

「なんだか、すごくすっきりした気分。生まれ変わったような……」

少し寝癖のついた夢花の頭をなでた。夢花はされるがまま目を細めて、気持ちよさそうにしている。

今、性交渉を持つ。

考えないではない。それが、いちばん穏当な出口なのだ。僕はベッドのなかに入った。

「ねぇ、夢花……」

「いやっ！」

少し手を伸ばしただけで、夢花は僕を拒絶した。僕は深呼吸をして気持ちを整えた。

「お風呂にも入ってないし、こんなことで私たちの大事なはじめてを済ませたくない」夢花が両腕を胸の前でかきあわせた。「わかるよね？　きちんと幸せな状態でしたい。こんな異常な状況でするなんて考えられない」

これを言わせているのは、夢花の意志なのか、それとも夢花に入りこんでいる魔の意志なのか……。

「だよね」苦笑いで応じる。

もう、打てる手はすべて打つしかない。僕と夢花、ばあちゃんはタクシーで青梅に向かった。

「おばあちゃん、ごめんなさい。私、マナブを守ってあげられなかった」夢花が、ばあちゃんに頭を下げた。

「何を言ってるんだよ。夢花ちゃんは私の孫も同然なんだから。二人とも大事なんだ。二人の結婚を見届けるまで、私は死ねないよ」

夢花はよくうちに遊びに来ては、ばあちゃんの手料理を味わい、作り方を教わっていた。

僕はばあちゃんの料理を、勝手におふくろの味だと思いこんでいた。中学卒業とともに別れることになった母親の味を、ばあちゃんは孤独な東京で必死に再現しようと試みたのだろうか。

「実はね、集落に向かう日の朝方、私の夢におばあちゃんが出てきたの。おばあちゃんは、先に山を下りていった。あれから無事だったのか、私はそのことがずっと気がかりだったの」

まさか、先に下山していったという若い女性は、ばあちゃんだったのか……。夢のなかで、ブは見送った」今も夢花は数珠を大事そうに握りしめている。「その背中を、私とマナ

過去と現在がクロスしている。

「そう……。私はたった一人だけ助かるために、お山を下りた」苦渋に満ちた顔で、ばあちゃんはうなずいた。

「でも、まだ十五歳だったんですよね。自分を責める必要はないと思います」

「東京に出て、ある程度落ち着いてから、休日は方々のお寺をまわったんだよ。誰か助けてくれる人はいないかと思ってね」

夢花の見た夢によると、先に下山した女性はこう言ったという。必ず助けを求めて、あなたたちのもとへ向かわせますから、と。

「でも、誰もとりあってくれなかった。ハナから信じていない人はまあ、いいんだ。本当に能力のある僧侶は、私を見た途端、血の気を失って、すまないが力になれないと、ただそれだけを言って私を追い返した」

だから……。ばあちゃんは、言いにくそうにつづけた。

「夢花ちゃんのお友達のお寺に迷惑をかけるんじゃないかって、それだけが心配で」

二人がタクシーの後部座席で手を取りあう。僕は助手席から振り返った。

夢花の目を見て思う。なんと表現すればいいのだろう？　夢見心地というか、どこか焦点が合っていないというか、目に光がないというか……。

視線を横にすべらせると、ばあちゃんと目が合った。ばあちゃんが、軽く首を横に振る。ばあちゃんは経験があるのだ。山に魂をとられそうになった経験が。言葉を交わさないでもわかった。夢花には、確実に何者かが入りこんでいる。

なぜ僕はあのとき、トイレの小窓を開けたのか。太ももの肉をつねった。痛みの感覚が麻痺するくらいまで、つねった。それでも、深い後悔は消えなかった。


オクラちゃんの実家のお寺はとても立派だった。大きな山門があり、青、緑、黄色、赤、白――五色の虹のような縞模様の幕が門の内側に垂れ下がっている。

東京都心には目黒不動や目白不動など、五色の不動尊があり、江戸を守ってきたという。この幕は黒ではなく緑が使われているが、五つの色にはきっと何か意味があるのだろう。この寺も不動明王を祀る不動尊だ。僕たちは一礼して、山門をくぐった。

石段の先に、瓦葺きの、大きな軒が張り出した本堂が見えた。本堂にも五色の鮮やかな幕がかかっている。

出迎えてくれたオクラちゃんが、夢花に抱きついた。

「夢っち先輩！」オクラちゃんは泣いていた。「私、あの電話のとき、ちゃんと真面目に取りあっていればよかったって後悔してるっす。てっきり冗談かと思って……」

「ううん」夢花が首を横に振る。「誰だって、いきなりじゃ信じられないよ」

紺色の作務衣を着たオクラちゃんは、金髪のショートヘアーだった。前髪をくって、ちょんまげのように結っている。何かの決戦の前のように、気合いの入った表情を浮かべた。

「父は高野山で修行した阿闍梨の位をもつ僧侶です。きっと悪鬼を退散させてくれるっす」

靴を脱ぎ、薄暗い本堂に入る。二つの大きな蠟燭の炎がゆらゆらと揺れている。黄色い袈裟を着た、恰幅のいい住職が正座のまま、こちらを振り返った。

僕たちも正座し、頭を下げた。

「だいたいの事情は、娘から聞いております」住職が僕を見た。「あなたが背負うその女の子は、成仏を願いましょう。女の子の名前はわかりますか?」

ばあちゃんが「木下小夜子ちゃんです」と答えた。

不動三尊像が僕らを無言で見下ろす。とくに、火炎を背負った本尊の不動明王は大きな立像で、牙をむきだし、憤怒の表情を浮かべている。右手にはあらゆる悪を切り払う剣を、左手には邪鬼を縛り上げるための、羂索と呼ばれる縄を持っている。

勝てる。厳かな雰囲気に包まれ、僕は確信した。ご不動様がきっと正しい道を示してくれる。

「そして、お嬢さんに入りこんだ悪鬼には……」

目を細めた住職が、まるで夢花のなかにいる魔に対して宣言するかのように、低い声を響かせた。

「断固として、お帰りいただく」

凜とした空気のみなぎるお堂に、香の匂いが満ちる。

若い僧侶が二人いた。一人が炉の上に細い木を高く、井桁に組み上げ、蠟燭の火を移した。油のたぐいだろうか、何かの液体を細い柄杓（ひしゃく）のような法具でかけると、組み上がった木片に、一気に強い炎が吹き上がった。

もう一人は太鼓と鉦（かね）を叩き、般若心経（はんにゃしんぎょう）を唱えはじめる。

独特のリズムと、地を這（は）うような読経が暗いお堂に反響する。空間がさらに厳粛な、張りつめた色に染まった。大きな炎がゆらゆらと揺れ、剣を掲げた不動明王の顔を下から照らし出す。

二人の僧の般若心経がほとんど息継ぎもなく唱えられた。

「色即是空　空即是色」

複雑な節と強弱をつけて太鼓が連打される。その力強いリズムに、低くうねるような読経が重なり、身体の内側からあらゆる悪い想念や怒りが絞り上げられ、吸い取られていくような感覚になった。頭が空っぽになっていく。

住職が手に持った錫杖（しゃくじょう）を鳴らしながら、立ち上がった。短い柄の先に、金属の輪がいくつもつけられた法具だ。住職が錫杖を揺らすたび、清く、高く、澄んだ音色が意識の奥底にしみこんでいく。

僕は、正座し、合掌し、目をつむっていた。

住職が僕の背中に優しく手をかけた。何度も、何度も、さすってくれる。

「木下小夜子さん。つらかったね。ずっと、つらかったね。でも、もう安心だからね」しゃがれているのに、とても親身で温かい声だった。

訳もなく、僕の頬を涙がつたった。朗々と般若心経が唱えられる。

「仏様が手を差しのべてくれるから、光が射す方向へ安心して進んでいってください。木下小夜子さんの安らかな成仏を願います」

僕は薄く目を開けた。盛んに燃えさかるオレンジの炎が、まるで長い長いトンネルの出口のように見えた。死んだあとも、長く、つらい道のりだった。涙が、いっそう炎をにじませる。

一緒に唱えられますか？　住職が僕の耳元でささやいた。南無大師遍照金剛。

僕も耳で聞き取った言葉を、合掌したまま唱えた。

「南無大師遍照金剛」サヨちゃんの冥福を祈って、何度もつぶやいた。となりに座るばあちゃんも唱えた。すると、重かった肩がすぅーと軽くなった。

住職の手が、今度は大きく、強く、背中を叩いた。

「頑張ったね。もう、これで大丈夫。小夜子さんは、無事に逝かれましたよ」

となりに座るばあちゃんが、額をお堂の床にこすりつけて泣き崩れた。すすり泣きの向こうに、お経がさらに強くなる。

錫杖がふたたび鳴らされる。

いつしか、太鼓の音も下腹を揺するほど荒々しくなっていった。

お経は般若心経から、不動明王真言に変わる。オクラちゃんに事前にマントラを教えられていた。僕たちは合掌したまま懸命に声をそろえた。僧侶の、そして夢花の持つ数珠がこすれあう音と、ほとんど呪文のようなマントラが響く。

「ノウマク　サンマンダ　バザラダン　センダ　マカロシャダ　ソワタヤ　ウンタラタ　カンマン」

ひときわ大きく炎が揺れ、生木が爆（は）ぜた。若い僧侶の顔に、火のついた木が直撃する。

「ひるむな！」住職が一喝した。

ほとんど叫ぶようにして、お経が唱えられる。

「ノウマク　サンマンダ　バザラダン　センダ　マカロシャダ　ソワタヤ　ウンタラタ　カンマン」

僧侶三人の鬼気迫る読経に抗うように、火の粉が散り、お堂の柱や梁がみしみしときしむ音がした。時間の感覚がなくなっていく。

「不動明王、ならびに大日如来が、お前を連れていく。そこから出てきなさい」

住職が夢花の背中に手をかけた。人差し指と中指を立て、空中を切る。

「仏を、人間を、なめるなよ。悪鬼退散。地獄の業火に焼かれ、己の行いを悔い改めなさい」

ずり、ずり、と、何かが這うような音がした。

僕は目をつむったまま、ある想像が頭を占めるのをおさえることができなかった。

手首、足首を縛られた死体が地面を這う。自分を殺した人間を呪うため、取り憑くため、顎や肩をこすりつけ、執念で這い進む。無念を抱えたたくさんの死体が、今、お堂の床を、のたくって、いざり、進み、僕らに迫る。

最後のあがきを示すように、さらに炎が激しく揺れた。のみこまれろ。僕は必死に心のなかで祈った。あの炎に吸いこまれて、消えてなくなれ。

お堂の外がにわかに騒がしくなった。

家族の住む母屋が本堂の近くにあるのか、そこから甲高い犬の鳴き声が、何度か悲鳴のように響いた。細く、長く、何かにすがりつくような余韻を残したあと、儚く消えていった。

「沙良！　見てきなさい！」

何かを感じたのだろう。切迫した住職の声に、オクラちゃんが立ち上がり、お堂の扉を開けさせた。


放つ。一気に光の帯がなだれこんできた。

同時に吹きこんだ生温い風が、トイレの小窓からぬるりと侵入してきた何者かの存在を想起させた。

僕は悟った。

この戦いは終わらない——と。

オクラちゃんが小型犬を胸に抱えてお堂に駆けこんできた。力なく、飼い主の腕にもたれかかっている。

「お父さん！　ちくわが！」

白いシーズー犬は、泡を吹いて、舌をだらんと垂らし、絶命していた。

額に汗を浮かべた若い僧侶が、読経をやめ、ぎょっとした表情で振り返る。お堂がしんと静まりかえる。さっきまで盛んだった炎が、嘘のように急速に弱まっていった。

オクラちゃんの絶叫が沈黙を切り裂いた。

「ちくわ！」

飼い犬の腹に顔をうずめる。さっきまで元気だったはずのシーズー犬は、ふさふさの飾りのついたゴムで、頭の毛をちょんまげのように結っていた。飼い主とおそろいの髪型だ。

「お父さん、生き返らせて。お願いだよ！」

合掌した住職の顔は、本尊の不動明王のように、憤怒に燃えていた。

「この子が身代わりになってくれた。ちくわがいなかったら、沙良が死んでいたかもしれない」

「納得はできないかもしれないが、この子は我々のために身代わりとなり、徳を積んだ。手厚く供養する」

そして、あらためて正座し、僕たちと向きあう。袈裟を大きく広げ、深々と頭を下げた。

「誠に相済みません。私の力では到底かなわなかった。すべて、跳ね返されました」

「じゃあ……」ばあちゃんが、ひゅっと息をのむ。

「私一人の命ならよろこんで捧げますが、次はここにいる全員が危ない。わかってください」

「小夜子ちゃんの魂は……？」

「そちらは、無事に浄土に旅立っていかれました。ちくわの魂も奪われないよう、厚く祈禱(きとう)をせねばなりません」

　顔を上げた住職がふたたび合掌し、目をつむった。奥歯を噛みしめているのか、顎のラインがギリギリとうごめいた。

「一つだけわかったことがあります。私はてっきりお嬢さんをたぶらかしている、悪鬼、あるいは魔の本体――親玉のようなものがいるのだと思いこんでいました」

「違うんですか……？」僕は頬をつたう汗もそのままにたずねた。

「どうやら、本体などもともといないようです。言うならば、集落の山全体に眠る魂の集合体、とでも申しましょうか。それらが数千年単位で複雑にからまりあって、一つの大きなうねりを形成している。まるで知恵の輪のようにからみあった魂を、一つ一つ供養して、解きほぐしていくには、あまりに巨大すぎる」

　地元のお寺がなくなったからだ。僕は直感した。一人一人の魂を、その都度適切に供養していたら、こんなことにはならなかった。

「飢饉による餓死、口減らし、殺人、贄(にえ)――理不尽に生を断ち切られた無念の魂が、同じような境遇と最期を迎える新しい犠牲者を常に求めつづける。絶望的な悪循環です。新たな犠牲者は、山の集合体に吸収され、さらに悪意は巨大になる。その総体こそが、地元では『神』と認識され畏れられている」

夢花が強く目をつむった。そして、泣きじゃくるオクラちゃんの前にいざり、亡くなったちくわにそっと手をかけた。

「まだ、温かい……」涙がこぼれる。「ごめんなさい、オクラちゃん、ちくわちゃん、本当にごめんなさい……」

犬も人間も関係ない。これが身代わりになるということだ。僕はあらためて命の炎が消えるとはどういうことかを、身をもって思い知った。浅木が殺人をするときは、心を無にして、目の前の事実から必死に目を背けていただけだった。

「マナブ」ばあちゃんが、僕のとなりでつぶやいた。「私は、鬼になるよ」

「ばあちゃん……」

「夢花ちゃんを救うためなら、私も鬼になる。巨大な悪意に打ち勝つには、こっちも心を鬼にするしかない」

おそるおそる、ばあちゃんの表情をうかがった。

ばあちゃんもまた、不動明王のような憤怒の形相を浮かべているのかと思いきや、意外にもその顔は穏やかに凪いでいた。ぼんやりと笑ってすらいる。

「よく聞きな、マナブ。浅木には、娘がいるんだ。高校一年生だ」

「いや……、ちょっと待ってよ」

「別れた奥さんのところにいるらしいが、浅木もちょくちょく会っているそうだよ」

浅木は僕と一仕事終えると、朝方、ばあちゃんの家に戻ってきて休憩することがよくあった。

夜通し運転してきた僕はすぐに自室で眠ってしまうのだが、浅木はばあちゃんの料理を好んで食べた。

そのときに聞き出した情報だろう。疲れているときは、誰でも心を許して、余計なことをしゃべってしまうものだ。相手が母親くらいの年齢となれば、なおさら。

いまだに泣きじゃくるオクラちゃんの声にまぎれさせるように、ばあちゃんが声量を落とす。

「人殺しの娘だ。そもそもこうなったのは、すべて浅木のせいだ。夢花ちゃんの血を飲ませて、私が娘をお山に連れていく。マナブはなんとかその子に接触する糸口がないか探っておくれ。それとなく世間話をするんだ。名前、どこに住んでいるのか、学校名、連絡先……」

憎しみの連鎖を断ち切らなければ、戦争は終わらない――よく聞く言説だ。

僕ははっきり世界の真理を悟ったような気がした。そんなのは戯れ言で、この先も決して戦争はなくならないだろう。

理不尽な悪の狼藉が、また新たな悪を生む。

この世に生きるすべての人間は、永遠にその円環から逃れられない。

住職の言う通り、まさに悪循環だ。自分の愛する人を救い、誰かを犠牲にしたところで、巨大な悪意はさらに大きな力をつけるだけ――。

でも、どうしようもないじゃないか。僕とばあちゃんは、今、目の前に生きている夢花を失いたくない。夢花がブラックホールのような、悪意の集合体に未来永劫のみこまれるなんて、絶対に嫌だ。

身代わりを立てたところで、いつかは倍返しで、自分の子孫に跳ね返ってくるかもしれない。

それでも、僕は夢花を生かしたいと切に願った。

三日後、僕はふたたびあの集落への道をたどっていた。今回は浅木が一緒だ。

「それにしても、遺体がおやつとはなぁ……」運転席の背後のソファーで、浅木が寝転び、くつろいでいる。

今回の移動は、なぜかキャンピングカーだった。

「とにかく、今すぐにこの遺体を山に差し上げて、夢花ちゃんが呼ばれる時間を少しでもおくらせるしかないわけだ」

今回の仕事の依頼主は、半グレ集団なのだという。なんでも裏切り者をリンチにかけていたら、殺す気はなかったものの、打ち所が悪かったのか、うっかり殺してしまった。人殺しなどしたことのなかった半グレの若者たちは、焦りに焦った。そこで、あわてて裏社会では名の通った浅木に死体処理の依頼をもちかけたのだ。

死体は、浅木の寝転ぶソファーの下にあるらしい。この車は半グレ集団の所有するキャンピングカーで、とくに手配などはかかっていない。翌日、死体のなくなった車を返して、仕事は終了だ。

「宮司や、夢花ちゃんを救いたいガクの立場からしたら、山にどんどん燃料を投下して現状維持を狙うしかない。でも、その燃料のせいで、ますます山の魂はからまりあって、力をつけていく」

僕は法定速度を正確に遵守しながら、集落のある中部地方への道をひた走っていた。小雨が降ってきた。宵闇の迫る高速道路に、行き交う車のヘッドライトとテールライトが淡くにじんでいる。

怖いものは、もうない。僕は自分に言い聞かせる。

それでも、ひるむ気持ちはどうしても消えない。

僕の一族を心底憎む集落に、ふたたび飛びこむこと。

あの山に分け入り、遺体を処理すること。

そして、浅木からそれとなく娘の情報を引き出すこと。

そのすべてが僕には荷重だが、夢花を救うためにこうして足を踏み出した以上、もうあとには戻れなかった。

「しかし、今回は殺しがなかったから、楽だな。ガクのお手伝いも、これでもう八人目だし、あともう少しの辛抱だ」浅木も柄になく緊張しているのか、さっきから一人でしゃべりつづけている。「こいつは気の毒だよ。殴り殺された上に、縁もゆかりもない、訳もわからない山に埋められて、魂を吸い取られるんだから」

「浅木さんは、怖くないんですか？　あの山に踏みこむことが」

雨が強くなってきた。僕はワイパーを動かした。タイヤが水を切り裂く音がする。

「今さら、この世に怖いものなんてないよ」

「もし、家族が巻きこまれたら？」

浅木が黙りこむ。じりじりするほど鈍く進むキャンピングカーのアクセルを、床いっぱいまで踏みこみたい衝動に駆られた。僕は浅木の答えを待つ。

右側の車線を、次々と車が追い越していく。スピード違反や職質を受けるわけにはいかないので、僕の右足は適切なポジションを保っている。

「俺に家族はいない」

浅木が言った。

「とっくに捨てたよ」

「そうですか……」

怖いものはない――それは、怖いものがある人間こそが口にする言葉だと、僕はすでに知ってしまった。失うかもしれないものを、その背後に必死に隠しているから、強がって、嘯くのだ。浅木は、おそらく娘さん。そして、僕は夢花。

宮司の石室さんには、事前に死体処理の依頼で連絡を入れていた。その際、僕と一緒にいる男に対して、夢花の身代わりの可能性については言及しないようにと、石室さんに念を押した。石室さんは何もかも心得たように、ただ「わかりました」と、答えた。電話の向こうで、やはりあの心の読めない笑顔を浮かべていたのだろうか……。

サービスエリアで休憩と食事をして、時間調整をした。

キャンピングカーは、高速を降り、街灯すらない山道を分け入っていく。雨はいつの間にかやんでいた。ヘッドライトの帯が、少し湿った、ひび割れだらけのアスファルトを照らし出す。

ソファーから起き上がった浅木が、ドラムバッグに道具を詰めはじめた。サバイバルナイフやスタンガンまである。集落の住民たちに襲われる可能性まで浅木は考慮に入れている。石室さんは、日置君が来ることは誰にも言いませんので、安心してくださいと請けあってくれたのだが、僕も絶対に油断ならないと覚悟していた。

集落に入る。

浅木は助手席に座り、あたりの様子をうかがっている。見張られているような、不穏な感じはしない。ヘッドライトが照らす範囲では、外を歩く住民は見かけなかった。十二時を過ぎた頃だった。

一声、どこかでカラスが気まぐれに鳴いて、すぐに沈黙した。移住体験用ハウスの前を通過する。部屋の明かりがついている。どこかの誰かが、今日も山に張りめぐらされた見えない蜘蛛の巣にかかりつつあるのだった。子どものいる家族だろうか。今すぐ戸を叩いて、「早くここを出ろ」と言うべきなのかもしれないが、崖っぷちに立つ夢花を救うことが優先だ。目立つ行動はなるべくさけたかった。

石牟呂神社の駐車場に、そろりとキャンピングカーの頭を向ける。石室さんの、ボロボロの軽自動車のとなりに停めて、ヘッドライトを切った。

たくさんの無念の魂がからまりあい、渦を巻く山は、闇に包まれ、しんと静まっていた。ここでも一雨あったのか、木々は濡れそぼり、あたりは濃い緑と土の湿気た匂いに満ちている。ひとまず社務所に向かい、石室さんに挨拶した。

出てきた石室さんは例の赤いブルドッグジャージ姿で、それを見た僕は心底肝を冷やした。つい疑いの目を向けてしまう。

「私は本物ですので、安心してください」石室さんが破顔した。「気合いを入れたいときは、いつもこの服装なのです」

浅木は、挨拶もなしに、「御玉串料」と表書きされた熨斗(のし)袋を取り出した。

「これは報酬だ。三十万でいいと聞いていたから、その額包んである。確認してくれ」

「確認の必要はないでしょう」三十枚の紙幣で厚みを帯びた熨斗袋を、石室さんは恭しく受け取った。少し苦笑もしている。「はじめてですよ。こんなに丁寧に包んできた人は」

浅木には、妙に律儀なところがある。こんな汚れ仕事をする前は、いったい何をしていたのか。今まで、この人の人生に踏みこむ気など毛頭なかったのだが、娘のこと、家族のことを調べる必要が生じてくると、もとはまともな人生を送ってきたのではないかと想像をめぐらせることも増えた。

「では、さっそく済ませましょう。ご遺体は、できれば山頂近くに埋めてほしいところです。ただし、金網から向こう、山頂の神域には立ち入らないこと。日置君ならわかると思いますが、夜はもっとも危険ですので」

　石室さんの言葉に、僕は重くうなずいた。

「あの……、裏社会で都市伝説化するということは、今までもこの山に死体を埋めにきた輩がたくさんいるってことですよね。その人たちは、夜の山に入って平気だったんでしょうか？」

「何もなかったという人が大半です。でも、なかには二度と来るかと吐き捨てていった人もいました。もちろん、肝の据わった職業の方たちですから、何もなかったと言いつつも、強がって、自分の体験を隠しているということも考えられますが……」

　僕と浅木は神社のリヤカーで、まず遺体を社務所の裏手の倉庫前に運びこんだ。

　石室さんが、倉庫のシャッターを開けた。黴（かび）臭く、埃っぽい空間だった。頼りない蛍光灯の光が、神事で使われる幟や神輿などを照らし出す。

「ご遺体の運び方なんですが、これに入れるのが楽なのではないかと思います」

　石室さんが指さした先には、巨大な漬物桶のような入れ物があった。担ぎ上げるための棒が前後についている。言ってみれば、殿様の乗る駕籠（かご）のようなものだ。本体はプラスチック製らしく、軽そうではある。

「この入れ物、膝をかかえるような姿勢じゃなきゃ入らないだろ。死後硬直真っ盛りだからなぁ」浅木が倉庫の床に横たえた遺体の脇にしゃがみこんだ。

　下着姿の遺体はやはり頭に袋をかぶせられ、顔は見えない。両腕にびっしりとタトゥーが入っている。散々殴られ、蹴られたらしく、痣(あざ)や腫れが目立った。すると、浅木が遺体の右足を持ち上げて、抱きつくようにみずからの腕をまわした。力をこめて、膝を折りにかかる。

　ボキッと、嫌な音がする。僕は顔をしかめて、視線をそらした。蛍光灯に蛾や羽虫が群がっている。

「桶に入れるのは無理だな。まさに骨が折れる作業だ」

「じゃあ、手足を切り落としちゃいましょう。血液がある程度抜けるので軽くなりますし、手分けして運べるので楽ですよ」石室さんが事もなげに言った。「そちらのほうが、まさしく手っ取り早いというものです」

「『手っ取り早い』の語源が、これだったら怖いな」

　浅木と石室さんが冗談の応酬をして笑みを交わす。僕は絶句して二人を見くらべた。どうやら、手足を落とすというのは本気らしい。

　山の麓の茂みに、遺体を引っ張り出す。そこには、おあつらえ向きの平たい岩があった。浅木がその上に遺体の左足をのせて、石室さんの持ってきたノコギリを肉に食いこませる。まったく躊躇(ちゅうちょ)がなかった。まるで木材を切り落とすように、浅木は自身の左足で遺体の太ももをおさえ、鼠径部に沿ってノコギリの刃を前後に動かしていく。やがて、刃が骨に到達する。

　ゴリゴリと、神経に障る音が闇夜に響いた。僕はやはりまともに直視できなくて、浅木の横で棒立ちのまま、木々のあいだからのぞく半月を見上げていた。

「ガク、押さえてくれ」

「えっ……」

骨が断ち切れ、支えを失った遺体の左足は不安定に揺れる。これは木だ、これは木だ——僕は必死に自分に言い聞かせてしゃがみこみ、足首をおさえた。血と脂にまみれたノコギリが月光に鈍く輝く。

生臭い血の匂いが鼻をつく。あふれ出した血は、岩を赤黒く汚し、足元の土に吸いこまれていった。気のせいか、羽虫が盛んに群がってきた。

「ああ、もう！　しゃらくせぇ！」まるで手羽先やフライドチキンの食べにくい箇所を折り取るように、浅木がぶらぶらの左足を胴体から力ずくで捥いでしまった。ブチブチと繊維が切れる音とともに、すね毛のびっしり生えた足が千切れた。

胴体と離れた足は、不思議と足のようには見えない。自分の下半身についているものとは違う、見慣れない別の物体のように、妙な存在感を放っている。断面に、筋繊維や脂肪、骨が隙間なく詰まっているのが、はっきりと見てとれた。

途端に胃の奥から熱いものがこみ上げてきた。あわてて木の根元に駆け寄り、サービスエリアで食べたハンバーグをすっかり吐き出してしまった。

そこから、さらに右足、右手、左手——。地獄だった。生気を失った指には、シルバーのリングがはまっていた。右手の薬指だ。恋人とのおそろいだろうか。

「首は……、そのままでいいか」浅木が汗を拭きながらつぶやいた。僕は胸をなで下ろした。

石室さんが用意してくれた巨大な登山用リュック二つに、ポリ袋に入れた胴と手足を分けて詰めこんだ。

僕は手足担当になった。血が抜けたからだろうか。背負ってしまえば、山道を登るのにさして苦労はしない重さに感じられたが、足の先がふたを閉めたリュックの両端からはみ出しているのが不気味だ。自分の頭のすぐ後ろに、遺体の爪先がのぞいている。

「長ネギ買ったみたいになってるぞ」浅木が冗談を言った。「今日のご飯はすき焼きですか？」

「やめてくださいよ」かく言う浅木だって、リュックのふたの部分が閉まりきらず、遺体の頭部が少しはみ出している。

リュックには、さらにシャベルをくくりつけ、そのほかの道具もポケットに収納し、いよいよ出発となった。石室さんが、ライトのついたヘルメットを用意してくれた。

新たな贄である魂を歓迎するように、頭上で木々が風に騒ぐ。

「いってらっしゃい」石室さんが、にこやかに手を振った。「いろいろなことが起こるかもしれませんが、決して反応をしないように。どうか、心を強く保って」

オクラちゃんのお寺で購入した数珠を二重にして手首にはめた。住職が特別に念をこめてくれたものだ。

「あの……、石室さん。夢花のお祓いを試みたお寺で言われたんです。この山に、悪さをする神や魔物の本体のようなものはいない、と」

石室さんの反応をうかがう。

「たくさんの魂が集合して、知恵の輪のようにからみあって、いわば山全体が一つの生き物のようにうねって、新たな犠牲者を引き寄せている、と。僕、わからなくなってしまいました。本当に、神や仏は存在するのか……」

「私もわかりません……」

石室さんが、いつもの笑みを引っこめて、鼻から息を吸いこんだ。

「神職に就く私が言うのも無責任かもしれませんが、私にもわかりません。そもそも仏教、神道、キリスト教などの一神教で、それぞれ死後の世界観はまったく異なるわけですよ。輪廻はあるのか、天国や地獄は……、最後の審判は本当に起こるのか。いったい何が正解なんでしょう。どの宗教が真理なのでしょう。輪廻があるとして、プランクトンや細菌などの小さな生命まで生まれ変わっていくのでしょうか」

今、僕の背中には昨日まで生きていた人間の手足がある。寄ってたかってリンチを受け、殴られ、蹴られたこの人は、死ぬ間際、何を思っただろう。

「しかし、この世界で起こる現象自体は、厳然とそこにあり、曇りのない目でしかと見つめ、受けとめなければなりません。そして、私たちはできるかぎり全力を尽くして、この厳しい世界で生き抜いていかなければなりません」

現象……、曇りのない目。僕を騙した石室さんの偽者も、この世界にあらわれた一つの現象だ。いったい、誰が、どういう思いで、石室さんに化けたのか。

「わからないことは、いくら考えてもしかたがない」浅木が僕の肩に手をかけた。「死後のことは、死んでみなきゃわからない。だったら、今を懸命に生きろ。そういうことだろ？」

「とても簡潔な要約、ありがとうございます」

今を生きるために、石室さんは新たな贄である移住者を募る。僕は夢花の身代わりを探す。ある意味、至極簡潔だ。実は、実社会もあまり変わらないのではないかと思う。血族、組織、宗教、民族、国家、イデオロギー――数千年ものあいだ、犠牲の上に犠牲を積み重ね、今を生きる人が息を吸う。

「しかし、死んでみたら、本当にわかるんでしょうかね……」腕を組んだ石室さんが、ぽつりとつぶやいた。

「えっ？」

「死んでみて、ああ、ここが死後の世界なのかと認識するには、今現在、持っている意識を保持したまま死につづけなければならない道理ですよね？」

言っていることはわかるが、「死につづける」という言葉に、ちょっとぞっとする。

「あるいは、死につづけるということ、そのものが地獄であるような気がしますね」

「飛び降り自殺した霊が、何度も何度も同じ飛び降りを繰り返すっていう、怪談話の典型もあるからな」浅木が言った。

「いずれにせよ、私はろくな死にかたをしないでしょう。そして、あなたも」石室さんが、浅木を見た。

「望むところだよ」浅木が請けあう。

「私は怖いですが、すでにもう覚悟は決めています」寒くもないのに、石室さんは組んでいた腕をさすった。

やっぱり、この人だって怖いんだ。いつぞや、夢花の前では強がっていた石室さんだった。

もしや、石室さんは夢花に好意を抱いているのでは……。そんな疑念が突然降ってわいた。夢花と石室さんの無意識が重なったと聞いたとき、僕はちくりと刺すような嫉妬の気持ちを抱かなかっただろうか……。

「私はこのまま就寝しますので、すべてが終わったらそのままお帰りください」石室さんが頭を下げた。「日置君、どうぞ夢花さんによろしくお伝えください。こっちに来てはいけません。あなたは、お山に呼ばれてはいけない人なのです。そう伝えていただけると助かります」

僕はかたくうなずいた。いずれにせよ、夢花を救うために僕はここに来たのだ。

鳥居をくぐり、石段に足をかけた。一つ大きく息を吐き、丹田に力を入れて登っていく。

「たくさんいるぞ……」浅木のつぶやきは、あえて聞かないようにした。

僕も濃密な気配をいたるところで感じた。鬱蒼とした木立の合間からこちらをじっと見つめてくる、ぼんやりと白く淡い人影。本来なら暗くて見えないはずなのに、ライトで照らさなくても、みずから発光するように浮き上がって見える。

やがて、石積みの階段は途切れ、さらに道は険しくなる。懐中電灯で足元を照らしながら、一歩一歩、慎重にぬかるんだ山道を踏みしめていく。僕と浅木の荒い息づかいが、闇に溶けて消えていった。

「そろそろいいだろ。ここら辺で」浅木が少し登山道からそれたところで、リュックを下ろした。

僕らはさっそく穴を掘りにかかった。下草の生えた、比較的柔らかそうな地面を狙って、シャベルを突き立てていく。

怖いほど、順調だった。たくさんの視線は感じるけれど、何も起きない。小一時間ほどかけて深く掘った穴に、手足と、首つきの胴体を落とし、ふたたび土をかけていく。いつものように、遺体に手を合わせたり、成仏してくれなんて声はかけない。ただただ、淡々と肉体作業だけをこなしていく。

戻した土を、固く踏みしめる。道具を手早くまとめて下山をはじめた。

「なんだか、拍子抜けですね」荷物がなくなったおかげで心も肩も軽い。

「帰るまでが遠足だぞ」

浅木が顔をしかめた。

「ほら、聞こえるだろ」

「えっ……」耳をそばだてる。

おーーーい。

僕は深い絶望で天を仰いだ。たくさんの、星。そして、半分の月。このきれいな夜空を見つめつづけて現実逃避したい。

聞こえる。

山頂に登ったときに追いかけてきた、あの声だ。

おーーーーーーい。

山の下のほうから聞こえてくる。どうやら、動きはないようだ。まるでこちらを待ち構えるように、野太い声を響かせる。

かといって、進まないわけにはいかない。たくさんの白い人影が、じりじりと僕らを包囲するように背後から近づいてきた。浅木にうながされるまま、進みつづける。

石積みの階段が、ようやく見えてきた。僕たちは足をとめた。

おーーーーーーーい。

はっきり見えた。石段のところから少し脇にそれた茂みに、中年の男が立っている。作業着のようなものを身につけている。僕らの姿を見つめ、安心したように大きく笑った。しかし、目の部分が塗りつぶされたように、すべて真っ黒だった。白目がない。

おーーーーーーーーい。

どうやら、右手を高く上げて、ゆっくりと僕らに手招きをしているらしい。肩、肘、手首の関節が、ガクガクと妙な動き方をするので、ゼンマイ仕掛けで動かされているようにも見える。

僕は及び腰で後ずさった。男が追いかけてくる気配はまだない。尻もちをつきそうになって、浅木の力強い腕に支えられた。

浅木がささやいた。

「このまま行くぞ」

僕は深呼吸を繰り返した。手首に巻いていた数珠をはずし、握りしめる。

「いいか、恐怖っていうのは、自分の心の内側からわいてくるものだ」

耳元で浅木の声がする。

「恐怖こそが、差別、暴力を生む。筆舌に尽くしがたい差別、暴力が極まった結果、ああして目の前に具現化する。そして、さらなる恐怖を呼ぶ。いいか、ループを断ち切れ。恐怖をなくし、心の波をしずめろ」

浅木が先に歩きはじめる。僕は深い呼吸を意識して、浅木のあとを追った。頭上に広がる星空と同じような静謐を心のなかに再現する。

おーーーーーーーーーい。

手招きする男の横を、僕らはゆっくりと通過していった。僕は顔を前方に向けたまま、横目で男の姿を確認した。

茂みのなかに立っているから、先ほどは下半身がどうなっているかわからなかった。

徐々に男の全貌が見えてくる。

下半身がなく、宙に浮いている——というわけではなかった。

男の足元には、たくさんの子どもたちがいた。二歳から三歳、年長でも五歳くらいの男の子、女の子がわらわらと男の足にとりすがり、しがみつき、群がっている。この様子では、動こうにも、動きだせないだろう。ほっとしたのも束の間、男の足元に幾重(いくえ)にも重なった子どもたちの尋常ではない様子に、僕は目を見張った。

まさに地獄だ。頭上から垂れ下がる一本の蜘蛛の糸。仏の慈悲にすがり、なんとか糸をつたって登ろうとした者の足に、あまたの亡者たちが群がり、つかみ、引きずり下ろそうとする。この世への恨みを抱えた子どもたちは、ここに同じく埋められた大人たちの成仏を許さない。大勢でしがみついて、決して逃がさない。ここは仏の慈悲も及ばない、深い地の底だ。

おおーーーーい。

石室さんが言っていた「死につづける」という言葉が、脳裏をよぎる。この男は、この山にとらわれたまま、死につづけている。

男の肩にも、小さい女の子がのっていた。女の子が、男の右腕を取り、動かし、操っている。ギクシャクとした手招きの動きの原因がわかって、僕は叫びだしそうになった。リュックの肩紐をぎゅっと握りしめて、こらえる。どうか、このまま動きださないでくれ……。

浅木が先に、石段に足をかけた。僕もあわててつづく。作業着の男は、斜め後方に過ぎつつある。

ザッと、大勢の足音がした。

浅木が振り返る。僕もつられて、後方を確認した。

男の足にすがりついていたたくさんの子どもたちが、示しあわせたように、一斉にそこから離れた。女の子も肩から降りた。着物の子、洋服の子、ほつれだらけのボロ着の子——全員が、僕と浅木を真っ直ぐ指さしていた。

行け。

命令するような声がした。

行け。

同時に、くすくすと、子どもの笑い声が響く。

子どもたちから解放された作業着の男が、一歩、二歩、ふらふらと近づいてくる。

おーーーーーーい。

男がぐらりと前傾姿勢になった。

待てって言ったのに……!

耳をつんざくような叫び声とともに、男が走りだした。鬼気迫る形相で、助けを求めるようにこちらに手を伸ばしてくる。

浅木がリュックをその場に捨てた。僕も迷わずシャベル、リュックを放り出した。

階段を下りる。駆ける。走る。

石積みの段は間隔が不規則で、リズムがつかめず、気を抜くと転びそうになる。何度も体勢を立て直し、一段飛ばし、二段飛ばしで、駆け下りた。

おおおおおーーーーーーーーい!

転んだら、最後だ。この男を下界まで連れていくはめになる。今にも背中にのっかられる。

耳元に息がかかる。

できれば、連れていってあげたほうがいいのかもしれない。小夜子ちゃんのように成仏させてあげられれば……。しかし、誰かを連れて帰るそのたびに、寺で供養してもらう必要がある。命がいくつあっても足りない。

僕らは山に加担した。さっき死体を埋めたタトゥーだらけの男も、子どもたちにわらわらと群がられ、とらわれたまま、ここで死につづけるのだろう。

僕はとんでもないことをしてしまった……。

ほとんどまろぶように石段を下りきり、鳥居を通過した。汗だくの浅木とそろって、背後を振り返る。

両脇に狛犬、朱塗りの鳥居――それらが結界の役割を果たしているのか、眼前に迫っていた男が、それ以上追いかけてくることはなかった。

おーーい。作業着の男は泣いていた。笑いながら、泣いていた。その背後から、先ほどの子どもたちも追いついてくる。

子どもが、わらわらと、ふたたび男の足にまとわりついた。「からみあう」と表現した住職の真意が、今、強烈に理解できた。

おぉーい。おぉーーい。

細く、弱々しい声が、最後に響いた。子どもたちは、もしかしたら、男を意のままに操って遊んでいるつもりなのかもしれない。成仏の希望と、逃れられない地獄の絶望を永遠に繰り返させる、拷問のような遊びだ。くすくす、くすくすと、笑い声が絶えない。

二度と来るかと吐き捨てた人間の気持ちがわかるような気がした。放り出してきた荷物は、翌朝、石室さんに回収してもらうしかないだろう。かぶっていたライト付きのヘルメットも社務所の入り口に置いて、車に向けて駆けだした。

僕らはそのままキャンピングカーに乗りこんで、逃げるように神社をあとにした。いまだに心臓がとんでもないスピードで鼓動を刻んでいる。ハンドルを握る僕は、何度もあぜ道を脱輪しそうになった。

「落ち着けって！」助手席に座る浅木が叫んだ。「もう大丈夫だ、スピードを落とせ。事故ったらシャレにならないぞ」

「浅木さんだって『心の波をしずめろ』とか、偉そうなこと言ってたわりに、真っ先に荷物捨てて逃げましたよね」僕は大きくため息をついた。「恐怖は自分の心の内側からわいてくる……でしたっけ？　僕、浅木さんが、うわーって叫んで逃げてるところ、すぐ後ろから見てましたからね」

「うるせぇ。お前も殺して、あの山に埋めるぞ」

　浅木がどっとヘッドレストに頭をもたせかけた。

「しかし、わずかな光が見えた気がしないでもないな」

「えっ……？」ちらっと、横目で浅木を見た。

　浅木は後頭部に両手をまわし、フロントガラスの向こうの暗闇をぼんやりと眺めている。

「穴を掘ってる途中、俺にもかすかだが聞こえたぞ。お経を読む声が」

　浅木は霊感がある。お経が聞こえても何も不思議ではない。

「その声のする場所を探って、掘っていけば、きっと何者かが埋まっていると俺は感じた」

「何者かっていうのは……、たとえばお地蔵様とか？」

「たぶんな。廃仏毀釈（はいぶつきしゃく）の破壊で首がとれたお地蔵様が各地にあったりするだろ。その当時の集落の誰かが、破壊を阻止するために、山と墓を守る六地蔵をその場に埋めたんじゃないか？　石の地蔵が六体もあったら、どこかに運ぶことも難しいだろうからな。土の下に隠して、後世の人間に仏教の復活を託した。地名に六地蔵が残ってるのも、明治維新当時の住民の明確な意志を感じる」

「じゃあ、そこを掘れば……！」僕は興奮してアクセルを踏みこんだ。集落を抜け、国道に通じる細い峠を登りはじめる。

「いや、事はそう簡単にいかないと思う。山をさまよう魂たちが全力で阻止しに来るはずだ。たぶん、お経が聞こえた人間に対して、ああして悪さをして、脅して、追い払うようなことをしている。だから、あの山に入った人間のなかで、怖い思いをする者とそうでない者が分かれるわけだ」

「でも、あそこにいる霊たちは、成仏したいわけですよね？　お経の主を発掘して、きちんとお祀りすれば、みんな仏様に救われるかもしれないじゃないですか。なんで、阻止しようとするんでしょう？」

「そこが、まさに厄介なところだな。たしかに、一人一人は成仏したいと心の底から願っているはずだ。男を操っていた子どもたちだってそうだ」

「じゃあ、なんで……」

「俺たちの実社会でもそうだろ。たとえ一人一人は善良な人間でも、大人数が集まって組織を形成すると、とんでもない悪事や暴走がまかり通ることがある。まさに、魂がからまりあって、簡単にはとめられない悪意の総体となってるわけだ。端的に言えば、足の引っ張りあいだな。ほかの魂が成仏して、自分だけが取り残されたらどうしようと焦る心理だ。悪いことをした魂ならとくに、自分は仏様に導かれないかもしれないと考える。そうして、全員の成仏を許さないような総意が形成される。つねに腹が減った状態が加速して、さらなる犠牲者を求める」

先ほどと同様、地獄に垂れ下がる蜘蛛の糸の話を嫌でも想起させられた。自分が地獄に取り残されるくらいなら、ほかの誰の救いも許さない。人間の業のせいで、ますます魂はこんがらがり、ふくれあがっていく。

集落の共同体にも、同じことが言えるのかもしれない。子どもや若い女性がいる家庭を監視し、村八分をちらつかせて脅し、決して逃がさない。その結果、疑心暗鬼や黒い噂、悪意が蔓延する。

どうすればいい……？　どうすれば、全員が救われるのだろう？

鮮やかなブルーとピンクの混じる、朝焼けに染まったサービスエリアまで車を進めると、仮眠をとることにした。

僕はソファーに寝転んだ。浅木は食事をとると言って、キャンピングカーから出ていった。少しうとうとしはじめたときに、スマホの着信音がした。起き上がって、自分の携帯を確認するが、画面は暗いままだった。

窓の外をうかがった。サービスエリアの建物を確認する。浅木はまだ食事中だろう。僕は助手席に放置された浅木のスマホを手に取った。「さとみ」という名前が表示されていた。

一気に手がじっとりと汗ばむ。手のなかのスマホはいまだに震えている。

僕はもう一度、窓の外を見た。浅木の気配がないことを確認してから、通話のボタンを押した。

「もしもし、お父さん？　おはよう！」

快活な少女の声が響いてくる。僕は無言で耳をすました。

「もしもし……？　どうしたの、お父さん」

相手が娘でなければ、そのまま切ろうと思っていた。僕はいまだに迷っている。電話の向こうに存在する、見ず知らずの女の子が、命を落とす未来を自分の手でたぐりよせつつある。

「あ……、あの……！」とにかく今は前に進むしかない。僕はうわずる声で応答した。「お父さんは、今、手が離せないようです」

「えぇっと……。お父さんの事務所の方ですか？」

事務所……？　慎重に話を合わせる必要がある。

「そうです、そうです。事務所の者です」

「もしかして張りこみ中ですか？」

浅木は自分の職業を、どう娘に伝えているのだろう。「張りこみ」という言葉から、真っ先に想起されるのは刑事だが、まさか警察官ということはないだろう。事務所、張りこみというキーワードからかんがみるに、次に可能性が高いのは探偵だろうか。寝不足の頭を懸命に回転させる。

「こんな朝早くに大変ですね。もしかして、お父さんにこき使われてないですか？」少し冗談めかして、さとみが笑い声をもらす。

「いえいえ、すごくお世話になってます」

浅木、という名前を口にしかけて、僕は踏みとどまった。浅木は偽名だ。そもそも、僕はあいつの本名を知らない。探り探り、会話を展開させていく。

「僕は手伝いというか、バイトみたいなもので、まだ大学生なんです」

「そうなんですね。探偵の仕事に興味があるんですか？」

「まあ、特殊な世界なんで、いい経験になるかなって思って」やはり探偵で正解だった。本当に探偵事務所を構えているのか、娘についている嘘なのかはさだかではない。

「実は、もうすぐお父さんの誕生日で、何か欲しいものがあったら聞いてみようかと思ったんですけど……」

高校一年生のわりに、はきはきと、聡明な印象を与えるしゃべり方だった。

「何か、お父さんの欲しいものわかりませんか？　えっと……」

「あっ、僕は日置と言います」

「日置さんが、お父さんと接していて、これ欲しそうだなぁみたいなのがあったら」

「いや……、わからないなぁ」

そこまで深い仲ではないし、むしろ浅木のことを憎んでいるくらいである。車に同乗していても、雑談なんかほとんどしない。

僕は息を大きく吸いこんだ。

「じゃあ、僕がプレゼントを一緒に選んであげましょうか？」

無言の間があく。

一瞬、これは浅木の罠なのではないかと思った。浅木は複数のスマートフォンを所持しているようだったが、今まで必ず肌身離さず持ち歩いていた。

疲れてうっかり忘れたのかもしれないし、何らかの意図があって、あえて僕の目につく場所に置いたとも考えられる。しかし、娘をわざわざ危険にさらすような真似をするだろうか……。

僕はあわててそれらしい言葉をつづけた。

「あのっ、さとみさんって、ものすごくお父さん思いで、いい関係なんだなぁって。僕も所長にお世話になってるんで、何かお手伝いできたらと思って」

「……ご迷惑じゃないですか？」

「いえいえ、大学は夏休みですから、暇な日はたくさんあります」

「じゃあ、お願いします！　大人の男の人は、お父さんか先生としか、ほとんどしゃべったことがないから、何がいいのかさっぱりだったんです」

「じゃあ、せっかくだから、サプライズにしましょう。僕が電話に出て、相談に乗ったことは内緒で」

抜かりなく釘をさす。

気に病む必要はない。僕は自分に言い聞かせる。この子は、身代わりになるべくしてなる運命だったのだ。

「よかったぁ。お母さんに相談しても、嫌な顔されるだけなんで」

「離婚……、したんですよね？」

「いろいろあって、大変だったんです。日置さん、今度会ったときに、話聞いてください。逆に、仲良い同級生には話せないようなことなんで」

「もちろん」

「あと、大学の話も聞かせてください。私、ちょっと進路に迷ってるんで」

僕は心をかぎりなく無に近づけた。恐怖も畏れも、心をしずめれば何も感じない。浅木自身が言ったことだ。

そのあと、連絡先を口頭で交換し、自分のスマホにメモをした。電話が切れると、スマホの画面が暗くなった。

そこで、僕は気がついた。着信履歴が残ってしまう。あわててロックを解こうとしたが、どうすることもできなかった。

下手な小細工はするべきではないかもしれない。僕は開き直って、スマホをもとの場所に置いた。不在の着信履歴はロックを解いた際に情報が表示されるが、電話に出た場合は何も出ないはずだ。今かかってきたのは、ＬＩＮＥなどのオンライン通話ではなく、キャリアの電話番号を使用したものだ。

もちろん、履歴自体ははっきり残る。でも、自分の経験上、わざわざ過去の着信履歴をさかのぼって確認することなどそうそうない。ましてや、相手が娘なら何度も電話がかかってきているだろうし、日々のほかの電話に押し流されて、今さっきの着信の情報は後々、目立たなくなるはずだ。

僕は何食わぬ顔で、ソファーに寝転がった。うとうとするばかりで、まったく眠れなかった。しばらくすると、浅木が帰ってきた。

「ガク、食事は？」

「いや……、食欲がないんです」

「そうか。じゃあ、そのまま寝てろ。あとは、俺が東京まで運転する」

エンジンをかけた浅木が、ギアをドライブに入れる前にスマホを確認した。生きた心地がしなかった。寝転がったまま、そっと浅木の様子を確認する。

浅木が無言で、助手席にスマホを放る。そのまま、キャンピングカーはサービスエリアを出発した。

結局、車のなかでは一睡もできなかった。家に戻ってくると、ほとんど倒れこむように自分のベッドにもぐりこんだ。

目が覚めると、あたりは真っ暗だった。体が動かない。金縛りだ。全身を見えないロープで縛られているように、手も足も自由がきかない。

ガチガチにかためられた全身のなかで、なぜか首だけが動いた。頭をもたげて周囲をうかがう。

ザッ、ザッ、ザッと、何かがこすれる音がする。僕は叫んだ。唇と舌が、麻酔をかけられたようにもつれて、声にならない声しか出せない。

暗がりのなか、何かが床を這ってくる。僕は目をつむる。どんどん近づいてくる。気になって、気になって、もう一度、首を持ち上げた。

最初は、人間に見えなかった。なぜなら、手と足がなかったからだ。首と胴体だけの人間が、うつ伏せで床に這いつくばっていた。

黒い袋をかぶせられて、顔は見えない。それでも、しきりに頭部があやしくうごめく。顎を床につき、ぐっと深くうなずくような動作で、手足のない体を少しずつ前に進めていく。ふたたび顎だけを支えに、数センチ単位で僕のほうへにじり寄ってくる。

執念で、這い進む。そのたびに、手足のつけ根から流れた血液が、どす黒い痕跡を帯状に残した。

僕は、こいつを連れて帰ってしまったのか……。

絶望で頭が真っ白になったとき、体の硬直がとけた。あわてて飛び起きる。周囲を見まわしてみても、床には誰もいなかった。血のあともなかった。

時計を確認すると、夜の七時だった。昼過ぎに帰ってきて、この時間まで眠ってしまったらしい。果たして、今のはただの夢なのか、現実だったのか……。

凝った首と肩をまわしながら立ち上がり、となりの部屋を確認した。夢花もまた、こんな中途半端な時間に寝ていた。安らかな寝息が聞こえてくる。

夢花は、しばらく前からこの家で暮らしている。もともと住んでいたアパートから必要な物をとってきて、あいている部屋に生活の拠点を移したのだ。それ以来、ばあちゃんと僕、どちらかは必ず家にいるようにして、夢花がふらっとどこかへ消えないか見張りつづけている。

夢花は一日に十二時間くらいは眠っている。ほとんど食事もとらない。どんどん痩せてきている。ばあちゃんが、無理にでも食事をとらせようとするのだが、二口か三口ほど食べただけで力尽きてしまうらしい。

夢花がふと目を開けた。枕の上の首を傾けて、こちらを見る。

「もしかして、マナブ、お山に行ってた？」

「……うん」

「マナブから、お山の匂いがする。懐かしい匂い」

廊下の明かりがわずかに差しこむ暗い部屋で、夢花は儚げな笑顔を見せた。僕はなんと答えていいのかわからない。

「なぁ、夢花。夢花は負けず嫌いだったよな」つい言葉に力が入ってしまう。「ゲームなんか、僕に負けると、何度も何度も勝つまでしつこく挑戦してきて……」

情けない涙声で訴えた。

「夢花の意志の力ではねつけろよ。負けてんじゃねぇよ！」

枕元にしゃがみこんで、肩を揺すった。

「頼むよ！　夢花が死ぬなんて、耐えられないよ。石室さんも言ってたよ。夢花はこっちに来ちゃいけない人間なんだって」

夢花は、何を言われているのかわからないと言いたげな、きょとんとした表情で僕を見つめていた。それでも、うっすらと笑みを見せる。

「ありがとう」

手を伸ばして、僕の頭に手をおいた。

「これは勝ち負けの問題じゃないの」

微笑み（ほほえ）ながらも、その目には涙がたまっていく。

「でもね、とっても悔しいよ。私、どうしても死ななきゃいけないのかな？　これからね、マナブといろんなところに行って、いろんなきれいなものを見ると思ってた。たくさん、たくさん、楽しいことをしたかった」

僕は、頭の上におかれた夢花の手をとり、握りしめた。その手を、僕は自身の額にあてる。

「絶対に、僕はあきらめないから」

もはや、祈り疲れていた。誰に向けて祈っていいのかもわからないからだ。ただただ頼るあてもなく、夢花を助けてください、救ってくださいと、心のなかで繰り返す。行き場のない祈りの言葉は、空っぽの心のなかでむなしく残響しながら、ゆっくりと沈殿し、奥底で死体のように折り重なっていく。

リビングに向かった。

テレビをぼんやりと観ているばあちゃんも、かなりやつれていた。僕を見ると、無言で食事の用意をはじめた。

一日、何も食べていなかった。こんなときに空腹を感じてしまう自分が腹立たしくもある。

「会う約束をとりつけたよ。浅木の娘と」

僕はキッチンに立つばあちゃんに向けて言った。

「今度の土曜、行ってくる」

ばあちゃんが、棚の引き出しから、小さいプラスチックの容器を取り出した。そのなかには透明の液体が入っていた。

「医者に眠れないって言って、処方してもらった睡眠導入剤だ」

テレビからは、今日も海外の戦争のニュースが流れる。ミサイルが直撃したマンションで、死者が何人出た。そのうち、子どもが何人いた。アナウンサーが、抑揚の欠いた口調で繰り返す。

「喫茶店かどこかに誘って、隙を見て、これを相手の飲み物に混ぜるんだ。眠らせたら、タクシーでこの家に連れてきてくれればいい。マナブがやるのは、それだけだ。あとは、全部私がやる」

鬼になる。そう語ったばあちゃんの顔は、やはり、さながら仏のように穏やかだ。こけた頬を、ほんのわずかゆがめるようにして笑った。

僕は思った。

この人も、祈り疲れている、と。

集落を出た十五歳から、ずっと祈りつづけてきた。でも、その祈りはどこにも届かなかった。だったら、みずからの力で未来を切り開いていくしかないじゃないか。

## 5

土曜日。

僕は最寄りの立川駅改札口に立った。さとみさんが、日置さんの住んでいる街の近くまで行きますと、メッセージで伝えてくれたのだ。立川周辺なら、いくつもショッピングモールや商業ビルがあり、たいていの物はそろう。

浅木のプレゼントを買うためだが、僕には別の目的がある。隙を見てさとみさんを眠らせる予定だから、ばあちゃんの家の近くでの待ち合わせは、願ったり叶ったりだと言えた。リュックのなかには、ばあちゃんから託された睡眠導入剤がある。たいした量は入っていないのに、ずっしりと心理的重みを感じる。

なるべく感情を殺して、相手の女の子に感情移入しないようにしよう。僕はかたく心に誓う。ひっきりなしに行き交う改札の人波を眺めていると、いきなり後ろから肩を叩かれた。初対面のさとみさんには、僕の今日の服装を伝えていた。てっきり電車に乗って来ると思っていたので、まさか背後からあらわれるとは想定していなかった。

「こんにちは」にこやかな笑顔を心がけ、振り返った。「早く着いたんですか？　僕は、ここら辺に住んでるんで、い……」

あまりの驚きで、言葉も体もかたまった。

そこに立っていたのは、浅木本人だった。

「ちょっと、車、乗ろっか」浅木が親指を立てて、背後を指さす。「話があるんだ」

完全なる思考停止におちいっていた。

いつからバレていた……？　もしかして、最初から罠だったのか？　訳もわからないまま呆けていると、襟首をがっしりつかまれた。

「さぁ、行くぞ」

ほとんど引きずられるようにして、改札をあとにする。駅前のロータリーには、はじめて見る、国産の黒いＳＵＶが停まっていた。僕は素直に助手席に乗りこんだ。

「さて……」運転席の浅木が両手を胸の前で合掌し、しきりにこすりあわせる。「どこから話そうか……」

とくに怒っているわけでもなさそうだったが、逆に穏やかなその態度が不気味だった。

「言っただろ、俺に家族はいない。妻とは離婚した。娘もいない」

前を見すえたまま、浅木が言った。

「さとみさんっていうのは……」

「もう、死んだ。五年も前になるかな。高校一年生のとき、殺されたんだ」

僕の胸の内側で鼓動が激しくなっていく。手に汗がにじんだ。浅木がエンジンをかけて、車の冷房を入れた。

「ガクが話した相手は、正真正銘、生きてる人間だよ。とある女性に頼んでスマホを渡して、娘のふりをしてもらった。そのあとのメッセージのやりとりは、全部俺がやった。すべて、ガクとおばあちゃんの覚悟のほどを試すためだった。騙して悪かったな。あっ、ちなみに俺の誕生日はまだまだ先だからプレゼントはいらないぞ」

あまりにタイミング良くかかってきた娘からの電話を、やはり最初から疑うべきだった。身代わりの可能性をどこかで感づいて、僕が裏切るかどうか罠を張って確認したのだろう。けれど、娘がもうこの世に存在しないのなら、身代わりも何もないじゃないか。なぜ、わざわざこんな面倒なことをしたのだろう。そして、「覚悟」とはいったいなんだろう……？

「順を追って話そうか。俺は娘がひどい殺され方をしてから、廃人同然になった。人間らしい心がなくなった。ろくに食事もせず、ほとんど死ぬ寸前まで衰弱した。一日中、娘のお骨の前で酒を飲みながら、灯明の蠟燭の炎を見つめてた。そしたら、ある日見えるようになったんだ。この世ならざる者の存在が」

浅木が、ぐっと目を細める。

「最初は幻覚だと思ったよ。でもね、確実に見えるんだ、街中をさまよう幽霊が。ほとんど俺自身が幽霊みたいな、生きるか死ぬかの瀬戸際に追いこまれたからかもしれないが、これは運命だと思った。さとみが、まだどこかで成仏できずに苦しんでいて、父親である俺に見つけてくれと訴えているんだと思った」

浅木が、「ほら、あそこ」と、つぶやいた。僕はフロントガラス越しに駅前のロータリーへ視線を向けた。

「あのバス停のところにいる若い男、わかるか？　だいたい二十代前半くらいだ」

「えっと……、待ち列にいる人じゃなく……？」

次に来るバスを待つ人々のなかに、若い男性はいなかった。僕は目をこらした。

「あんまり注視するな。気づかれるぞ。もう、目をそらしたほうがいい」

浅木が言った。

「俺には見えるんだ。若い男は、たぶん死んですぐだな。なんで死んだかはわからないが、一年も経ってないだろう。自分が死んだことに気づいてないか、あるいは事実を認められない状態なのか、とにかく、並んでる人たちにしきりに話しかけてる」

　列に並ぶ人々は、スマホを注視していたり、文庫本を読んだり、連れと話を交わしていたりと、思い思いにバスを待っている。とくに、不審な動きをする人間はいない。

「誰にも見えてないから当たり前だけど、その男の霊は完全に無視されてる。だから男は怒ってる。髪をかきむしって、叫んで、呪詛（じゅそ）の言葉を吐いて、なんとか自分に注意を向けさせようとしている」

　足元から寒気がしたのは、車内のクーラーのせいだろうか。

「あ……、駅のほうから歩いてくる若い女――ブルーのTシャツの子は、男の存在に気がついたな。あの子は、見えてるぞ」

　見ると、たしかに青いTシャツの女の子が、バス停に向かって歩いてくる。一瞬、その歩みが鈍ったように見えたが、すぐにもとの速度に戻った。

「男が、その子のところにすぅっと近づいていく」まるで実況のように浅木が説明する。「女の子のほうも、慣れてるな。何食わぬ顔で、無視して歩いていく。こっちが気づいたことに気づかれたら、厄介なことになるからな」

　僕には何も見えないわけだが、その情景が手に取るように想像できた。女の子は、何事もなかったかのように通り過ぎていった。

「男はまた髪をかきむしって、足を地面に打ちつけてる。あれだな、まるでムンクの『叫び』みたいな顔になってる。あまりの怒り、あまりの絶望、あまりの孤独感でますます負のオーラが溜まっていく」

僕は体の前で組んだ腕をさすった。これだけ駅前には人があふれているのに、誰一人として自分の存在に気がつかないとしたら……。

「とにかく、俺は街をさまよう魂が、こうして見えるようになった。そして、娘の亡くなった現場に行ってみた。怖かったけどな、たしかめずにはいられなかった」

浅木が鼻から大きく息を吸いこんだ。

「いたよ。さとみが。立ってたんだ、ただ、じっと」

僕はそっと目をつむった。

「でもな、話しかけても反応がないんだ。花を供えても、お経をあげても、何も起こらない。ただ、俺のことをじっと見つめてくる。俺が立ち去っても、ついてくる気配はない」

僕は目を開けて、浅木の横顔を見る。のっぺりとした無表情だった。

「俺はまたしても気がくるいそうになったよ。触れようとしても、触れられない。死んだあとも、娘がこんな責め苦を受けるなんて、耐えられない。だから、なんとかして助け出そうと思った」

浅木がギアをドライブに入れた。ゆっくりと車を発進させる。

「行くところがある、ちょっとつきあってくれ」

浅木がちらっとバックミラーを確認した。

「あ……、ヤバいな」

いきなり、ぐんとアクセルを踏みこむ。

「あの若い男が、ついてきた」

「え……」

「俺らが、あいつのことを話してたのに気づいたんだな」

僕は振り返った。街を歩く人、後続の車以外、何も見えない。

「走って、追いかけてくる」

山で作業着の男に追いかけられたことを思い出した。そのときよりは、浅木は冷静だった。どうしても気になって、今度はサイドミラーを見た。体と顔の角度を変えて、真後ろが見えるようにのぞきこんでみる。

一瞬にして、総毛立った。

鏡を通して見えたのだ。ホスト風のスーツの男が、腕を振り、足を蹴り上げ、髪を振り乱しながら、この車に迫り来る。大きな口が、本当に叫んでいるように、縦にぱっくりと開いている。

「ちょっと……！　まずいですって！　早く！」

目の前の信号が、黄色に変わった。浅木がかまわずアクセルを踏みこんだ。赤に変わった交差点を、一気に突っ切る。僕はもう一度サイドミラーを確認した。

男があっという間に遠ざかっていく。僕は大きく息をついた。

「あの男は、すがりつこうと必死についてくるのにな、なんでさとみはあの場所から動けないんだろう……」

とにかく、「死につづける」ということは地獄以外の何ものでもない。自分が殺された場所でたった一人、何年も、あるいは何十年も同じ場所にとらわれつづけるなんて、考えただけでぞっとする。

浅木の運転する車は、立川駅から離れて北上をつづける。どうやら武蔵村山の方面へ向かっているようだ。僕は無言でカーナビの地図の表示を見つめつづけた。浅木もまったくしゃべらない。

しばらく走ると、多摩湖の手前で青梅街道とぶつかった。左折して五分ほど進んだところで、コンビニの駐車場に車を停めた。

浅木が車を降り、後部座席に置かれていた花束を手に取る。とくに降車をうながされなかったものの、僕もなんとなくあとに付き従った。重い雲が垂れこめる曇り空のもと、僕と浅木は排気ガスの匂いで満たされた青梅街道沿いに立つ。

「さとみは、車にひかれたんだ。夜、十時だった。塾の帰り道、この道を渡っている最中だった」

歩行者用信号機の支柱には、枯れた花が置かれていた。浅木は古い花束を回収し、新しいものを丁寧に地面に立てかける。

「相手は無免許、酒気帯び、信号無視、四十キロの速度超過だった。ここは制限速度が四十キロだから、八十キロで走ってたってことだな」

左右に民家や小さい店舗が迫った、かなり狭い片側一車線の道だった。しかも、細かいカーブがうねうねとつづいている。ここを夜間に八十キロで走り抜ける行為は、たとえ酒を飲んでいなくともかなりの危険をともなうだろう。

「しかも、ひき逃げだ。ひかれたとき、さとみはまだ生きてたそうだ」

浅木は道の真ん中の一点を見つめている。そこには、誰もいない。少なくとも僕にはそう見える。

「相手は、未成年の男二人だ。助手席に乗ってたほうも酒を飲んでいて、両方ともすぐに捕まった」

浅木の視線の先を、車が行き交う。車道側が青信号のときは、スピードを緩める車はない。何かの異変を察知して――たとえば車道に女の子が立っていると錯覚して、ブレーキを踏む運転手は今のところいないようだった。

あるいは、さっきみたいにミラー越しに後方を見れば、無念と失意に沈んでたたずむ少女が見えるのだろうか。

「で、どうなったと思う？」浅木が、こちらを見る。

僕は肩をびくっと震わせて、「どうなった……、と言いますと？」と問い返した。

「同乗者のほうは、結局、保護観察処分で済んだ。運転していたほうは、少年院に入ったけどな、たった三年だ」

浅木の目は死んでいる。その無機質な瞳が死者を映す。

「これは交通事故なんかじゃない。はっきり言って、理不尽な殺人だよ。なんで、三年で出てこられるんだ？　若気の至りで済ませられるか？　やんちゃの一言で済ませられるか？」

僕は返す言葉を見つけられない。足元に視線を落とす。

「俺は十年前から独立して探偵事務所を開いていた。これでも、まっとうな探偵だったんだよ。ほとんどが浮気か素行調査、迷い犬や猫を探すような、呆れるほど単調な毎日だった。でも、娘が殺されて、何もかも変わった。妻と別れた。俺は表では探偵事務所の看板を掲げながらも、裏稼業に足を踏み入れた。人の殺し方、死体の処理の仕方、すべてを実地で習得してきた。さとみを殺した二人の素行もつねにマークしてきた」

無表情の浅木の全身から、怒りのオーラが湯気となって立ちのぼっているようだった。

「すべて、今日という日のためにやってきたことだ」

終始無表情だった浅木が大きく笑った。ふたたび虚空に視線を向ける。

「さとみ、いよいよだぞ。父さん、やるぞ……！　ついにやるぞ！」

僕の腕にぞわっと鳥肌が立つ。

「さぁ、ガク。最後だ。九人目と十人目だぞ。車に乗れ」

有無も言わせないような浅木の怒気に気圧され、ふたたび助手席に乗りこむ。

人間として生まれてしまった以上、業と憎しみと苦悩の輪廻(りんね)からは逃れられない気がした。安らかな気持ちであの世へ旅立てることこそが、もしかしたら、人間にとって最上の幸福なのかもしれない。浅木の運転する車は青梅インターから高速に乗った。

僕はばあちゃんにメッセージを打った。すべて浅木の罠だった、娘はすでに死んでいた、今から殺した相手に復讐をする。しばらく帰れそうにないから、夢花のことをよろしくお願いします。浅木の手伝いはこれで終わりだから安心して、と伝えておいた。

その後、ばあちゃんから何度も電話がかかってきたが、僕はスマホの電源を落とした。

「いつも通り、ガクはあの山に死体を埋める手伝いだけしてくれればいい。何も心配はいらない。十人の約束も守る。すべてが終わったら、もうガクとおばあちゃんにはかかわらない」

ハンドルを握り、じっと前を見すえながら、浅木が言った。いつも死体を運んでいるときは警察に捕まらないよう、律儀に法定速度を守っているのだが、浅木は気が急いているのか百三十キロに迫るスピードでSUVを駆る。

そもそも、「九人目」と「十人目」は今、いったいどこにいるのだろう……？

「夢花ちゃんの件も、なんとかしたいと思ってる。俺の用事が済んだら、あの山でお経が聞こえてくる場所を掘ってみよう。すべてを救ってくれる仏の加護があらわれるかもしれない。あの山で渦巻く呪いがとければ、夢花ちゃんも呼ばれなくなるだろう」

「でも、大丈夫なんですか？　掘ろうとしたら、全力で阻止されるって……」

「復讐を終えれば、俺にもう怖いものはない。やるべきことをやる前に呪い殺されるのが怖かっただけだ」

　器用に車線変更を繰り返しながら、先行する車をどんどん抜き去っていく。

「だいたい俺の復讐相手二人がそろって行方不明になったら、過去の怨恨から真っ先に警察に疑われるのは俺なんだよ。素直に捕まるか、逃げるかはまだ決めてないけどな、目的を果たしたら、もはや俺には生きてる意味もない。死んでもいいとすら思ってる。だから死人に襲われるくらいどうってことない。最後に夢花ちゃんを救って、少しは徳を積んでもいいだろう」

　お礼を言うべきなのか、ふざけるなと罵るべきなのか、今さらながら自分のおかれている状況がよくわからない。そもそも浅木と出会っていなければ、死体処理を手伝わされることも、夢花が危険にさらされることもなかったのだ。

「娘が生きているかのようによそおって、ガクとおばあちゃんを騙して罠を張ったのは、さっきも言ったけど、お前に一線を越える覚悟があるかどうか最後にたしかめたかったんだ」

「一線……？」

「人間らしさを捨ててまで——他人を犠牲にしてまで、なりふり構わず夢花ちゃんを救おうとする気概と覚悟があるかどうか、だ」

　ゆるゆると減速をはじめた車が碓氷（うすい）軽井沢インターを降りていく。ウィンカーの規則的な音が車内に響いた。

「ああ、べつに責めてるわけじゃないんだよ。俺がガクの立場なら絶対に同じことを試みただろうし、そもそもさとみはもう死んでるわけだしな」

「なら、どうして……？」

「これからさとみの復讐をしようってときに、『こんな無益なことはやめましょう、さとみさんがよろこぶはずないですよ』なんて安いドラマみたいなセリフでガクにとめられたら萎えるからな」

「……これはあくまで一般論なんですが、家族が殺されたからといって遺族が全員復讐していたら、法治国家としてこの世の中が成り立たなくなると思います」

「おいおい、だから言ってるだろ。そんな陳腐なこと言われたら、俺はお前を殺してしまうかもしれない。だいたい法治国家だっていうなら、危険運転致死の刑罰を殺人なみにしてくれよ」

ＥＴＣの自動音声が、感情のこもっていない声で高速の料金を告げた。

「お前の優しさとか、人間らしさとか、俺はこれっぽっちも求めてないんだよ。すべてをかなぐり捨ててまで、愛する人間を救う覚悟ができた人間じゃないと、きっと俺とさとみの無念を、真の意味では理解してもらえないだろうと思ったからな」

ヘッドレストに深く頭をもたせかけ、ため息をつきながら答えた。

「僕はとっくに一線を越えてますよ。もう、何も言いません。黙って手伝いを終えます」

「それを聞いて安心したよ」

浅木が鼻から息を大きく吐き出す。

向かった先は、何度か死体を埋めたことがある、例の荒廃した長野の別荘地だった。

一軒だけぽつんと建っている大きな別荘は鬱蒼（うっそう）と蔦が這（は）い、さながら幽霊屋敷のような異様な雰囲気を放っている。

広々としたエントランスから土足で踏みこむと、浅木がリュックから鍵の束を取り出した。

半地下になっている階段を下りると、掛け金のついた扉に行き当たった。掛け金には、南京錠が取り付けられている。

浅木が解錠し、扉を開ける。すると、突き刺すような異臭が漂ってきた。まさか「九人目」と「十人目」はもう死体になっているのかと思ったら、我々の足音を聞きつけたのか、「んー！」と、くぐもった叫び声が奥の薄暗がりから聞こえてきた。

そこは、何も物が置かれていない、がらんどうの八畳くらいの空間だった。食料庫かワインセラー用の部屋なのだろう。

手足を拘束された、二十代前半の男二人が体育座りの姿勢で、壁に背中をついている。鼻をつくのは汗と尿の匂いだった。どれだけ監禁しているのかはわからないが、身動きがとれないのだからそのまま垂れ流すほかないのだろう。

男たちの口から後頭部にかけて、何重にもガムテープが巻かれている。両足を激しく打ちつけて、濁った目で浅木をにらみつける。

「昨日、気絶させて拘束して、ここまで運んできた」浅木が乱暴にガムテープを剝がした。

ようやくしゃべれるようになった男二人の態度は、対照的だった。

金髪の男が「ふざけんなよ！　お前、誰だ！　絶対許さないからな！」と、ありったけの怒気をこめて叫ぶ。一方、坊主頭で、がっちりと筋肉質の体型の男は、その見た目に反して「お願いします、助けてください！」と涙ながらに懇願（こんがん）する。

僕は心のスイッチを、すぅーっとオフにした。これからこの二人は殺されて、手足を切り落とされ、あの山に埋められる。坊主の男は体が重そうで運ぶのが面倒だなと、少し思った程度だ。僕の心には荒涼とした「無」が広がっている。

この二人が命を落とす道の先に、夢花が助かる未来があるのなら、よろこんで見殺しにする。少なくともまったく罪のない未成年を身代わりに立てるよりはよっぽどマシだ、こいつらはろくでもない人間なんだから気に病む必要はないとすら、僕は感じていた。

浅木がリュックから、サバイバルナイフを二本取り出す。

「一本ずつ指でも落としていきたいところだけど、俺に拷問の趣味はない。謝罪も、後悔の言葉も必要ない。ただ、黙って消えてくれればそれでいい」

そう言って、二人を後ろ手に拘束していた手錠の鍵をといた。両足にも同じく鉄製の手錠がかけられているが、そちらはそのままにした。

二人の近くに、浅木がサバイバルナイフを放る。

「さぁ、ゲームの時間だ」

浅木がしゃがみこんで、二人に交互に視線を配る。

「このセリフ、一回、言ってみたかったんだよな、ははっ」

かわいた笑い声が、コンクリート打ちっぱなしの空間に反響した。

「これから二人には、互いに殺しあってもらう。生き残ったほうは、命を助けてやろう」

お前、何言ってんだ！　ふざけんな！　金髪が怒鳴る。坊主頭のほうも、あんた正気かよと、泣きそうな声で訴える。

「一晩考える時間はたっぷりあったはずだ。俺が誰だか、だいたい想像はついてんだろ？　だったら、俺が容赦しないだろうって薄々わかってるはずだ、さっさとしないと、俺が両方殺すぞ」

浅木が両手を何度も打ちあわせた。

「さぁさぁ、早く動かないと、どっちかにやられるぞ」

金髪のほうは、まだ「ふざけんな！」と、涙目で悲痛な声をあげている。這いつくばって手を伸ばし、いち早くナイフを取ったのは坊主頭のほうだった。

しばし二人が見つめあう。

「おい！　マジでやめろって！」金髪が叫んだ。「そもそも、あのときお前が親の車でドライブ行こうって言いだしたのがいけないんだろ」

「はぁ？　お前のほうが乗り気だっただろ」坊主頭が反論する。「酒飲んでるから、俺は必死でとめたのに、お前が行こう、行こうって……！」

二人の醜い罵りあいは、平行線をたどる。埒があかないと思ったのか、浅木がリュックから黒光りする物体を取り出した。

拳銃だと一拍おくれて認識した僕の耳に、破裂音が二発とどろいた。

二人の男の足元の床に穴が開いていた。ひっ！　と、男たちの悲鳴があがる。

「十、九、八、七……」

浅木が銃口を金髪のほうにさだめて、カウントダウンをはじめた。

「六、五、四……」

そこからの動きは速かった。

坊主頭がナイフを手にしたまま、自由になった両手を床につき、ふらふらと立ち上がった。

一歩踏み出そうとして、拘束された足が引っかかり、またもんどり打って倒れこむ。

その様子を見て、金髪もあわてた様子でナイフを取った。

僕はそっと背後の扉を開けて、階段を上がり、一階に避難した。べつに一部始終を見ている必要はないだろう。

階下の半地下から、「うおー！」という雄叫びや、耳をつんざく悲鳴、呪詛の声、断末魔の叫びが響く。

浅木が本当に片方の命を救う気があるのかどうか考えたが、疲れたので、すぐに思考を停止させた。ソファーに腰かけ、男たちの怒号の向こうに聞こえる蝉の鳴き声をぼんやり聞いていた。ひどく暑い。

いったい、どれくらい時間がたっただろう。嘘みたいに静かになった。おそるおそる、ふたたび階段を下りていく。

二人の男は、虫の息だった。

金髪のほうは、血が噴き出す首を右手でむなしくおさえている。ひゅーひゅーと、隙間風みたいな呼吸音が痛々しい。ブリーチした髪が真っ赤に染まっていた。

坊主頭のほうは、腹にナイフが突き刺さっていた。こちらも息はあるようだが、長くはもたないだろう。分厚い胸板が激しく上下している。

「タスケテ……」坊主頭が、浅木に向かって弱々しく手を伸ばす。

「おいおい、冗談言うなよ。こいつ、まだ生きてるぞ」浅木が金髪男を指さした。「きちんととどめを刺したら、助けてやるぞ」

もう、これ以上起き上がる生命力が残されていないのか、坊主頭が力なくぐったりと腕を落とした。

「これが人間の本性だ」

浅木が楽しそうにつぶやいた。スマホで撮影までしている。録画を切ってから浅木がつづけた。

「なんだか警察に捕まってもいいかもしれないとすら思えてきたな。裁判官はいったい、どういう判断を下すだろう？　俺は殺していない。ヤったのは当人同士だ。起訴されるとしたら、誘拐と監禁と殺人の教唆、死体遺棄だろうか。それでも、娘を殺された恨みは情状酌量の材料になるかもしれないし、心神耗弱を訴えたっていい。もちろん、ガクの存在は言わないよ。あっ、でも死体を埋めた場所を言わなきゃいけなくなるから、それはそれで困るか」

興奮しているのか、一人でのべつ幕なしにしゃべる浅木を無視して、僕は訴えた。

「ばあちゃんが殺人をした動画は消してください」

「ああ、そう言えばそうだったな」浅木が素直にうなずいて、スマホを操作する。律儀に画面を僕に見せながら、ばあちゃんが包丁を男に突き立てた動画を削除した。さらにゴミ箱のフォルダを開き、「最近削除した項目」からも完全に消去する。

「自分で手を下さなくてもよかったんですか？」僕は気になっていたことをたずねた。

「だって、これ以上の地獄があるか？」

浅木が二人のもとにしゃがみこんだ。まだかろうじて息のある男たちに軽い調子で語りかける。

「来世は、まっとうに生きるんだぞ。まあ、来世があるかどうかわからんけどな」

慣れない酒を飲み、気が大きくなり、免許もないのに車に乗って、肝の大きさを試すべくとんでもないスピードを出した結果、人を殺した。その末路にこんな悲惨な運命が待ち受けているなんて、まだ「少年」と呼ばれる年齢だったこの二人には到底想像ができなかっただろう。

二人は静かに息をひきとった。

そこからは、粛々と死体を運び出す準備を進めた。浅木は寝袋みたいな、ビニール製のボディーバッグを用意していた。服が血で汚れないように苦労して遺体をおさめる。

一階のリビングに敷かれていた焦げ茶色のカーペットを丸めて、階下に運んだ。ざっとモップで血だまりを拭いた床に、目隠しでカーペットを広げる。

ボディーバッグを車のトランクに運びこみ、ビニールシートで覆った。カモフラージュのためか、浅木がその上にゴルフバッグを載せる。

これで、終わる。すべてが、終わる。僕は自分に言い聞かせながら、後部座席に乗りこんだ。防犯カメラやＮシステムになるべくガクの顔が映りこまないようにと、スモークの張られた後ろの座席に座るよう浅木が言ったのだ。金髪と坊主頭が同時に行方不明になれば、すぐに捜査は開始されるはずだ。

浅木の運転するＳＵＶは、長野から北上をつづける。疲れきっていたせいか、僕はすぐに眠ってしまった。ときどき遠い意識の向こうに車の走行音がくぐもって聞こえてきて、またすぐに眠りの幕が落ちてくる。

浅木に揺り起こされて気がつくと、すでにあたりは真っ暗だった。車は石牟呂（いしむろ）神社の前に停まっていた。

息つく暇もないまま、今度は遺体を山へ埋める準備がはじまった。浅木が前回と同様、丁寧に包んだ金を石室さんに手渡す。社務所の裏手にリヤカーで遺体を運び、手足を切り落としていく。

今日もブルドッグのジャージ姿の石室さんが、心配そうに僕の顔をのぞきこんできた。

「日置君、平気ですか？」

「ええ、なんとか……」血なまぐささと汗の匂いが入り混じる空気に、夏の夜の湿気がからみつき、ともすれば胃液が逆流しそうになる。夜の蟬が、しつこくまとわりつくように鳴きつづける。もう、何もかもうんざりだ。

石室さんが、社務所から水をくんできてくれた。僕はひと息にそれを飲み干した。

「夢花さんは、どのような状態ですか？」

「早くしないと、危ないかもしれません」正直、夢花の存在だけが、今の僕をかろうじて突き動かしている。

「実は、私、ひそかにお山のそこかしこを掘っているんですが、救いになりそうな存在はまだ見つかっておりません」

石室さんも、心なしか頰がこけているような気がする。メガネの奥の目が落ちくぼんで見えた。

「私には、お山から響いてくると言われるお経の声が、さっぱり聞こえないんです。だから、ある程度あたりをつけて、手当たりしだい掘っていくしかなくて」

「そういえば浅木さんには、お経が聞こえるらしくて……」

「石室さん！」すぐそばにいた浅木が、僕たちの会話をさえぎるように、いきなり大声を出した。「悪いが、俺にも水をくれないか」

血に濡れたノコギリを持った浅木は、さながら地獄で亡者を責めたてる鬼の獄卒に見えた。

すぐ背後の山が、ざわざわと木々を揺らしている。金髪と坊主頭の男二人は、すっかり手足を落とされ、まるで物体のように下草の生えた地面に転がされている。

石室さんの持ってきた水を飲んだ浅木が、血の滴るノコギリを掲げて、空に浮かぶ月をさした。

「さぁ、さっさと埋めにいくぞ。もたもたしてると夜が明ける」

復讐のフィナーレは、すぐそこだった。石室さんとの話は途中だったが、なんにせよ二人を埋めたら、浅木が声のする場所を特定してくれるのだ。前回のように、登山用のリュック二つに金髪男の遺体を分けて入れる。

鳥居をくぐり、真夜中の山へ。

やはり、そこかしこに気配を感じる。もうすぐあなたたちも救われますと、祈り、願い、訴えながら、僕は一歩一歩山道を登っていった。この地に眠る六地蔵だけが心のよりどころであり、長いトンネルの向こうに見える唯一の光だった。

山の中腹あたりで道をそれて、穴を掘り、金髪の男を埋めていく。シャベルはその場に残していったん麓（ふもと）まで下山し、今度は坊主頭の男の遺体をリュックに詰め直す。

もはや、ふらふらだ。精も根も尽き果てていた。「おーい！」と呼びかけ、助けを求めてくる作業着の男が出現したとしても、はっきり言ってもう何も怖くない。心も体もすべてが麻痺している。

とてつもなく重く、ごつい、坊主頭の男の手足を背負い、元来た道を戻っていく。深く掘った穴に遺体をすべて落とし、土をかぶせる。シャベルの腹で地面を叩き、土をかためた。

「ようやくだ……」

浅木がつぶやいて、腰を伸ばした。シャベルを放り出す。

「ようやく、終わったんだな。長かった……」

東の山の稜線に朝日がのぞいた。浅木がまぶしそうに、その暁光を見つめる。

「さとみ……」

無精ひげの浮いた浅木の顔が、燃えるような朝焼けのオレンジに染まった。

「さとみ、ごめんな。こんなことしか、できなくて」

僕はよろよろと木の根元に歩み寄り、しゃがみこんだ。服もズボンも泥だらけ、汗まみれだ。

「浅木さん……」

後頭部を、木の幹にもたせかける。

「まだ、終わってませんよ」

静かに訴えた。

「聞こえますか？　お経が、聞こえますか？」

僕の手の上を、一匹の大きな蟻が這っている。それを払う気力も今はわいてこないけれど、夢花のためならいくらでも地中を掘り進める。

「夢花は生きてるんです。今日も、明日も、明後日も生きるんです」

木々の枝から枝を、盛んに小鳥が飛び交い、軽やかな鳴き声をたてる。虫や動物たちにとっては、何も変わらない朝が来る。

「さぁ、掘りましょう。時間がないんです。教えてください。お経の聞こえてくる場所を」

浅木が涙を流していた。土にまみれた手で目尻をぬぐうと、その顔が黒く汚れた。

「悪いな、ガク」

浅木が、その場に膝を折る。僕に向かって両手をついた。

「俺はもう山を下りる。これ以上、この山にはかかわらない。騙して悪かったな」

「何を言ってるんですか！」

立ち上がる。浅木に詰め寄る。

「約束したじゃないですか！　夢花を助けてくれるって！」

「娘が殺されてから五年間、もっとも残酷な復讐方法を探しつづけてきた。この山が、その答えだ。救いは必要ない。ここは、このまま魔の山として生かしつづける」

「ふざけるなよ！」僕は浅木の胸ぐらをつかんだ。「なんでだよ！」

顔を上げた浅木が、力なく微笑（ほほえ）んだ。泣きながら、笑っていた。

「今、埋めた二人を、ずっと死につづけさせるためだ」

やっぱりか……。僕は薄々、浅木の魂胆をわかっていたんじゃなかったか。

「この山にとらわれ、たくさんの亡者にからみつかれ、絶望し、永遠に救われないまま、死につづける。この世で考えうるかぎり、最高の罰だ」

「夢花が同じ目に遭うんですよ！　そんなの……、そんなの、絶対に嫌なんです！」

「すまんが、もう決めたことだ」

浅木が立ち上がった。膝についた土を払うが、すでに手が泥まみれなので、余計汚れただけだった。

「不思議なもんだな。俺にお経の出所を掘る気がないと察知した途端、誰も干渉してこなくなった。さっきから静かなもんだろ」

たしかに前回とは違い、深夜の山道を二往復しても怪異はまったく起きなかった。

「じゃあ、僕が掘ります」

シャベルを手に取る。

「どれだけ時間がかかってもいい。石室さんの言う通り、手当たりしだい掘ればいい。夢花が救われるまで、僕はこの集落を出ませんから」

さらに山の奥深くへ足を向けた途端、「とまれ」と、浅木に一喝された。

振り返ると、浅木がポケットから拳銃を取り出し、こちらに向けていた。

「たしかに、夢花ちゃんのことを思うと心が痛むよ。でも、お前まで殺したくないんだ」

真っ黒い銃口が、僕をひたと見つめている。浅木の目も、同じくらい空虚な穴のように見える。

「なっ、一緒に帰ろう」

「嫌です」

「そうだ！　俺がどこかの子どもをさらってきてやってもいいぞ。その子を身代わりにすればいい。それで、万事解決だ」

僕は夢花の笑顔を思い出した。夢花の涙を思い出した。

「そんなこと、夢花は絶対に望みません。僕は僕の力で夢花を救います」

「おいおい、お前、俺の娘を身代わりにしようとしただろ！　俺の娘ならいいのか？　あっ？」

「やっぱり、僕が間違ってました。そんなことをしても、いっときの解決にしかならないんです。恨み、復讐、呪いが、次の世代、また次の世代に持ち越されるだけなんです」

山頂に向けて踵（きびす）を返した。

鋭く、熱い痛みが、先に胸のあたりに走った。

おくれて、パーンと、銃声が山にとどろいたように聞こえた。

頭上で、鳥たちがいっせいに飛び立った。

自分の意思に反して、足に力が入らなくなる。木の根元に倒れこむ。

「あれ……？」

宙に手を伸ばした。

「夢花？」

何もつかめなかった。

「ばあちゃん……？　父さん、母さん？」

足音がする。浅木の声がする。

「聞こえるか？」

おーーーん。おーーーーん。

泣くような、嘆き悲しむような、たくさんの声がする。この山にとらわれた亡者たちが、近づいてくる。

「俺の殺意と憎しみで、この世ならざる者たちが一気にあふれてきた」

おーーーーん。

みんな泣いている。

「もともと、俺は殺す対象には話しかけないし、情けもかけてこなかった。つけいられて、取り憑かれるからな。でも、この山に遺体を捨てれば、亡者たちが仲間を引っ張りこもうと寄ってきて、お前をとらえて離さない。俺につけいることは不可能だ」

ズッ、ズッと、何かが這ってくる音もする。

「かわいそうだが、俺はもう行くよ。短いあいだだったけど、世話になったな」

顔を上げられない。浅木の足の向こうに、今さっき地中に埋めたはずの、金髪と坊主頭の男がうつ伏せで横たわっている。

胴体だけで、首と顎の力を使って、二人は這い進む。生きている浅木にすがりつき、つけいり、一緒に下山しようと……。しかし、二人には手がない。足もない。

そこにたくさんの子どもたちが群がって、覆いかぶさって、のみこまれ、やがて二人の体は見えなくなった。

そして、僕のもとにも……。

「夢花！　夢花！」

僕は叫んだ。

その声をかき消すように。

おーーーーーーーーーーーーん。

「絶対に、僕が助けるから！　夢花のこと、僕が絶対に……！」

暗く、深い地の底へ、たくさんの亡者に足を引きずられ、のみこまれていく。

# 第2部　幽愁暗恨

## 1

「マナブ……！」

深い眠りの底からたたき起こされる。「マナブ」という名前以外、すべての言葉を忘れ去ってしまったかのような呆然自失の状態でまぶたを開いた。

そして、ごく近いうちに大事な大事な「マナブ」という、たった三つの音の連なりでさえ、忘却の彼方に押しやられてしまいそうな気がして、そんな強迫観念と喪失感がじわじわとリアルな手触りをともなう恐怖におきかわっていく。

私はあわてて上半身を起こした。

いったい、自分が今、どこにいるのか最初はまったくわからなかった。マナブのおばあちゃんの家だと気がつくのに、だいぶ時間がかかった。脳みそが、何かあやしい液体にずっと浸かっていたかのように、ぶよぶよにふやけている感覚だった。

そうだ……、私はどっぷりと山の夢に浸かっていたんだ。

「マナブ……」

起きる直前に見ていた夢が生々しかった。

山のなかの遊園地に私はずっととらわれていた。やわらかい暖色のライトをキラキラと灯したメリーゴーラウンドが、漆黒の闇のなかにぽつんと設置されている。まるで、夜の海に浮かんで漂っているかのようだった。周囲の木々のざわめきも海鳴りや波の音に似ていた。私はふらふらとそこに引き寄せられた。

ずっと出口を探していて、マナブともはぐれて、疲れ果てて、とにかく座って一息つきたくて、メリーゴーラウンドの入り口のゲートをくぐった。

係員は誰もいなかった。ペンキの剝げかけた木馬にまたがると、古めかしいオルガンのメロディーが流れてきた。ゆっくりと足元の台座が回転をはじめる。

最初は一人だったはずなのに、気がつくと周囲にはたくさんの子どもたちがいた。馬や、かぼちゃの形を模した馬車に乗って、わいわいとはしゃいでいる。楽しそうでもあり、しかし、今にも泣きだしそうで、悲しそうでもある。

歩く程度のスピードでまわっていたメリーゴーラウンドが、徐々に速くなっていく。それにともなって、オルガンのメロディーも急速にテンポを上げていった。

電飾の光が帯を引くほどの途轍もない速度に達すると、不思議なことに、視界がコマ送りみたいになって、瞬間が引き伸ばされていくような奇妙な状態にとらわれた。もう降りられない。怖くて、怖くて、馬の背中から伸びたポールにすがりつき、目を伏せた。

きゃっーと、子どもたちの叫び声が渦巻いている。ぐるぐるまわって、かき混ぜられる。やはり、楽しんでいる歓声のようにも、怖がってあげている悲鳴のようにも、どちらにも聞こえる。

「夢花！」

最初は、空耳かと思った。

「夢花！」

子どもたちのたくさんの悲鳴の向こうに、たしかに鬼気迫るマナブの呼び声がする。私は顔を上げ、必死に目をこらした。

周囲の暗闇から、救いの手が差しのべられる。でも、マナブの姿かたちは見えない。

「夢花！」

絶対に見間違えない。闇から伸びるのは、まぎれもなくマナブの腕だった。互いの腕と腕をからめあって川べりの道を散歩した何気ない思い出が、泣きたくなるほど尊い時間だったことを痛切に実感した。

高速で回転しているので、マナブが立っていると思われる場所に戻ってくるのはすぐだ。私はようやくの思いで木馬を降り、遠心力で吹き飛ばされそうになるのをなんとかこらえながら、ほとんど四つん這(ば)いで台座の外側に進んでいった。

「絶対に、僕が助けるから！」

回転のタイミングをはかりながら、差しのべられた手に飛びつき、すがりついた。

メリーゴーラウンドから弾き飛ばされる。

しっかりと体を抱きとめられた感覚が、たしかにあった。ほとんど地面に叩きつけられるように台座から落下したはずなのに、痛みはまったく感じなかった。

マナブが助けてくれた。私を救ってくれた。

けれど、マナブの姿はどこにもなかった。

「マナブ！」

目が覚めても、私を抱きしめてくれたマナブの手と体の感触が、まだありありと残っていた。その感触がしだいに消えていくと、かわりに深く、暗い悲しみが私をとらえて離さなくなった。カーテンから角度の浅い太陽の光がもれている。朝なのか夕方なのかもわからない。枕元にあったスマホを確認して、まだ早朝であることを知る。家のなかは静かだ。

立ち上がると、本当に回転に酔ってしまったかのように、まともに歩くこともままならなかった。ここ最近、ほとんど食事をとっていなかったせいもあるかもしれない。壁に手をつきながら進んで、マナブの部屋をのぞいてみたけれど、そこには誰もいなかった。

マナブに何度も電話をかけた。電源が入っていない旨を伝えるメッセージが、むなしく響くだけだった。

答えはすでに出ている気がした。マナブはもうこの世のどこにもいない。でも、それをどうしても認められない。

嘘でしょ。

嘘って言って。

お願いだから、声を聞かせて。

私は階段を駆け下りた。

「夢花ちゃん！」リビングには、ここ何日かでげっそりと痩せてしまったおばあちゃんがいた。いつもきれいに黒く染めていた髪の根元が、すっかり白くなっている。

「マナブが……」

「そうなんだよ。昨日、連絡があったきり、電源が入ってないみたいなんだ」

「マナブが……」私の口からは、それ以上の言葉が出てこなかった。

言葉のかわりにあふれてきたのは、涙だった。

あとから、あとから、頰をつたって流れ落ちる。

もう、あなたに会えないの？　もう、あなたの手を握ることができないの？

自分の指や腕を切り落とされても、これほどの痛みは感じないと思った。胸が痛く、苦しく、呼吸すら忘れて、私は泣いた。

おばあちゃんが、あわてた様子で立ち上がり、私の背中をさすってくれる。

とてもじゃないけれど、マナブが山に吸いこまれてしまったなんておばあちゃんに言えるわけがなかった。もちろん、マナブが死んだという確証はない。でも、私が覚醒したことが何よりもその証であるように思えた。

マナブが私を一時的に逃がしてくれた。それでも山は追ってくる。どこまでも、どこまでも、私を執拗に追いつづける。きっと私の目覚めも長くはつづかないと、心のどこかであきらめの気持ちも抱いていた。

「私、マナブを助けてくる」

おばあちゃんに背中をさすられながら、つぶやいた。どうせ追われるのなら、意識がはっきりしているうちに飛びこまなければならない。

「だから、行かないと」

マナブがあの山から永遠に出られないなんて、死んでも嫌だ。だったら、一緒に閉じこめられる。たとえ死んだとしても、マナブと一緒にいたい。

「危険だよ！」おばあちゃんが、私の手をつかむ。

おばあちゃんも、なんとなくマナブの不在の予感があるのか、目を真っ赤にして泣いていた。

本当に理不尽だ。この家が強盗のターゲットにされなければ、今も私たちは笑顔で暮らしていた。いずれ私はマナブに体を許し、ゆくゆくは私たちの子どもが生まれていたかもしれない。何もかも奪われた。助けてと叫ぶことすらできなかった。訳もわからないまま、私たちは大きな波にさらわれて、押し流されていった。

理不尽こそが人間の歴史そのものだと、知識ではわかったつもりになっていた。有史以来、戦って、奪われて、殺されて、それでも人々はしぶとく生をつないできた。分断を越えて、憎しみの連鎖を断ち切らなければ——などと空虚で軽々しいことを平気で言えたのは、自分が銃弾の飛んでこない安全地帯にいたからだ。いざ自分の最愛の人が奪われてしまうと、この身が張り裂けそうなほどの憎しみを感じた。

私は涙をぬぐった。雫で濡れてしまったメガネのレンズも、丁寧に拭いた。いつまでも泣いていられない。時間はかぎられている。

マナブがいつも言っていたじゃないか——。夢花は負けず嫌いだなぁって。

そう、私は負けず嫌いだ。このままじゃ、死んでも死にきれない。私の意識が保たれているうちは戦わなければならない。手にした数珠（じゅず）を握りしめた。

「ねぇ、おばあちゃん、教えて。私が眠っているあいだに、何が起こったの？　マナブはどこへ？」

「実は……、私とマナブは、浅木の娘を夢花ちゃんの身代わりにしようとしてたんだ」おばあちゃんが、言いにくそうに口を開いた。

正直、当事者としてはそれを聞いて複雑な心境だったが、マナブもおばあちゃんも、悩みに悩んだ末の決断だったのだろう。通常の意識を失っていた私がとやかく言えることではないし、真剣に私を救う道を考えてくれたことに感謝もした。

「けど、その計画はうまくいかなかったみたいなんだよ。私もよく事情がのみこめていないんだけど、浅木の娘はとうに死んでいたらしい」

「えっ……？」

「五年前に、すでに殺されていたんだって。今からその復讐を果たしにいくから、しばらく帰れないって……」

「なるほど……、そういうことか」浅木がなぜマナブを騙したのかは不明だが、だいたいの状況は把握できた気がした。

　おそらく、浅木という男は娘を殺した人間をあの山に埋めたはずだ。浅木にとって、憎い仇を未来永劫そこに閉じこめておくことこそ、最大の復讐にほかならないからだ。

　かたや、マナブは私の生存のため、山に隠された仏教の封印をとこうとした。

　結果、両者の利害が衝突した。

　ということは、浅木がマナブを……？

　理性を失いかけるほどの、燃えるような怒りが腹の底からわいてくる。私はすぐに行動を起こした。まずは石牟呂（いしむろ）神社の電話番号を調べて、社務所にかけてみる。早朝にもかかわらず、ツーコールくらいで相手が出た。

　おそるおそる、第一声を発する。

「あの……、私、以前に日置学と一緒にそちらを訪ねた、甲斐（かい）夢花と申します」

「ああ、夢花さん……」ため息のような声が、石室さんからもれた。

　もしかしたら、電話の向こうにいる存在は偽者かもしれない。魔物や悪霊が、手ぐすね引いて私を待っているかもしれない。つばをのみこむ。慎重に話を切り出さなければならない――と思ったら、石室さんが今にも消え入りそうな声でつぶやいた。

「本当に申し訳ありません、夢花さん。もしかしたら、日置君はもう……」

私はぎゅっと目をつむった。何度でも涙がにじんでくる。

「浅木と一緒にお山に入った日置君が、帰ってきませんでした。必死に浅木に問いただしたんですが、途中ではぐれてしまってわからないとあの男は言い張って……」

私が会ったことのない、浅木という男――。おそらく、浅木も娘を奪われたことで、我を失うほどの怒りに突き動かされて復讐を計画した。

こんな無益なことをずっと繰り返しているから、人間は救いがたいのだ。もう終わりにしなければならないと強く思った。なんとしても、私の手で。

申し訳なさそうに震えている石室さんの声にも、怒りの感情がにじんでいる。

「私はこれからお山に入って日置君を探しにいこうと思います。しかし、浅木からはこう脅されています。たとえ何を見つけたとしても警察には言うな、と。お前がお山の秩序を崩そうとしていること、私情で夢花さんを救おうとしていること、そのすべてを集落の人間に話すぞと言われました」

石室家に代わって、まるで浅木が山の番人のように振る舞いはじめているということか……。

「この集落における私の立場は、非常に危ういと言わざるをえません。実は、明治以来、石室家当主にはある使命が代々、内密に伝承されているのです」

「使命……？」

「それは、この地における仏教の復活です。お山の暴走を食い止め、おさえこむための仏教を、しかるべきタイミングで再興することです。これは曾祖父の代からの悲願なのです」

神社の宮司がひそかに仏教に帰依し、神の暴走を阻止しようと画策する。なんとも皮肉なことのように思えた。

「今が、まさにそのときだと考えております。そのとき——というよりは、もうここでなんとかしないと、この集落は崩壊してしまいます」

石室さんに以前会ったとき、「親ガチャ」などと揶揄（やゆ）してしまったことを私は深く恥じた。石室さんは命を賭して、集落を救おうとしているのだ。

「しかし、住民たちに石室家の使命が露見してしまったら、私は確実に殺されて、お山に埋められてしまいます。なぜなら住民はみな、お山の意志と完全に同化させられてしまっているからです」

「私、これから、そちらに行こうと思っています」

マナブを失ってしまった以上、怖いものは何もない。山の懐にふたたび飛びこみ、マナブの魂と石室さんを助けなければならない。

「私には山に響くお経が聞こえます。なんとしてもその場所を掘りあてます」

「こっちに来るんですか……！　危険ですよ」

「私は今、正気を保っている状態です。たぶん、マナブが魂をかけて守ってくれているんだと思います」

「日置君が……」

「けれど、それも長くはもたないでしょう。だったら、私はわずかな可能性にかけるつもりです」

「しかし……、お山を掘るとなると浅木が黙っていないでしょう。彼はしばらくこの集落に居座るつもりです。集落にある空き家を拠点にして、お山周辺の動向を見張るつもりです」

「実は、浅木に対する切り札が私にはあるんです」

マナブは、おばあちゃんに対して、さらにもう一つメッセージを残していた。それは、浅木の娘さんが、ひき逃げに遭った場所でまだ死につづけているという情報だった。

「今はまだ詳細は明かせませんが、浅木の暴挙を牽制(けんせい)し、封じこめる材料があるんです」

「わかりました……」石室さんが、電話の向こうでうなずく気配が伝わってきた。「あまり気は進みませんが、夢花さんがどうしてもと言うのなら、私はその賭けにのりたいと思います」

「ありがとうございます」

「実は、こちらも浅木が知らない情報をもっています。多少遠まわりではありますが、正規のルートではない方法で集落に入る道があります。その山道を使えば、浅木に気づかれずに神社に出られます。徒歩になりますので、靴や服装などはくれぐれも用意を怠らないよう」

裏道の入り口まで、石室さんが迎えに来てくれるという。待ち合わせの場所や時間は今後、互いにアドレスを教えあったメールでやりとりをすることにした。

時間がない。今夜のうちには、なんとしても集落に到着したい。すぐに新幹線とレンタカーの手配をしていると、おばあちゃんが言った。

「夢花ちゃん、私も連れていってほしいんだ……」

「えっ……」

私はおばあちゃんの顔をまじまじと見つめた。

この世の中のあらゆる醜いものと、あらゆる美しいものを見尽くしてきた、八十代の人間の静かな瞳にぶつかった。

　自分の子ども、そして孫であるマナブが生まれたとき、おばあちゃんは心の底から幸せを感じたことだろう。しかし、その頭の片隅にはつねに集落の山と、身代わりになった女の子の存在がちらついていたはずだ。

「でも、山道を徒歩で進むことになるだろうから大変だろうし、そもそも浅木に遭遇しちゃったら、命の保証なんてないんだよ」

「毎日、ウォーキングを欠かさなかったから、足腰にはまだまだ自信がある。なるべく、夢花ちゃんの足手まといにならないように気をつけるから。だから……」

　おばあちゃんが、胸に両手をあてた。

「帰りたい。一度でいいから、父親と母親のもとに帰りたい。あんなひどい集落でも、私の故郷だから」

　骨張った両手に、涙の雫が落ちた。

「それに、いざというときは私が夢花ちゃんの盾になる。こんな老いぼれだけどね、弾よけくらいにはなるだろうさ」

　泣きながら、弱々しく笑みを見せる。

「故郷で死ねるなら、それは私の本望だよ」

「そんな……」

「夢花ちゃんは、生きなきゃ。生きなきゃ、ダメなんだ。そのためなら、私はよろこんでこの身を捧げるよ」

　大好きな人たちが、私を救うために、一人、また一人といなくなるかもしれない。私にそんな価値があるのだろうかと自問した。

どんなに自問しても、答えは出なかった。

確実に言えるのは、たった一つ。このままこの戦いをやめてしまったら、私やおばあちゃんと同じ思いをする人が今後も絶えず出つづける絶望的な未来が待ち受けているということだ。

とくに、移住してきた大友さん家族の娘さんが、私の頭から離れなかった。山頂で、私は彼女の魂と、ほんのいっときつながった。イジメを経験して傷ついた、しかし、心根の優しい魂だった。次に命を落とすのは、きっとあの子だ。それだけは、なんとしても阻止しなければならない。

悲しみは絶えず押し寄せてくるけれど、戦うための力をたくわえなければ。

ここ数日分を取り戻すように、食事をとった。

シャワーを浴び、丁寧に身を清めた。

私は、もう一度、この家に戻ってくる。おばあちゃんとともに、なんとしても戻ってくるんだ。

「ねぇ、おばあちゃん、幽霊って本当にいるのかな?」家を出る間際、私はついたずねてしまった。

「何を言ってるんだい。一部の幽霊が悪さをするから、私たち生きてる人間がこうやって苦しめられるんじゃないか」

「うん……」

私自身、生まれてこの方、散々街をさまよう幽霊を見てきたし、これから亡くなった浅木の娘さんに会おうともしている。

「でも……、これってただの悪い夢なんじゃないかって思ったりもしてて」生きている人間が、ただ憎しみの連鎖に駆られて右往左往しているだけだとしたら、これほど滑稽なことがあるだろうか。

「夢花ちゃんも見ただろ、お寺さんのワンちゃんが亡くなったところを。夢花ちゃん自身だって、正常な判断ができないくらい自分を見失ってたわけだし。それをどう説明つけるんだい？」

「……だよね、ごめんなさい」

「気をたしかにもたないと、また魂をもっていかれるよ」

おばあちゃんの言う通りだ。

私は玄関の三和土に腰を下ろし、スニーカーの紐を、きつく、きつく結んだ。

## 2

ヘッドライトが照らす先を、大量の蛾や羽虫が舞い飛んでいる。どこかに沢や渓谷があるのか、かすかに水が流れる音が聞こえる気がするが、ただの葉擦れのざわめきかもしれない。

電車を乗り継ぎ、レンタカーを借りて、この山奥までやってきた。以前、マナブと集落に向かうために入った道から、ぐるっと山一つ分迂回し、石室さんがマップにピンをつけ、メールで知らせてくれた集合場所にようやく到着した。

オクラちゃんが、ハザードを点灯させて、レンタカーをゆっくりと未舗装の路肩に停めた。

タイヤが小石を踏む音が響く。スマホとカーナビの地図を見くらべたオクラちゃんが「このあたりのはずっすね」とつぶやいた。

　浅木の弱点に対する切り札をなんとしても確保するため、私はオクラちゃんに協力をあおいだのだった。事故現場の青梅街道での儀式は無事に成功した。本当は集落の入り口までついてきてもらう必要はなかったのだが、彼女は「絶対に、ご一緒するっす」と言って聞かなかった。

「じゃあ、オクラちゃんはここまでだね。ありがとう」長旅の疲れか、大きく伸びをするオクラちゃんに労(ねぎら)いの言葉をかけた。「石室さんが迎えに来たら、麓(ふもと)の道の駅があるところまで下りて、待機してて」

「夢っち先輩と、おばあちゃんだけで大丈夫ですか?」

「うん、これ以上オクラちゃんに何かあったら、ご住職に顔向けできないし」

　ただでさえ、オクラちゃんは愛犬を亡くしている。危険な浅木のいる集落に同行させるわけにはいかなかった。

「かなり体力を温存できたから、めちゃくちゃ助かったよ」私はペーパードライバーなので、普段から車に乗り慣れているオクラちゃんが運転してくれて本当によかった。右側は深い緑に覆われ、左側は切り立った崖だ。錆の浮いたガードレールがうねりながら、見えない先までつづいている。なすべきことをなす前に事故を起こして死んでしまっては元も子もない。

　オクラちゃんがヘッドライトとハザードを切ると、あたりは完全なる闇に包まれた。誰かに見張られているような気がするが、もしかしたら野生の動物かもしれない。

　夜の九時だった。なかなか到着時間が読めなかったこともあって、石室さんとの集合時間は九時半に設定していた。

　あと三十分休んで、夜の山道に備えよう。そう思った矢先、後部座席に座っているおばあちゃんが「あれ……」と、かすかな声をあげた。

私はヘッドレストにあずけていた首を起こした。

いつの間にか、車の斜め後方の暗闇にぼんやりと明かりが浮かび上がっている。最初は本当に人魂のように見えた。懐中電灯やスマホの人工的な光じゃない。ゆらゆら揺れて、なんだか儚（はかな）い。

「提灯……みたいだね」おばあちゃんも、信じられないという顔で目をこらしている。

「石室さんかな……？」

今どき、提灯なんてお祭くらいでしか見たことがない。わざわざ頼りない蠟燭の明かりで夜の山道を進むなんて、どう考えてもおかしい。懐中電灯の電池が切れてしまって、すぐに替えが見つからなかったとか……？

提灯を持つ人影が背後の木々に映し出され、それがなんとも歪（いびつ）で大きなものに見える。思わず、となりに座るオクラちゃんと顔を見合わせた。目を丸くしたオクラちゃんも、ゆっくりと首をひねる。

おそるおそる助手席の扉を開けてみた。すぐに車内に戻って鍵が閉められるように、半身だけをそろりと外に出す。夏の夜の生温い風が、肌をなでる。木々が揺れると、提灯の明かりで浮かび上がった人影も、ゆらりとたゆたった。

「石室さん……？」

答えはない。相手はただ黙ってたたずんでいる。影の頭の部分だけが異様に巨大だった。どうやら笠のようなものをかぶっているらしく、顔がまったく見えない。こんな何もない山のなかに立っているということは、石室さんが差し向けた迎えの人だろうか。

とはいえ、そのいでたちは提灯に編み笠。どうにも怪しい。信頼してついていっていいものか。それとも、「人」ならざるものなのか……。

車内に戻り、再度メールをチェックしてみた。石室さんからの新たな連絡はなかった。社務所に電話をかけてみたけれど、誰も出なかった。

「おばあちゃん、どう思う？」

「嫌な感じはしないけど……」おばあちゃんが、手のひらで胸のあたりをさすりながら答えた。

そう、たしかに不穏な感覚はない。私は鞄から数珠（じゅず）を取り出し、意識を集中した。

えてして悪霊や魔物は背筋がざわつくというか、凍るというか、反射的にさけたくなるようなよどんだオーラを放っている。

あの提灯の人影には、悪意を感じない。でも、それすら罠かもしれない。

「ねぇ、オクラちゃん。善良な存在と、悪霊や魔物を見分ける方法……みたいなのってあるのかな？」

「そうですねぇ……」オクラちゃんが、猫によく似た目を細める。「できれば、粗塩か日本酒があればいいんですが。私が持ってきたお塩は、ここに来る前の儀式で使い果たしてしまいました」

「ごめん……。私も持ってないな」粗塩くらいは持ってくればよかった。まともに準備する時間がなかったので、そこまで気がまわらなかったのだ。「たとえばさ、車とかスマホの強烈なライトで照らしてみるっていうのはどうかな？」

「たぶん、追い払うには効果があると思いますよ。でも、もし夢っち先輩の言う善良な存在が、生身の人間じゃなく霊的なものだったとしたら、味方になって、守護してくれるはずの案内人も強烈な光になじまず、逃げ出しちゃうかもしれないんで、あんまりお勧めはしないっす」

「あれって、やっぱり人間じゃないのかな……？」

「信じたくないっすけど、おそらくは……」

石室さん自身が迎えに来られなくなった事情が気になるが、とにかく今はあの案内人の善悪を見極めなければならない。いくら神職に就いているとはいえ、石室さんがまさか安倍晴明(あべのせいめい)みたいに式神を操れるとも思えない。ということは、やはりあれは私をたぶらかす魔物のたぐいなのだろうか？

二者択一を間違えれば、確実に山に引きずりこまれ、私の魂は贄(にえ)に供されてしまう。

「魔物は人をおとしいれようと、つねに嘘をつきます」オクラちゃんが両腕を前に伸ばし、動いていない車のハンドルをぎゅっとつかんだ。「だから、相手が嘘をつく前提で、心して質問をしなければならないんす」

あとから聞いたことだが、マナブは移住体験ハウスで石室さんの偽者に嘘をつかれたそうだ。「私は味方です」「信じてください」——その言葉すべてが私に数珠を捨てさせるための嘘だった。

「使えるとしたら、天使と悪魔のパラドックスなんじゃないかなと思うんですけど、夢っち先輩、ご存知ですか？」

「それって、もしかして天国への道のパラドックスのこと？」

「そうっす。嘘つきを簡単な質問で見抜く方法といえば、これしかないんじゃないかと」

オクラちゃんが提案したのは、論理的思考の命題だった。たとえば、あの提灯を持った人影に、「あなたは石室さんの使いですか？」と、質問する。

本当に石室さんの使いなら、当たり前だけれど相手はうなずく。もし相手が魔物でも、もちろん答えは「イエス」だ。なぜなら、魔は嘘をつくからだ。よって、まともな質問をいくらぶつけても、善と悪を見極めることはできない。では、どうすれば悪しき心を看破し、真偽を見抜けるのか。

「もしかして、魔物には嘘を二重でつかせればいいってこと？」

「そうっすね。嘘の嘘は、反転して本当になるんすよ」

「えぇっと……、つまり『あなたは石室さんの使いですか？　と、もし私が聞いたとき、はいと答えますか？』って相手に聞けばいいのね」

「さすが、夢っち先輩。嘘つきを見破る方法、知ってましたね。もし、相手が善なる者だったら、二重に質問を重ねたとしても、当然答えは『はい』になるっす」

「一方、魔物に聞いた場合、『石室さんの正式な使いか？』とたずねただけなら、『はい』と答えが返ってくる。でも、その質問に『はいと答えるか』というさらなる分岐の質問を加えた場合、相手は必ず嘘をつくから答えは『いいえ』になる」

「そうっすね。だから『はい』なら本物、『いいえ』なら偽物です。二重の質問の罠を仕掛ければ、嘘をつく魔物も正直に答えることになるんですが……」オクラちゃんが言いよどんだ。

「でも、これはあくまで論理的思考の上での話なので、実際に命を賭けた場面でうまくいくかどうか。魔物が自信をもって『はい』と答える可能性もじゅうぶん捨てきれないっす」

無意識のうちに、腕を組む恰好で両腕をさすっていた。夏だが、虫や木の枝から肌を守るためにウィンドブレーカーを着てきた。ナイロンの素材がさわさわと音をたてる。

こんな簡単な質問に、本当に自分とおばあちゃんの命を委ねていいのか。

「ねぇ、おばあちゃん、今の私たちの会話、どう思った？」

「なんだか、複雑でよくわからないけれど……」おばあちゃんが困惑気味に答えた。「だったら、こっちも嘘か本当か相手にわからないような条件を提示して、もう一つ質問をしてみたらいいと思うんだけどね」

おばあちゃんの言葉を聞いたオクラちゃんが「それって、どういうことすか？」と、ハンドルから手を離し、後部座席を振り返った。

「つまりね……」

おばあちゃんの説明を、私とオクラちゃんは黙って聞いていた。

「いけますね！」オクラちゃんが手を叩いた。「ぜひ、その質問もしてみましょう」

分厚い遮光カーテンが幾重にも張りめぐらされたような真の闇のなかを手探りでかきわけるようにして、夜の山を進まなければならない。身も心もまかせきれる案内人なしには、石牟呂神社までたどり着くことはできないだろう。

私は車を降りて、必要な物資が入ったリュックを背負った。運転席の横にまわりこみ、窓を開けたオクラちゃんにしばしの別れを告げる。しかし、「もしも」のときは、オクラちゃんにつらい役目を負ってもらわなければならなかった。

「じゃあ、行ってくるよ。夜が明けても私と連絡がとれなかったら、迷わず警察に通報してね。集落の山に入ったまま、行方不明の人たちがいるって。日置学、日置繁子、甲斐夢花の三人がいなくなったって」

「私、一晩中、夢っち先輩の無事を祈ってるっす。父も夢っち先輩のために、夜通しで祈禱をするそうです」

「ありがと……」

手を伸ばした。

オクラちゃんが、私の手を握り返してくれる。

温かい。生きて、呼吸をしている人の手だった。いやおうなく、マナブの手の感触を思い出してしまう。私は深呼吸をして、憤りと悲しみをしずめる。

「じゃあ、おばあちゃん、行こう」

怒りをエネルギーにして、私は足を踏み出した。

そこは、獣が踏み分けたような山道だった。提灯を持った男が待ち構えている。

編み笠に、口の周りを覆う豊かな髭、作務衣に、足元は草鞋(わらじ)だった。

影のせいで大きいと感じていた男の身長は、目の前に立ってみると、意外にそこまではなかった。百五十五センチくらいだろうか。私は百六十センチなので、少し見下ろすようなかたちになり、編み笠にさえぎられて余計に顔は見えない。

街で幽霊を見かけるたびにいつも思う。

このリアルな「質感」は何なのだろう……?

たとえば男のかぶる編み笠は、かなり古い物らしく、ところどころほつれたように藁が毛羽立ち、風に揺れる。

幽霊は、当然、裸で出現するわけでなく、みな服を着ている。光沢のあるコート、破れたジーンズ、汚れたスニーカー、あるいは濡れた髪……。

これらの物質は、果たして現実世界に確固として存在しているのだろうか? 手で触れてたしかめたいと思ったことはないけれど、いつもこのリアルさを不思議に思う。

あの……と、第一声を発しようとしたそのときだった。

巨大な羽虫が、不規則な輪を空中で描いて、私の顔に突進してきた。

「嫌ぁ！」途轍もない大声を出してしまった。

男がびくっと肩を震わせた。おばあちゃんが、「どうしたんだい？」と、あわてた様子で問いかけてくる。

「ごめんなさい、虫が……」

魔物かもしれない存在と対峙し、殺人鬼に立ち向かおうとしている矢先、まさか害のない虫を恐れて叫び声をあげてしまうとは思わなかった。正直、魔物よりも、意思が読めずに向かってくる虫のほうが、断然怖い。そう思ったら、なんだか笑えてきた。苦笑したら、緊張も少しはやわらいだ。

なんだか気まずくなってしまったので、一つ大きく咳払いをしてから、私は口を開いた。

「あなたに、質問をします」

意を決して、男に視線を向ける。

「あなたは、石牟呂神社の石室宮司の代わりに私たちを迎えに来た方でしょうか？　という質問を私がしたとき、このお数珠に誓って『はい』と答えますか？」

ウィンドブレーカーのポケットに入れていた数珠を握り、男の前に突き出す。

男がじっと数珠を見つめる。実際に顔はまったく見えないものの、編み笠の下から飛ぶ、視線の気配のようなものを感じる。

やや間があいたのち、編み笠が縦に大きく動いた。男が無言で深くうなずいたのだった。

第一関門はクリアだ。霊力のこもった数珠を畏れるような素振りもない。

次は、おばあちゃんが考案した質問をぶつけてみる。リュックからホームセンターで購入した強力な懐中電灯を取り出した。

「あなたにお願いがあります。絶対にあなたの姿は照らしませんので、このライトで自分たちの足元だけを明るくしていいでしょうか？」

絶対にあなたの姿は照らさない。

この言葉は、男にとって、嘘か本当かわからない条件だ。

もしも、男が聖なる存在なら、私の出した条件を信じるはずだ。だって、男を照らしたところで、不利益をこうむるのは私たちのほうだからだ。男がライトに怯えて逃げ出してしまったら、私たちは山中で路頭に迷ってしまう。

一方、男が魔物だったら、どうだろう？

魔物は、この条件をまず疑うはずだ。もしかしたら、強烈な明かりで自分の存在をあばかれてしまうかもしれない。照らされて困るのは、男のほうだ。だとしたら、私たちに「ノー」を突きつけるはずだと読んだ。

今度は、男に迷いはなかった。

男がふたたびぐっとうなずく。

私は背後に立つおばあちゃんに目配せをした。おばあちゃんも、うなずき返す。何より男の目の前に立っても、総毛立つような、不吉な感覚がまったくない。むしろ、安心すらする。この直感を信じようと思った。

私はライトをつけた。オクラちゃんの乗っている車に光を当てて、ぐるぐると大きく円を描く。「行ってくる」の合図だ。オクラちゃんが、二度、短くクラクションを鳴らす。

御仏のご加護にすがり、慈悲を請う。私は数珠をポケットにしまった。きちんとポケットのチャックを閉めて落とさないようにする。

男が歩き出した。

私はおばあちゃんを先に行かせた。急な傾斜では、おばあちゃんの腰を支え、邪魔にならない程度に軽く押し上げる。途端に息が切れ、汗がにじんでくる。

数歩先を歩く、おばあちゃんの足元を照らす。その前には、闇のなかでかろうじて男の背中が見える。ぼんやりと浮かび上がる、ほのかな提灯の明かりだけが道しるべだ。

それにしても、不思議だった。

左右に迫る草や枝が、私たちが通過するときだけ、意思を持ったようによけて、道をあけてくれるような気がする。背後を振り返ると、まるでそこに人の通る隙間などなかったみたいに鬱蒼（うっそう）と緑が茂って、通ってきた痕跡がまったく見えない。

男はときどき立ち止まって、遅れがちなおばあちゃんと私が追いつくのを待ってくれる。私たちは、提灯の明かりを目印に、道なき道を登っていく。

暗闇のなかに響くのは、私たちの激しい息づかいと足音、木々のざわめき、虫の鳴き声と、あともう一つ……。

最初は、勘違いかと思った。

しかし、確実に私たちの周りを取り囲む者たちがいる。

姿かたちは、まったく見えない。その者たちの体と葉がこすれる音が、足元の低いところから響いてくる。

人間じゃない。動物だ。一定の距離を保って、私たちにぴったりついてくる。

「おばあちゃん……」

犬や猫みたいに、前足と後ろ足で地面を蹴る軽やかな足音に、左右と後ろを包囲されている。でも、犬や猫じゃないことはなんとなくわかる。山を住処にする獣が放つ、濃密な気配がする。

「おばあちゃん、ナニカイル……」

今にも獣たちが飛びかかってきそうで、私の口調は緊張のため、片言の響きを帯びて自分の耳に聞こえた。

「ああ、いるね。でも……」膝に手をつきながら、一歩一歩、力をこめて登るおばあちゃんがつぶやいた。「私は、なんだか懐かしい感じがするよ」

「懐かしい？」

「子どもの頃、よく山で遊んでいたときの記憶さ」

前を行く男は、獣たちの気配を気にする素振りをまったく見せない。黙々と進み、時折立ち止まって、私たちを待つ。すると、獣の足音もぴたりと止まる。まるで、男の歩みに同調しているかのようだ。統率のとれた、群れの動きだった。

濃い土と緑の匂いに囲まれて、どちらの方角に進んでいるのかもわからない。空に浮かんでいるはずの月も、木々にさえぎられて見えない。不安はつのるばかりだが、しだいに獣たちに守られているような感覚になってくる。

いったい、どれくらい進んだだろうか。耳をつんざく、人間の悲鳴みたいな鳴き声が響いた。ちょうど真上からだ。上空を複数の鳥が飛び交っている。かなり大きい鳥獣ということが、その羽音でわかる。

獣たちが、いっせいに威嚇（いかく）のうなり声をあげた。

男が上を向いた。提灯も頭上に掲げる。

「照らすんだ」おばあちゃんが言った。「暗闇にまぎれる悪しき者は、照らせば逃げる」

私は男を照らさないように気をつけながら、ライトをかざした。

漆黒に染まった枝と葉が、激しく揺れている。

大きな影が葉の隙間をよぎる。私はその動きを、強い光で追いかけた。

一瞬、首が異様に長い鳥のシルエットが、光の輪のなかに黒く浮かび上がった。羽音のするほうを執拗に光で追いかけると、不吉な鳴き声もしだいに遠ざかっていった。

無言の男が、ふたたび前を向き、歩き出す。

さらにしばらく進むと、急に開けた場所に出た。石牟呂神社の本殿前の境内だった。

どっしりと鎮座する鳥居の偉容に、安心感をおぼえる。どうやら、この鳥居は怪異が必要以上に集落にあふれ出さないために、結界の役割を負っているようだ。あたりの気配をうかがったが、浅木や住民たちの気配はなかった。

社務所に向かおうと、そちらの方角をライトで照らすと、ここまで案内してくれた男の姿がいつの間にか忽然（こつぜん）と消えていた。

提灯の明かりもない。懐中電灯で方々を探ってみたけれど、人っ子一人見当たらなかった。

どうやら、私たちを案内する役目を終えて、風のように消えてしまったらしい。と思ったら、トトトトッと軽快な足音が私の脇を通り抜けていった。

そこにいたのは、一匹の狐だった。黄金色の立派な毛並みが、月夜に輝く。

「あなたが、案内してくれたの？」

もちろん狐は答えない。社務所ではなく、本殿のほうに歩いていく。小さな階段を上り、本殿の板張りの床に座る。

鋭く、切れ長の目が、じっと私を見つめていた。

「そこに何かあるの？」

おばあちゃんと、目を見合わせた。すると、狐が一声、まるで犬みたいな鳴き声をあげた。

私はリュックの肩紐を握りしめながら、本殿へそっと近づいていった。狐が長い鼻を持ち上げて、くんくんとあたりの空気の匂いを嗅ぐような仕草をした。ふさふさの毛に覆われた両耳も、左右に動く。彼の周りにいたのは、仲間の群れだったのかもしれない。

「本当にありがとう」賢いねと言うのも、なんだか上から目線で違う気がする。「油揚げでもあげたい気分だけど、持ってないや」

いいから、早く来いと、狐の透き通るような瞳が語っているような気がする。私は階段を上がり、靴を脱いだ。おばあちゃんも、後ろからついてくる。

「失礼します……」賽銭箱の裏にまわりこみ、本殿の引き戸を開けた。

奥の祭壇に立てられた灯明の蠟燭の炎が、飴色の床板に淡い光を投げかけている。

私の背後で、おばあちゃんがひゅっと息を吸いこんだ。暗い本殿のなかで、何か大きなものがゆらゆらと揺れていた。

それは、人の体のような……。

私はつばをのみこみ、下からゆっくりとライトを照らしていった。

宙に浮かぶ足が、真っ先に視界に飛びこんできた。つづいて、赤いジャージのズボンが見えた。セットアップの、同じ色の上着を照らしたところで、私はライトをその場に放り出した。

「石室さん……！」

大きな梁にロープがかかっていた。ロープの輪に首を通した石室さんが、空中で深くうなだれている。かすかに揺れる足の先が私の腰のあたりにあるので、下ろしてあげることも困難だ。

「偽者ですよね……？　偽者だって言ってくださいよ！」

そっと手首のあたりに触れてみる。脈はない。とうに事切れているようだった。

「夢花ちゃん、不憫だけど、なるべくそのままにしたほうがいいと思うんだ。もう、こうなったら警察を呼ぶしかないよ」

ライトを拾い上げたおばあちゃんが言った。本殿の入り口に座っていた狐が、悲しそうに一声長く鳴いて、そのまま境内を去っていった。

この集落が救われる道を命がけで模索していた石室さんは、一足先に旅立ってしまった。石室さんとは一回しか会ったことがないのに、言い知れない悲しみが私を襲った。ここまで山道を歩いてきた緊張の糸が、ぷつりと切れた。

その場にへたりこみ、周囲を見まわす。おばあちゃんの言う通りだ。まだ自殺と決まったわけではない。不自然なのは、どこにも踏み台らしきものがない点だ。

もし何者かに殺されたのだとしたら、さぞかし無念だっただろうと思う。ポケットから数珠を取り出して、合掌し、石室さんの成仏を祈った。なんとしても、このご遺体を守りきって、山に遺棄されないようにしなければならない。

今までは、浅木の犯罪の確証がつかめていなかったから、警察に連絡ができなかった。こうなった以上、自殺でも他殺でも、一一〇番する大義名分が生まれる。私たちの安全も確保される。

唯一の懸念は、警察が介入すれば、自由に神社の裏の山を掘ることができなくなる可能性があることくらいだろうか――。

スマホを手に取り、電話をかける。しかし、いくら試みても圏外の表示が消えなかった。おかしい。以前、この集落に来たときは、きちんと電波が入っていたのに……。

本殿を飛び出して、鍵のかかっていない社務所に入り、固定電話を探した。受話器を上げても、何の反応もない。しゃがみこんで確認すると、電話線が切断されていた。人為的に刃物で断ち切られた、鋭い断面だった。

本殿に駆け戻る。すると、気ぜわしげな様子で、おばあちゃんが話しかけてきた。

「おかしいんだよ、夢花ちゃん」そう言って、石室さんの右手を指さす。「この手のかたち……、何か最後に夢花ちゃんに訴えたかったんじゃないかって」

見ると、石室さんの右手は、人差し指だけがぴんと伸びていた。その指が示す先は、真下だ。さっきは、気が動転していてまったく気がつかなかった。

腕がそのまま垂れ下がっているのは当たり前だとして、この手のかたちは不自然きわまりない。人差し指以外は、かたく握りしめられている。死してなお、何かを指さしつづけるという行為に、石室さんの強い意志を感じる。

「むかし、お山のほうを指さして亡くなった子どもは見たことがあるんだけど。でも、この宮司さんは自分の足元を指してるよね」おばあちゃんが、じっと本殿の床板を見つめる。

石室さん、あなたは何を訴えたかったの……？

ご遺体の顔を見上げる。丸いメガネの奥のまぶたが薄く開いているが、苦悶の表情はなかった。なんとしても、石室さんの遺志を継がなければならないと思った。

とにかく、「下」だ。山に埋められているかもしれない六地蔵のように、この下にも秘められた仏が埋まっているかもしれない。

私はふたたび本殿を出た。数段の階段を下りて、木造の建物の基礎部分をのぞきこんでみる。いわゆる高床式の社殿だった。柱が何本も地面に埋まっているものの、基本的にはがらんどうの空間が広がっていた。地下室のようなものはない。

この建物の下を掘り返してみることも考えたが、その前にたしかめてみたいことがあった。私が何かを隠すとしたら、人がそうそう立ち入ることができないような場所に置く。

思案しながら、ゆっくりと本殿に戻った。からみつくような湿気で、額に汗がにじむ。祭壇の上で揺れる灯明の炎をぼんやりと見つめた。

祭壇は大きな階段状になっている。三方（さんぼう）にのせられた供物、御神酒（おみき）の白い徳利、榊（さかき）、灯明などが、七段ほどにわかれて置かれている。最上段の中央には、鈍く輝く大きな銅鏡があった。

私は躊躇（ちゅうちょ）することなく、祭壇に足をかけた。

「ちょっと、夢花ちゃん。バチがあたるよ！」おばあちゃんが、めずらしく叱責するように鋭い声をあげた。

「神社のご神体は、山の頂上の岩なんだよね？　だったら、この祭壇はそれらしく体裁を整えるための飾りにすぎないと思うんです」

「言われてみれば……。そもそも、私が子どもの頃、本殿は山頂にあったんだよ」おばあちゃんが、苦笑してうなずいた。「それに、今さらバチがあたるも何もないね」

ここに足をかけたら不敬だと思わせるような場所が、この祭壇だ。そのうえ、階段状になっているから、その裏側にはある程度の空間が生まれそうだ。

灯明の蠟燭の炎が、今も燃えていた。倒すと危ないので、手であおいで消した。社殿が真っ暗になる。おばあちゃんが、ライトで私の周囲を照らしてくれた。

慎重に祭壇を登っていく。そもそも、人が乗ることを想定してつくられているのかわからないので、床が抜けるかもしれない。

でも、きっと問題ないはずだと私は直感している。何かを覆い隠したいのなら、おそらく人が乗っても壊れないほど、頑丈につくられているはずだ。

祭壇のいちばん上部に到達する。大きな銅鏡とその台を脇にどけると、足元に扉があらわれた。床下収納の扉のような、持ち上げて開けるタイプのものだ。

掛け金をはずし、そっとふたを上げていく。階段状になっている祭壇の内側は、やはり真っ暗だった。私はスマホのライトを点灯した。

その瞬間、暗がりに立つ相手が私の視界に飛びこんできた。

でも、恐怖はなかった。なんとなく、そこにいる存在が何者であるのか見当がついていたからかもしれない。

「おばあちゃん、行けそう。ちょっとこの下に下りてみるね」

おばあちゃんも、おそるおそるといった様子で祭壇を登ってくる。私はおばあちゃんの手をとり、最上段まで引き上げた。

扉の下に取りつけられた簡易的なはしごをつたって、内部に向けて慎重に下りていった。一軒家によくある、階段下のデッドスペースを利用した納戸のような空間だが、少しかがんでいないと頭がつかえてしまう。

「たしかに、ここなら集落の人間は誰も気づかない。まさに秘密の隠し場所だね」こちらを見下ろしたおばあちゃんが、感心したように、ほっとため息をつく。

私は数珠を持ち、両手を合わせた。

「廃仏毀釈以来、ずっと仏様を隠し、守ってきたんですね……」

祭壇内部に隠されていたのは、木彫りの地蔵菩薩だった。おそらく、もともとお寺の本堂にあったご本尊だろう。

山のお墓を守っていたという石仏の六地蔵。そして、山の麓付近にかつて建っていたお寺のご本尊である地蔵菩薩。そのうちの一つは、ここに厳重に隠されていた。

神道と仏教が、祭壇の表と裏で向かいあっている。神仏習合を進めてきた、日本の信仰の姿そのものだった。

地蔵菩薩は、子どもくらいの背丈だ。蓮の花の上に立ち、袈裟をまとっている。木製の仏像だが、袈裟の襞が繊細に表現されている。

左手に珠のようなものを持ち、右手には錫杖を携えている。穏やかな丸顔で、半眼というのだろうか、まぶたはわずかに開けられている。不思議なのは、どの位置に立っても、仏像と目が合っているように感じられることだ。

「激動の時代を生き延びたってだけで、ありがたみが増すねぇ」祭壇の頂上で正座したおばあちゃんも、静かに合掌した。「本殿を移築してからずっと、ここにおわしたんだね」

仏像は、ところどころ真っ黒に焼け焦げている。焼き討ちにあった寺のなかから、その当時の宮司がかろうじて運び出したのかもしれない。仏像の前には、ささやかながらお供え物も捧げられている。石室さんが、ひそかに毎日ここに下り、手を合わせている姿が容易に想像できた。

石室家当主に伝えられるという、秘密の使命を思い出した。ご本尊を守りつづけ、山のどこかに埋められた六体のお地蔵様も探しあて、この集落における仏教を再興することこそ、代々の宮司に託されてきた悲願だったのだろう。

しかし、浅木によってその悲願も閉ざされてしまった。亡くなる寸前、石室さんは地蔵菩薩の在りかを私に託したのだ。

内部のスペースには、四方を守るように、仏教のお札(ふだ)がいたるところに貼ってあった。悪しき者を跳ねつける結界だ。百五十年以上集落の目から仏様を隠しているわけだ。山の悪霊や魔物にご本尊の存在を感知されたら、今度こそ住人の手によって完全に破壊されてしまうかもしれない。

私が六地蔵を掘りあてるまで、ここは、このまま封印するべきだと思った。

あとしばらくの辛抱です……。もう一度、地蔵菩薩に手を合わせ、深くお辞儀をする。すると本殿の外から、鬼気迫る獣の鳴き声が聞こえてきた。

先ほどの狐だ。

何かを急かすように、犬の遠吠えみたいな声を何度も、何度も響かせる。

「夢花ちゃん！」

祭壇の上にいるおばあちゃんが叫んだ。

「火が！　火が……！」

焦げ臭い匂いが、鼻をついた。パチパチと木材が炎で炙られて、爆(は)ぜる音も聞こえてくる。

私はあわてて、はしごに手足をかけた。

ダメだ……！　火事のなか、地蔵菩薩を置いていくことはできない。この仏様を私に託した石室さんの遺志――そして、代々の宮司の思いをないがしろにすることは到底できなかった。

私は「失礼します」と声をかけて、ご本尊を持ち上げた。

「おばあちゃん！　持ち上げられる？」

「いいよ。せーので、持ち上げよう！」

「わかった！　せーの……！」

祭壇に膝をついたおばあちゃんが、こちらに腕を伸ばし、地蔵菩薩を引き上げてくれる。私も仏像を押し上げながら、一段一段慎重にはしごを登っていった。そこまで大きくないとはいえ、木彫りなのでずっしりと重量がある。

ようやく地蔵菩薩を祭壇に引き上げ、周囲を見まわした。

油のたぐいでも撒かれたのか、火のまわりが圧倒的に速い。本殿の周囲が、真っ赤に燃え上がっている。が、わざと逃げ道をもうけるように、入り口のところだけがかろうじて延焼をまぬがれていた。

本殿の中央には、煙にまかれつつある石室さんのご遺体が吊されている。

「石室さんも出してあげないと！」

このままでは、殺人の証拠や痕跡が、燃えて、なくなってしまうかもしれない。

「さすがに私らの力では無理だよ！」おばあちゃんが、私の袖を引いた。「まずは菩薩様を守らないと！」

ごめんなさい……！　私は煙に包まれる石室さんに声をかけた。絶対に、何がなんでも、山を解放しますから、どうぞ見守っていてください。

懸命に背伸びをして、石室さんがかけているメガネをはずした。数珠と一緒に丁重にポケットにしまう。

煙にむせながら、二人で地蔵菩薩を抱え直した。失礼だとはわかっているけれど、ほとんど引きずるような恰好で、本殿の出口を目指す。ようやく外に出ると、新鮮な空気を吸いこむ余裕もないまま、あわてて靴を履き、境内に下り立った。

燃え盛る本殿を背にして、私たちは途端に取り囲まれる。

待ち構えていたのは、松明を掲げた男たちだった。反対の手には、斧や包丁をそれぞれ握っている。

「よう、夢花ちゃん。はじめまして」

一人の男が、私たちの前にゆっくりと進み出た。

「ここは、あえて『お帰り』と言っておこうか。よくぞ、この集落に飛びこむ決断をしたな。おかげで、手間がはぶけたよ」

この男が、浅木か――。

私の背後で燃え立つ炎が、そのまま私の感情をあらわしていた。憎しみ、恨みがつのって、かたく拳を握りしめる。優しげな地蔵菩薩のご尊顔に見つめられ、ようやく心を平静に保った。私には使命がある。マナブと石室さん――そして、山にとらわれたまま出られないたくさんの魂を救わなければならない。

「おばあちゃんも、戻ってくる決断をしたんですね。どうですか、故郷の空気は」

「マナブはいったいどこだい！」おばあちゃんが、ほとんど泣き叫ぶように、浅木にたずねた。

「さあなぁ……。山に入ったきり姿が見えないんですよ。俺も心配でたまらなくって」

あぁぁ。

悲嘆の声をもらしたおばあちゃんが、両手で顔を覆ってしゃがみこんだ。

身代わりを立てて生き延びた結果が、孫の死だった。人間の業はめぐり、めぐる。やはり、なんとしてもここですべてを断ち切らなければならない。

「もしかして、石室さんも殺したんですか？」私はおばあちゃんの肩に手をかけ、さすりながら浅木に問う。

「石室さんも、ってなんだ。まるで、俺がガクも石室も殺したみたいじゃないか」浅木だけが、余裕を見せつけるように、手に何も持っていなかった。

「まだ、間に合います。石室さんのご遺体を運び出すのを手伝ってください」

「もう、これだけ火がまわってんだから、無理だな。あきらめろ」

「やっぱりあなたが殺したんでしょ？　見られて困る証拠でもあるの？」

「見られて困るものがあったのは、あのエセ宮司のほうだろ」浅木が私のかたわらに置かれた地蔵菩薩を指さした。「まさか、一人だけ仏教にすがって正気を保っていたとは思わなかったよ」

炎に炙られた浅木の顔は、さながら菩薩のように凪いでいた。

娘の復讐という最大の目的を、すっかり果たしきったからかもしれない。私の行動を阻止し、山に葬り去ることなど、造作もないことだと考えているのだろう。

浅木にとってみたら、まさに飛んで火に入る夏の虫といったシチュエーションだ。私を殺せば、もうお経が聞こえてくる場所を掘り返そうという人間はいなくなる。

しかし、私は浅木には殺されない。自信がある。

「集落の皆さんに、石室宮司の裏切りを話してまわったんだよ。百五十年以上つづいてきた山の秩序を、あいつが崩そうと画策してるってな」

松明を持つ住民たちの顔は、一様に無表情で、何の感情も読み取れない。しかし、じりじりと私とおばあちゃんを包囲する輪をせばめていく。

「そしたら、皆さん、こうして怒りくるってなぁ。今夜のうちにでも、寄り合いをもうけて、宮司を問いただそうってことになったんだよ。おそらく、彼はそれを恐れて自殺したんだろうなぁ。かわいそうに」

芝居がかった口調で、浅木がつぶやいた。

「それで、神社に来てみたら、何者かがこそこそ侵入してるじゃないか。まあ、おかげで、その仏像も出てきたわけだが」

おそらく、この地蔵菩薩と、山に埋まる六地蔵がそろって、はじめて集落は仏によってしずまる。だからこそ、万全の状態が整う日が来るまで、石室家は地蔵菩薩を隠匿しつづけたのだ。

オン　カカカ　ビサンマエイ　ソワカ。

口の先でマントラを唱える。それはオクラちゃんに教えてもらった地蔵菩薩のご真言だった。どうか、少しでもこの集落の住民たちの魂を解放してあげてください。

「さあ、その仏像をよこせ。叩き割ってやる。廃仏毀釈を、今こそ達成するんだ」

おばあちゃんが、涙を拭き、立ち上がる。私と地蔵菩薩をかばうように、浅木の前に立ちはだかった。

炎になめつくされ、私の背後で木材が盛んに爆ぜた。バチバチと音をたてて、オレンジの炎が、本殿をのみこみつつある。

「まあ、いいよ。抵抗するなら殺すだけだ。お前たち、丸腰でのこのこやって来て、アホの極みだな」

「あなたに、私たちは殺せないよ」きっぱりと浅木の悪意をはねつけ、私は告げる。

「なんだ？　この期に及んで強がりか？　よせよ。どうやって、この状況で俺に勝つんだ？」

半笑いの浅木が、大げさな仕草で両手を広げた。「まさか、ガクの幽霊が守ってくれるとでも言うのか？　さぁさぁ、ガク！　俺のことを見てるなら、呪い殺してみろよ！」

「幽霊が私を守ってくれる――正解に近いね」

私も笑って、両手を大きく広げた。ここから先は、狂気と狂気の戦いだ。まともな神経では耐えられない。マナブを失った今、怖いものなど何もない。

「ねぇ、あなたなら見えるでしょ？　私が背負っている存在が」

「は……？」浅木が、ぽかんと口を開ける。対照的に、すぅっと目を細め、私を見つめた。

「見えた？」

「まさか……」

「私を殺せない理由、わかった？」

「お前、ふざけんなよ」

「そう、私はあなたの娘のさとみさんを強制的に憑依させて、ここまでやって来た」

「お前……！」

「今、私とさとみさんの魂は、深くからんで離れられない状態なの。私を殺して山に差し出せば、必然的にさとみさんも、そこにとらわれて永遠に出られなくなる」

「ふざけるな！　すぐに、さとみを解放しろ！」

「このまま私を殺すと、さとみさんと、さとみさんを殺した犯人が、一緒の牢獄に閉じこめられちゃうよ。嫌でしょ？　だったら、六地蔵を掘りあてるのを手伝いなさい」

私のすぐ背後には、制服を着た少女の霊魂。浅木によく似て、彫りが深い顔立ちだ。

泣いている。

人質をとるような真似をして、申し訳ないとは思う。

けれど、この涙は復讐の鬼と化し、人間の心を捨ててしまった父親をどうかとめてほしいと願う心のあらわれだ。

3

時間は、今日の午前中までさかのぼる。

東京を発つ前、オクラちゃんと合流し、私はさとみさんがひかれた事故現場の青梅街道に立った。

マナブからおばあちゃん宛ての最後のメールには、こう書かれていたという。

〈もし余裕があったら、オクラちゃんのお寺に頼んで、さとみさんを成仏させてあげてほしい〉

丁寧に場所の詳細も添えられていた。マナブらしい優しさだ。私はその優しさを踏みにじり、自分が生き残るためのカードに利用しようとしている。

しかし、すべては浅木の暴挙をとめるためなのだ。

私は意識を集中して、横断歩道を見つめた。

いた……。

寂しげに肩を落とし、うなだれる少女が、道のど真ん中にたたずんでいた。彼女の左右を盛んに車が行き交うけれど、その風圧で、制服のスカートや髪の毛が揺れる様子はない。

「本当に乗り移らせていいんすね？」オクラちゃんがためらいがちに言った。

私は、幽霊は見えるけれど、祓（はら）ったり、無理やり憑依させたりといった能力はない。逆に、オクラちゃんは幽霊を感知できないけれど、そういった儀式にくわしい。

「お願い、オクラちゃん。すべての目的を達成したら、この子は成仏させてあげたいと思ってる」

「わかりました」

オクラちゃんが手にしたのは、学校によくあるチョークだった。白いチョークで、歩道のアスファルトにきれいな円を描く。

さらに、円の内側に一筆書きで星の図形を書き添えた。

「じゃあ、夢っち先輩は、この星の内側の五角形のなかに立ってください」

おばあちゃんが固唾をのんで見守るなか、私はオクラちゃんの指示通り、図形の中心に入った。

「強く祈ってください。さとみさんのお父さんの暴走をなんとしてもとめたい。これ以上、無益な復讐を繰り返してほしくない。だから、私に力を貸してほしい。私のなかに入ってきてほしい。そう、何度も、何度も、心のなかで強く」

円と星の先端が触れる五箇所に、オクラちゃんが盛り塩を置いていく。

「この盛り塩は、関係ない悪霊や浮遊霊なんかが、割りこんで入ってこないための結界っす。夢っち先輩は、さとみさんにだけ意識を集中してください」

柄の短い錫杖を鳴らしながら、オクラちゃんが般若心経を唱えはじめた。

私は目をつむり、祈った。

これは、あなたのお父さんを救うためなんです。

お父さんは今、後戻りができない、苦しい状態にとらわれています。生き地獄と言ってもいい。

お父さんを、とめたい。それには、どうしてもあなたの力が必要です。

私のなかに入ってきてください。私と一緒にお父さんをとめましょう。その結果、たくさんのさまよえる魂が救われるんです。

もちろん、さとみさん――あなたのことも救います。

生温い空気が、ふわりと動いた気がした。私は薄目を開けた。

横断歩道の真ん中に立つ少女が、寂しげな眼差しでこちらを見ていた。

目が合うような、合わないような、近くにいるような、遠くにいるような、妙な空間のゆがみを感じた。歩行者用信号機の支柱に立てかけられていた真新しい生花が、ぱたんと倒れる。

それを合図とするように、少女がそろりと、こちらに右足を踏み出した。

そう、その調子で、こちらへ来て――。

額に汗を浮かべたオクラちゃんが、一心に般若心経を唱える。

反対側の歩道を、いったい何をやっているんだという訝しげな表情で、中年女性が通り過ぎていった。オクラちゃんが、かまわず私の背中に手をかけて、なでさする。

「さぁ、今度は、心を無にして。さとみさんを迎え入れる準備をするっす」

私の気持ちの波は、錫杖の、高く、澄んだ音色によって、しだいにしずまっていく。

少女が、また、一歩近づいた。

歩行者用信号は赤だ。車が行き交う。真っ赤なベンツが、猛スピードで走ってきて、彼女の体にぶつかる。

私は息をのみ、目を伏せた。

若い女の子の悲鳴が、あたりに響いたような気がした。

おそるおそる顔を上げると、制服の少女の姿はどこにもなかった。

オクラちゃんが、まだ私の背中に触れている。

「ねぇ、オクラちゃん、あの子がいなくなっ……」

軽く振り返って、私は言葉を失った。

頭の左側が潰れた少女が、すがりつくように、私の背中に手を伸ばしていた。

ついさっきまで、霊体の見た目に異常はなかったはずなのに、さとみさんは今や、体がぐちゃぐちゃの状態で、かろうじて立っていた。左足はあらぬ方向に、九十度折れていた。右足だけで、不自然に曲がった体を支えている。

さとみさんの体が、ぐらっと傾ぐ。その手が、私の体をすぅっと透過した。

入ってくる。

あらゆる恐怖、あらゆる悲しみ、あらゆる痛みが。

まばゆいヘッドライト、驚いて目をむく運転席と助手席の若い男、急ブレーキでタイヤがきしむ音、信じられないほどの衝撃、誰かの悲鳴……。

気がつくと、私自身が大きな悲鳴をあげていた。

「夢っち先輩！」

オクラちゃんが、私の肩を支えてくれる。

それでも耐えきれずに、図形の中心でしゃがみこんだ。

痛い、悲しい、つらい。誰もいない。誰も助けてくれない。手を伸ばしても、何もつかむことができない。

過呼吸になって、まともに酸素をとりこめない。衝突の衝撃で、肺が潰れてしまったのかもしれない。

お父さん……。

たった一言、つぶやいた。

塾へ車で迎えにいくというお父さんの言葉を、「ウザいから」の一言で断ってしまった後悔が、冷たいアスファルトに溶けて、染みこんでいく。

「一緒に、お父さんを助けにいこう」

私は心のなかに向けて言った。

「そうすれば、あなたの魂も救われるから」

おばあちゃんと、オクラちゃんに支えられながら、ようやくの思いで立ち上がる。本当に左足が折れてしまったように、歩みがおぼつかなくなった。強烈な痛みは去ったけれど、自分の体が、自分のものではないような違和感がしばらくつづいた。

首と肩が、ずしんと重たい。本当に、誰かをおんぶしているみたいだ。

子どもの頃から、誰かに勝手に入られてしまうのはしょっちゅうだったから、慣れていると言えば慣れている。主導権を握られないように、自我を保つイメージでいないと、簡単に魂をのっとられてしまう。

事件、事故現場にたたずんでいる見えない人たちは、私が見える人間だとわかると、みな一様に助けを求めてきた。そのたびに、粗塩を溶かしたお風呂に頭までつかったり、霊障がひどいときは祖母の知り合いの霊能力者のもとに駆けこんだりしてきた。

大学でオクラちゃんに出会って、そのことを相談すると、いきなり厳しい説教を受けた。

「夢っち先輩は優しすぎるんすよ。見える人は、ほとんどみんな霊を無視してるんすよ」

金髪のショートカット、透明感のある白い肌は、お寺の長女のイメージとなかなか結びつかなくて、最初にオクラちゃんの実家を訪れたときは、立派な寺院の荘厳さに心底驚いた。

「人の痛みに共感して、寄り添ってあげたいと親身に感じてしまう人ほど、簡単につけいられてしまうんす」

先輩である私の肩を、オクラちゃんは無遠慮にバシバシと叩いてくる。

「言っておきますけど、それって霊相手にかぎらないっすよ。そういう女の人ほど、ダメ人間、とくにダメ男に引っかかるんすから」

本当に耳が痛かった。

マナブはもちろん最高の恋人だったけれど、それまでにたくさんの痴漢に遭ってきた。何も行動を起こさない大人しそうな女だと、なんとなくの空気感で男たちに察知されてしまうのかもしれない。

私が負けず嫌いを発揮するのは、慣れている人相手の話であって、見ず知らずの人に悪さをされても、私が我慢すれば……と、妙な遠慮をしてしまう。

その性格のもともとのはじまりは、小学生のときだった。

あまり語りたくない過去だ。マナブも知らない。

私には妹がいる。子どもの頃は二段ベッドの上下で寝ていた。ある日の夜、酔った父親が私たちの部屋に入ってきた。下段で寝ていた私は実の父親にいたずらをされた。心を殺して耐え抜いた。

それ以来、ちょくちょく父親が部屋にやって来るようになった。妹がまだ起きているときもあって、私は父親の足音が聞こえると、上段にいる妹に「何があっても寝ているふりをして、絶対に起き上がらないように」と、何度もささやき、言い聞かせた。

そして、父親の興味と性欲の対象が妹に移らないように、私は必死に……。

マナブと交際をはじめてからは、マナブに申し訳ないと思って、断固として悪意をもった男性をはねつけるようになった。マナブの愛を思い浮かべて、心に鉄壁のガードを張りめぐらせるイメージをすると、不思議と痴漢にも、憑依にも遭わないようになった。

「オクラちゃんだって、じゅうぶん優しいと思うけどな」

「うふふっ」と照れながら、オクラちゃんがつづけた。「自分が友だちと認めた人には、私は優しいっすよ。でも、まずは相手がどういう人かきちんと見極めるっす。ましてや、見ず知らずの他人に初手から完全に心を許すことはないっすね」

オクラちゃんは、生きている人間の本当の闇をまだ知らないのかもしれない。親相手では、「初手から心を許す」も「許さない」もない。どうあがこうと、父の魔の手からは絶対に逃れられなかった。

そんな暗い思いを断ち切って、私は言った。

「でも、袖触りあうも多生の縁って言うし、たとえ死んでしまった人でも、私を頼ってきてくれたことで救われるならいいかなぁって思っちゃうんだよね」

「甘い！　甘いっすよ、夢っち先輩！」オクラちゃんが一喝する。「容赦なく命をとってくるような悪霊もいるんすよ」

自分の命をとられるよりも、最愛の人を奪われたほうが、よっぽど悲しく、つらい体験だった。「甘い」というオクラちゃんの諫言を、私は今になって思い起こしていた。

でも、オクラちゃんはこうも言っていたのだ。

「夢っち先輩みたいな優しい人が損をして、悲しんだり、大変な思いをしたりしてるのに、図々しい、残酷なヤツらが、得をして、ふんぞり返ってる――そんな世の中を少しでも良くするために、私は祈るっす。無力かもしれないけれど、祈りつづけるんすよ」

照れくさそうに、小指でぽりぽりと頰をかいていたオクラちゃんは、こうして浅木と対峙する今も、私のために祈ってくれているはずだ。

燃えさかる本殿を背負い、私は浅木に問いかけた。

「ねぇ、浅木さん。あなたは家族を奪われるどん底のつらさを知っているはずですよね？」

肌を炙られるような強烈な熱気が渦巻いている。夜の闇に、火の粉が盛んに舞い上がった。

「だったら、マナブを奪われた私の覚悟もわかるはずです。私は絶対に引きませんよ」

ギシギシときしむ音がして、柱がむき出しになった本殿が傾きはじめた。

「わかったら、そこをどいてください。本殿が倒壊して、私が死んじゃったら、さとみさんもそのまま成仏できませんよ」

先ほどまで菩薩のように穏やかだった浅木の表情が、今や夜叉のごとく憤怒に燃えている。

「もし、山の解放を最後まで手伝ってくれるのなら、さとみさんをしかるべきお寺で成仏させることを約束します」

「もう、終わりにするんだよ、何もかも！」

私の前に立ちはだかっていたおばあちゃんが叫んだ。

「マナブを殺したことは絶対に許せない。絶対に、絶対に。でも、優しかったマナブのためにもすべてを終わりにしたい。きちんと、自首してつぐなってほしい」

憎しみの表情を浮かべていた浅木が、ぎゅっと目をつむった。天を仰ぎ、苦しげに息をつく。

「さとみさん、泣いてますよ。見えるでしょ？　もう、さとみさんを悲しませないであげてください」わずかに残っているかもしれない浅木の良心に、私は必死に訴えかけた。

ところが、浅木の反応は、私の予想だにしないものだった……。

「は……？　泣いてるだって？」

崩れかけた浅木の憤怒の表情が、ふたたびくっきりとした輪郭を帯びて燃え上がる。

「何をふざけたことを言ってるんだ！　さとみは、怒ってるんだ！」

カッと見開いた浅木の眼に、本殿の炎が映りこんだ。

「俺と同じ表情を浮かべてる。理不尽に殺されて、死んだあとも好き勝手振りまわされて、交渉の人質にされて、生前見たことがないくらいの表情で怒ってる」

「嘘……」

「嘘なんかじゃない！　嘘をついているのは、お前のほうだ！」

私は背後を振り向いた。

依然として、さとみさんはすぐ近くに立っている。

ぼろぼろと、大粒の涙を頰につたわせて、泣いている。浅木の言う「怒ってる」と表現するには程遠い感情が、その悲しそうな顔に宿っているように見える。

いったい、どういうことなの……？

私は心底戸惑っていた。浅木の鬼気迫る様子からして、彼が嘘をついているようには到底思えなかったのだ。

突然、私の網膜に映るさとみさんの像が、まるでノイズが走ったようにブレはじめた。二重写し、三重写しになって、たくさんのさとみさんの表情が折り重なる。

涙を流すさとみさん。般若のごとく、怒りをあらわにするさとみさん。左の顔が潰れたさとみさん。

それは、まるで私の心の迷いを投影しているかのようだった。

投影……？

私のなかで、とある疑問が大きくふくれ上がる。

そもそも死後の魂である幽霊は、本当に実在するのだろうか――それは、私が子どもの頃からずっと考えつづけてきた問いにほかならなかった。

本当は死後の魂など、いっさい存在しないんじゃないだろうか？

私たちは、それぞれ見たいものをこの世界に勝手に投影しているだけなんじゃないだろうか……？

浅木は、理不尽に殺されたうえ、私に人質にとられて怒るさとみさんを投影する。

私は、父親の暴走に心を痛め、悲しんでいるさとみさんを投影する。

しかし、その投影された存在にはある程度「実体」があるし、生きている人を呪いもする。生き霊だって、強烈な念が付与されれば悪さをするのだ。実際に、憑依されたり、具合が悪くなったり、ときに命をとられたりするのはたしかだ。私は山の怨霊の集合体に取りこまれかけているし、それを祓おうとしたところ、オクラちゃんの愛犬が突然死してしまった。

私の背後に立つさとみさんは、いったい何者なんだろう？

そもそも、この少女は、本当にさとみさんなのだろうか……？

次から次に、疑問がわき上がってくる。

いずれにせよ、私の魂と同化した少女が、死したさとみさんの魂ではないのだとしたら、私の人質作戦は根本からまったく意味を持たなくなってしまう。

だって、山に渦巻く霊魂の集合体や、この世界をさまよう幽霊が、生きている人間の念が生み出した、ただの投影なのだとしたら、浅木の復讐も、亡くなった娘の魂を奪われる恐怖も、何もかも幻にすぎないということになってしまうのだから……。

私が背負う存在がさとみさんの魂そのものでないのなら、浅木が六地蔵を掘り起こす動機はすっかりなくなってしまう。ただただ、私の命だけが危ういシチュエーションだ。

ここは、私の迷いを気取られないように、強気で押しきるしかない。

「とにかく、時間がない！　私が山に取りこまれないうちに、早く！」

「ああ……。やっぱり俺はさとみを成仏させてやりたい。それが、最優先だな」

浅木がふたたび天を仰ぐ。

「仇を殺せただけでも、よしとするしかない」

死後の魂が存在するか、しないかは、この際どうでもいいんだ。とにかく、山の怪異の根本的な原因は何であれ、仏の力を再興すればこの地に渦巻く呪いは解消されるはずだ。

今にも、本殿が倒れそうだ。背中が熱い。火の粉が髪や服にまで舞い飛んでくる。

「約束だぞ。絶対にさとみを成仏させてやってくれ」

「もちろん、必ず」

浅木が道をあけてくれる。ところが、今度は集落の男たちが、私たちの行く手をはばんだ。

「待たんか！」

松明（たいまつ）片手、斧を片手に持っているのは、宴会でも一緒だった砂田さんの旦那さんだ。

「部外者同士で、勝手に集落の行く末を決めるんじゃねぇ！」

斧が振り上げられる。めらめらと燃えさかる炎のオレンジ色を反射して、刃の部分がぎらりと鈍く輝いた。

「この娘は、お山のものだ！　ここで、殺す！」

そうだ、そうだ！　殺せ、殺せ！　男たちの怒号が響く。その叫びに合わせて、松明を上下させる。

「娘を差し出せば、山はしずまる！」

砂田さんが、躊躇（ちゅうちょ）なく私に躍りかかる。振り上げられた斧が、真っ直ぐ私の脳天に向かってくる。

ぬかりなく準備をしたはずだった。浅木にだけ対処すれば命が助かると思っていた。浅はかだった。山に心を奪われた集落の人たちの脅威をまったく考慮に入れていなかった。

私は覚悟をした。死の覚悟だ。

しゃがみこみ、地蔵菩薩を抱え、目を伏せた。

もう、ここまでかもしれない。

できれば、死後は「無」であるほうがいい。

もしも「幽霊」と呼ばれる存在が、生者の念がこの世に焼きついた結果であるとしたら、私はひとかけらの思いも、無念も、恨みつらみも残して死にたくない。

天国がないとなると、もう二度とマナブには会えないけれど、死んでまた誰かを呪うよりはよっぽどいいと思えた。

まぶたをぎゅっと閉じる。

おばあちゃんが、私と地蔵菩薩に覆いかぶさるように、前から抱きしめてくれた。

本殿が崩れ落ちかける音の向こうに、突然、かわいた破裂音がとどろいた。おそるおそる、目を開ける。

砂田さんが振り上げた斧が、力を失ったその手からすべり落ちる。松明も地面に落下し、なおも燃えつづける。あらゆる時間が停止したみたいに、自分の腹を両手でおさえた砂田さんが、ぴたりとかたまっていた。

手からあふれた血が、ぽたぽたと滴る。直後、どさりと砂田さんが膝からくずおれた。

浅木が拳銃を構えていた。

「嘘……」

まさか、本当にピストルを所持しているとは思っていなかった。おばあちゃんが、なかば冗談で「弾よけ」と言っていた、その言葉が真実味を帯びて危機感をあおる。

「こいつに死なれたら困るんだ。どけ！」

浅木が拳銃を振りかざし、威嚇（いかく）する。集落の男たちが、一歩、また一歩と後ずさりした。

さっきまで一致していた浅木と住民たちの利害が、今度は私を助けるか、殺すかで、真っ二つに引き裂かれたのだった。

「さぁ、山に入るぞ！」

浅木が拳銃で男たちを牽制しながら、顎をしゃくって私たちをうながす。

「仏様も一緒に！」ここに地蔵菩薩を残していたら、確実に破壊されてしまう。「お願い！」

チッと一度は舌打ちしたものの、浅木が軽々と地蔵菩薩を脇に抱えた。私は「ごめんなさい……」とつぶやきながら、砂田さんが落とした松明を拾い上げた。おばあちゃんとともに、集落の男たちがあけた道をおそるおそる進む。

鳥居はすぐだ。拳銃を構え、ぬかりなく背後を警戒しながら、浅木が最初に山に入った。私たちもあとにつづく。

おい、熊やん呼んでこい、猟銃だ！　男たちが背後で叫んでいた。砂田さんを介抱する様子もなく、あわただしく集落の中心へ走り去っていく。「熊やん」というのは、移住体験ハウスの宴会のときにもいた、猟師の男性だ。

私が六地蔵を掘りあてるのが先か、撃ち殺されるのが先か……。とにかく、前に進むしかない。

赤い鳥居が、本殿の炎で、さらに鮮やかな朱色に発色している。

山に足を踏み入れた直後、たくさんの視線が私の肌に突き刺さった。

木立の隙間から、猜疑心に満ちた、値踏みするような目で、子どもたちがじっとこちらを見つめてくる。メリーゴーラウンドに乗せられたまま、激しい回転のなか、永遠に降りることのかなわない子どもたち。松明の明かりにぼんやりと浮かび上がって見える。

「オン　カカカ　ビサンマエイ　ソワカ！」

私はあいているほうの手で数珠を取り出し、頭上に掲げた。

「お地蔵様が、必ずみんなを導いていてくれる！　お願いだから、見守っていてくれるかな？」

子どもたちに動きはない。それを肯定の返事だと受け取る。

「猟銃を持ち出されたら、長くはもたない。さっさと登るぞ！」

地蔵菩薩を抱えた浅木が、石積みの階段を一段飛ばしで駆け上がる。私も必死に追いすがった。本殿の火事のせいで、山全体も燃え上がるように明るい。

「おばあちゃん……！」

振り返る。おばあちゃんが、膝に両手をついて、荒い息をついていた。私は数珠を巻きつけた手を差しのべた。

「いいから、二人は行きなさい！」おばあちゃんが、首を横に振った。

「でも……！」

「いいんだ。いいんだよ」

潤んだ瞳で、私をじっと見つめてくる。

「このお山に、私の両親は眠ってる。ようやく……、ようやく会えるよ。マナブにも会える」

死者の魂も、死後の世界もないかもしれない……。そんな酷なことは言えなかった。私は焦げ臭い空気を鼻から吸いこんだ。

「足止めくらいはしてやるよ。石でもなんでも投げつけてやるさ」

からりと笑って、浅木を見やる。

「いいかい、夢花ちゃんを何がなんでも守るんだよ。夢花ちゃんに何かあったら、私は確実にあんたを呪うからね」

浅木が軽く肩をすくめ、少し悲しそうに笑った。

「さぁ、行った、行った！」

おばあちゃんが、あらゆる未練や名残を振り払うように背を向けた。石段にどっかりと腰を下ろし、腕を組む。

私はメガネを持ち上げて涙をぬぐう。

「おばあちゃん、ごめんなさい！」

できることなら、また会いたい。

生きて、また会いたい。

本殿が崩れ落ちていく様子が、視界の片隅に映る。強烈な炎が涙でぼやける。おばあちゃんの背中に手を伸ばしかけて、私は寸前でやめた。

「危険だったら、お願いだから、すぐに隠れてね」

麓(ふもと)のほうを向いたおばあちゃんが、軽くうなずいた。泣いているのか、目元に手をもっていって、ごしごしとこすっている。

「さぁ、行くぞ！」

浅木が私をうながした。私はおばあちゃんに別れを告げ、山の頂上をあおいだ。六地蔵を掘り起こせば、凶暴な住民たちもきっと正気を取り戻すはずだ。

耳をすます。たしかに聞こえる。

オン　カカカ　ビサンマエイ　ソワカ。

ゆったりと低く歌うような、土のなかからわき上がってくるような、独特の節をつけたお経の声が聞こえる。聞こえる、というよりは、体がその音の振動を感知して、足元から心の中心にまで響いてくる感覚だった。

「もっと上だ。登るぞ！」

浅木が駆け上がる。私はウィンドブレーカーを脱いで、腰に袖を巻きつけ、縛った。

ひどく暑い。夏の風に、炎の熱気が混ざって、渦を巻く。

もうすぐ。もうすぐだ。

石段の左右に、たくさんの子どもたちが立っている。洋服の子、着物の子、ボロ着をまとっただけの子が、私たちを見ている。立っているのがやっとの、痩せこけた子が多い。

この子どもたちが、果たして死後の魂なのか、何か別の存在なのかは、今は考えない。地蔵菩薩を携えているからか、私たちの行動を妨害しようという気配は感じられない。

大人もいる。

石段が途切れたあたりに、灰色の作業着を着た男が立っている。

おーーーーーーーい。

笑っている。真っ黒い口を大きく開けて、笑っている。

オン　カカカ　ビサンマエイ　ソワカ。

カカカは、地蔵菩薩の笑い声をあらわしているらしい。この山に——そしてこの集落に、ふたたび幸せな笑い声が満ちる日を願って、祈って、未来をたぐり寄せる。

「おかしい……！」

さすがの浅木も、大きく息が切れていた。

「どんどん逃げていく！」

私も感じていた。

オン　カカカ　ビサンマエイ　ソワカ。

だいぶ近くに聞こえていたはずなのに、同時に、登れば登るほど、遠くへ逃げていくような気もする。

逃げ水、蜃気楼……。

やはり、これは私の願望が聞かせている、ただの幻なのだろうか――。

「さとみ……」突然、浅木がつぶやいた。

私は、自分の肩越しに、ちらっと後ろを見やる。

制服の少女が、腕を持ち上げて、真っ直ぐ斜め上を指さしていた。その先は頂上だ。

「さとみは、そこに行きたいんだな。そこに行けば、安らかな場所に行けるんだな？」

さとみさんは、ただただ無表情で、頂上を指し示す。

気をたしかにもつんだ。

私と浅木は、同じお経――地蔵菩薩のご真言を聞いている。

私と浅木は、頂上を指さすさとみさんを同時に見ている。

幻ではない。そのパワーの出所が「死」からであれ、「生」からであれ、確実に人智を超えた客観的な現象は存在する。

私たちは頂上を目指した。途中で浅木は道をそれ、シャベルを二つ拾ってきた。

そこにマナブがいるの……？

私はあえて聞かなかった。すべてに決着がついたら、マナブを東京に連れて帰る。マナブのご両親に土下座して謝罪し、私の一生をその供養に捧げる。

無言でシャベルを一つ受け取った。

そのとき、山の下のほうで発砲音がとどろいた。

間を置いて、二発。

そのまま、静寂。

「おばあちゃん……！」

一度途切れたお経が、さらに強くなった。とにかく、おばあちゃんの無事を祈ることしかできない。

ひたすら頂上を目指す。立ち入り禁止のゲートは開放されていた。神域に到達した私たちは、互いに支えあうようにして屹立する巨大な二つの岩を見上げた。岩のあいだにできた空間には、おびただしい人骨が散らばっていた。

頭蓋骨の眼窩のくぼみが、じっと私を見つめている。

「どこだ……！　どこを掘れば……？」地蔵菩薩を置いた浅木が、あたりを見まわした。

近くにあった小ぶりの岩に松明をそっと立てかけ、私も懸命に耳をすました。

花畑のように大地に根を下ろしているように見える、色とりどりの風車がぐるぐるまわりつづける。風はない。ご神体の巨大な岩に巻かれた注連縄と紙垂もかすかに揺れている。頭のてっぺんから、強い力でぐっとおさえつけられている圧迫感で、立っているのもやっとだ。意識を集中して、お経の源を探りつづける。

映画のサラウンドのように、四方八方から聞こえてくる。脳内で「カカカ」という笑い声がぐわんぐわんと反響して、頭が痛いほどだった。

明らかに妨害されている。周囲に目をこらすと、暗闇のなかで大勢の子どもたちが手と手をつないで、私たちを取り囲んでいるのが見えた。

真っ黒い口が大きく開いていた。

カカカ、カカカカ。

大きな笑い声のせいで、お経がかき消される。

「クソ！　黙れ！」耳をふさいだ浅木が、苦しそうにうめいた。「全部、お前たちのためにやってるんだぞ！」

子どもたちが、手をつないだまま、回転をはじめる。かごめかごめのように、ぐるぐる、ぐるぐるまわりつづける。

カカカ、カカカ、カヵヵヵ。

かき混ぜられる笑い声に酔い、頭が麻痺していく。

「お願いします！」私は地蔵菩薩を抱え上げた。「あと少しなんです！　あと、少しでみんな救われるんです！」

子どもたちは、笑いながら、泣いていた。大きく口を開けながら、ぼろぼろと涙をこぼしていた。

訳がわからなくなってくる。

いったい、人間という存在は何なのか……。

小さな子を高い高いするように、私は地蔵菩薩をさらに上へ目いっぱい持ち上げた。

「お地蔵様！　どうかお慈悲を！」

その瞬間、突然前方から強い衝撃に押された。よろめいて、なすすべなく後ろへ倒れていく。

内部から小さな爆発を起こしたみたいに、地蔵菩薩の木片がはじけ飛んだ。

パーンと、かわいた銃声がおくれて響いたように聞こえた。

撃たれたと理解するのにも、数秒の時間を要した。何もかも終わったと、ただただその言葉た。

尻もちをついた私は、おそるおそる自分の体を見下ろした。両手で胴体のあちこちをさすっただけが頭のなかを目まぐるしく行き交う。

無事だった。痛みもない。血も流れていない。地面に転がった地蔵菩薩を見ると、その表面にたくさんの小さな穴が開いていた。

散弾の銃痕だった。

「守ってくださった……」口のなかがカラカラにかわいて、自分の声が他人のもののように聞こえる。仏像がなければ、今頃、私の顔も頭も、ぐちゃぐちゃに吹き飛んでいただろう。

銃声に怯えたのか、いつの間にか私たちを取り囲んでいた子どもたちは消えていた。山頂の木々をねぐらにするカラスたちが、ギャーギャーとわめきながら、一斉に飛び立つ。漆黒の上空を、たくさんの鳥たちが旋回しつづける。

大きな木に半身を隠した初老の男が、長い銃口をひたとこちらに向けているのが見えた。

「浅木さん……！　向こう！」

「わかってる！」拳銃を取り出した浅木が、躊躇なく連続で発砲した。

同時に猟銃から二発目、三発目が放たれる。

私はしゃがみこんだまま、頭を抱えてぎゅっと目を閉じた。

二人の男の、低い悲鳴がこだました。さもおかしくてたまらないというように、姿のない子どもたちの笑い声が聞こえる。飛び交うカラスたちも、本当に人間のような声で「カカカ」と笑っている。

銃声がやんだ。

笑い声もしずまった。ゆっくりと目を開けた。あわてて、あたりの様子をうかがう。

「浅木さん……！」

私は絶叫した。

仰向けに倒れた浅木の顔の左側が潰れていた。

「浅木さん！」

絶対に助からない。血にまみれた脳みそが、頭蓋から露出していた。

「うぅ……」苦しそうに浅木がうめいた。「早く……！　銃を奪え！」

とっさに山頂の入り口へ目を向ける。胸のあたりをおさえた熊やんと思われる男性が、大きな木に寄りかかり、うずくまっていた。猟銃を取り落としている。

すぐに駆けだそうとして、私は踏みとどまった。そこにいるのは撃たれた男だけではないようだ。四人くらいの人影が木々のあいだをあわただしくよぎる。

そのうちの一人が猟銃を拾い上げたものの、撃ってくる気配は一向になかった。

「どうやって撃つんだ」

「わからん！」

「狙いをさだめて、引き金を引けばいいだろ！」

どうやら、銃の取り扱いに慣れているのは、熊やん一人らしい。

「そもそも弾が切れてる」

「熊やんのポケットに予備が入ってるだろ！」

「どこから弾をこめるんだ！　熊やん、起きろ！」

言い争うような声が響く。

「浅木ってヤツはもう虫の息だ。あとは娘一人だぞ」

「斧でじゅうぶんだ！」

私は浅木の持っていた拳銃をあわてて手に取った。威嚇のために、空に向けて一発放つ。反動の強さで、体がもっていかれる。

「こっちに来たら、本当に撃ちます！」

声をかぎりに叫ぶ。

「もう、こんな無益なことはやめたいんです！」

手の汗で、ともすれば拳銃を落としそうになる。震える両手で必死につかむ。

「集落の地名の由来である六地蔵が出てくれれば、皆さん救われます。もうすぐなんです！」

男たちの動きがとまった。「行け」「お前が行け」と、互いに牽制しあっている。

しかし、この膠着状態も長くはつづかないだろう。私の持っている銃だって、いずれは弾が尽きる。いざとなったときは、できれば急所をはずして相手に命中させたいけれど、もちろん私にそんな射撃技術があるわけない。きちんと当たるかどうかすらあやしい。

しゃがみこんだ私の膝元で、浅木が腹の底から絞り出すような、かすれた声を発した。

「た……のんだぞ。さとみを、なんとか……」

「浅木さん！」

「あさ……ぎ？　俺は浅木じゃない。俺の名前は……。あれ……？　なんだ？　俺の名前は？はは っ、なんだったっけな？」

もはやうわごとに近い。浅木が土と血にまみれた手を宙に伸ばした。

「とにかく……、さとみを！」

私はちらりと自身の肩越しを見やる。

いつの間にか、そこには誰もいなかった。さとみさんは、跡形もなく消えていた。カラカラ、カラカラと、盛んに風車がまわりつづける。

「もう、いませんよ！　さとみさんは、無事に天国に旅立っていかれました。安心してください！」

天国？

地獄？

本当にそんなものがあるのだろうか……？

とにかく、死にゆく浅木を安らかな気持ちで送り出したいと考えたのは、決してこの人への思いやりの感情があったからじゃない。不穏な予感が、私をとらえて離さなかった。

「そうか、もう、さとみは、向こうへ……。はっ？　向こう？　それは、いったいどこなんだ？」

何もつかむことのできなかった浅木の手が、力なく地に落ちる。恋人の仇であるこの男の手を握ってやることだけは、絶対に私にはできなかった。

「いない、どこにもさとみがいないぞっ！　どういうことだ！」

錯乱した浅木が、血に濁った右目をさまよわせた。

「真っ暗だ。無だ。何も見えないじゃないか！」

かさかさにかわいた唇が震え、意味不明のうわごとをまくしたてる。脳漿（のうしょう）がどろりと溶けるように土を濡らした。

「さとみがどこにもいない！　俺も吸いこまれる。無に吸いこまれる！」

ぞわっと鳥肌が立った。

これは、きっとうわごとなんかじゃない……。

死の瀬戸際で、浅木はこの世界の深淵をのぞきこんでいるんじゃないだろうか……？

「何もない！　何も見えない！　すべて無だ！」

鬼気迫る絶叫が響く。私は直感する。浅木は目が見えないから恐慌に駆られているんじゃない。文字通り、一切合切をのみこむブラックホールのような「無」を目の当たりにしているのだ。

あぁ……、やっぱりそうだったのか……。

心のなかで、私は大きなため息をつく。

特別に感覚が鋭い浅木は、命の炎が消える今際の際で、この世の真理に気づいてしまったのかもしれない。

死後の世界も、死後の魂も、いっさい存在しないのだとしたら……。

死んだら、ただの「無」が待っているだけだ。

それは人間にとって、最上に平等な瞬間だ。金持ちも貧乏人も、良い人も悪い人も、強い者も弱い者も、死んだら等しく無に還る。マナブがおばあちゃんへのメールで表現していた「死につづける」なんていう現象は、そもそもありえないのだ。

「無だ！　いったい俺の人生は何だったんだ！　すべて無意味じゃないか！」

そう——完全なる無意味だった。

さとみさんを成仏させてあげたいという思いも、さとみさんを殺した男たちの魂魄を永遠にこの山に閉じこめておきたいという復讐心も、彼の晩年のすべてを費やした計画はすべて徒労にすぎなかった。

なぜなら、事故現場にずっとたたずんでいたさとみさんを生み出したのは、浅木自身だったからだ。

私が憑依させたのは、やはり、さとみさんの死後の魂ではなかった。

娘を失った怒り、悲しみ、無念、憤り——浅木のすべての負の感情が、すさまじいまでの気や念を形成し、生前のさとみさんの像を投影させた。まるで写真の現像のように、立体的なイメージがこの世界に焼きついてしまった。

写真と違うのは、強烈な念を付与された「生き霊」も独自に呪いのような負のオーラを継承し、生きている人に取り憑いたり、ポルターガイストやラップ現象を起こしたりといった悪さをする点だ。

幽霊のすべては、死後の魂でなく、生きている人間が生み出した「生き霊」だ。

私が抱いていた積年の疑問が、この瞬間にすべて氷解した。

生き霊には、二つのパターンがあると考えられる。

さとみさんのように、他者——たとえば浅木のような親や遺族が、死んだ者の無念をひたすら思い嘆き、その強烈な念の対象が具現化してしまうのが一つ。父親、母親、兄弟、恋人、友人——たくさんの人間が故人を忍び、嘆き、悲しむことで、その複数の念の蓄積が寄り集まり、一人の「幽霊」をこの世に誕生させてしまう。

たまに、犬や猫などのペットの霊の話を聞くこともあるが、それは飼い主の愛情や悲しみが具現化した結果だろう。

そして生き物だけではなく、絵画、椅子、人形などの物、あるいは伐採しようとすると死人が出る樹木などに代表されるような、年を経た植物にも念が宿りやすい。

もう一つのパターンは、瀕死の者が死にゆくその過程で、そのあまりの無念さに、自分自身の生き霊を生んでしまう例だ。こちらのほうが、より世間一般の「幽霊」のイメージに近いかもしれないが、生きている人間の思いの結晶であることに変わりはない。

もしかしたら、さとみさんは、この二つのパターンが入り混じった存在なのかもしれない。私がさとみさんを憑依させたとき、明らかに彼女自身が死の間際に見た光景や恐怖、痛みがなだれこんできた。本人の生き霊と、事故現場で祈りつづける浅木ら遺族の念が折り重なり、その存在はより強固に、くっきりした輪郭とパワーを獲得したと考えられる。

もちろん、すべての死が生き霊を招いてしまうわけじゃない。とくに無念の度合いが高く、負の感情が一定量蓄積された対象が、「見える」化してしまう。たまに、霊感がない人間でも、「幽霊」を感知してしまうことがあるが、それはとくに負のオーラが煮詰まって、最高に濃度の高い存在が目の前にあらわれたからだと考えられる。

「クソ！　全部、無意味だった！」

死にかけた浅木が叫ぶ。まだ幾ばくかの生命力が残っているのか、拳（こぶし）を土に何度も叩きつける。

「お前を守って、命を張って、地蔵を掘ろうとしたことも、何もかも無意味だった！」

まったくもってその通りだった。

私はさとみさんの成仏を条件に、浅木をなかば脅すようなかたちでここまで連れてきた。しかし、死後の世界も、死後の魂もないのだから、「成仏」などありえない。生き霊を祓えば、ただ焼きついた念が雲散霧消して無に還るだけだ。

おばあちゃんの身代わりとなった小夜子ちゃんも、本人と遺族の無念、罪悪感の記憶が実体化した存在だった。マナブがその無念に寄り添い、同調したからこそ「憑依」と呼ばれる現象が起こった。私に宿ったさとみさんもそうだ。お寺の供養は、残された念を祓い、解消させる。葬儀やお墓参りも、生きている者が心の整理を段階的につけて、悲しみや未練などの負の想念を徐々にしずめていく役割を担っているのだろう。

「返してくれ！　俺の人生を！　さとみを！　すべて返せ！」

このままじゃ、マズい。

浅木はとくに「気」や「念」が強い。

通常、たとえ娘を無残に殺されたとしても、復讐計画を実行に移せるまでの人間は、現代の日本ではそうそういない。しかし、浅木はすさまじいほどの執念でやり遂げてしまった。

その執念がすべて無意味であることを死の間際で悟り、行き場を失い、消化しきれず、渦を巻く……。

浅木の息が、徐々に薄く、浅くなっていく。胸の上下が激しかったのが、しだいにしずまっていく。

最後の言葉は、「クソ……」だった。

その瞬間、山頂の空気がずんとさらに重くなった気がした。吸っても、吸っても、酸素が足りない。呼吸をすると、肺にどろりとした液体が溜まっていくような感覚だ。

私を襲おうと機をうかがう男たちも、この異変を感じ取ったらしい。

「ここに長くはいられねぇ！」

斧や包丁を手にした住民が、じりじりと木々の陰から姿をあらわした。

「全員でかかれば、問題ねぇ。さっさとやっちまうぞ！」

私はふたたび拳銃を構えた。

男たちとの距離、約三十メートル。

もう少し引きつけないと当たらない。そもそも、あとどれだけ弾が残っているかもわからない。ついに、私の命運もここまでかもしれない。

片目を閉じ、狙いをさだめ……。

その瞬間、私と男たちとのあいだに、何か真っ黒いものがゆらりと立ちあらわれた。

それはかろうじて、人のかたちをした何かだった。

頭があって、肩があって、腕がある。胴体から、足につながって、しっかりと山頂の大地を踏みしめている。

しかし、墨をこぼしたみたいに全身が黒い。それは、夜の暗闇とはまったく違った性質の黒色だった。現実の空間に、ブラックホールの虚無の穴がぽっかりと口を開けたみたいに見えた。

住民の男たちが、怯えたように立ち止まる。

どうやら、見えているらしい。

生と死の無意味さを全身全霊で思い知った浅木――その無念が極まり、煮詰まった結果、こうして新たな生き霊が誕生してしまった。

うわぁ！　悲鳴のような声をあげて、一人の男が斧を構えた。

黒い人影に向けて、一撃、斧を振り下ろす。

人影が、ぬらりと揺れた。石油のように粘度の高い液体が、立体的なかたちを持って立っているみたいなイメージだ。

斧が、人影のなかに食いこむ。体の中心あたりで、そのままぴたりととまる。男はかなりの力をこめているように見えるが、それ以上、斧を押し切ることも、抜き取ることもできないようだった。

人影の表面が、ちゃぷんと、波立つ。

すると、男の体が、斧とともに後方に吹き飛んだ。

数メートル飛ばされ、もんどり打って転がった男の腹に、斧が突き刺さっていた。

「ぎゃあぁああー！」

裂けた腹からはらわたが飛び出る。男の強烈な悲鳴に、人影がさもうれしそうに、くねくねとその身をよじらせ、揺れた。

波立っていた黒い人影の表面に、何かの像らしきものが、徐々に投影されていった。すぐそこに横たわる浅木の遺体そのままの見た目に変化していく。

頭の部分は特徴的な髪型だ。側頭部と後頭部を短く刈り上げ、頭頂部の髪の毛は長く伸ばし、縛っている。服はさっきまで着ていた上下黒ずくめのいでたちで、黒い人影とそう大差ない印象だが、しだいにTシャツやズボンのコットンの質感、露出した肌の色がじわじわとその表面に浮かび上がってくる。

生まれたての憎悪の塊が、浅木本人の姿かたちを獲得していく過程を、私は目の当たりにしているのだった。

恐慌にかられた住民の一人が、包丁を肩口に持ち上げて、浅木の生き霊に刃の先端を向けた。

「やめて！」

私は叫んだ。

「危険だから、逃げて！」

私の忠告もむなしく、男が包丁を浅木に投げつける。刃が胸の中心にうずまるかに見えたが、やはり殺意、憎悪、恐怖はことごとく跳ね返される。

包丁が、男の首元に、真っ直ぐ飛んできた。

突き刺さる。頸動脈が断ち切れ、血が吹き上がる。男がどさりと崩れ落ちた。大量の血が、はらわたが、神域に吸いこまれる。

さながら地獄絵図だった。

死後の世界はないから、地獄は存在しない。生きている人間が、こうして呪いあい、殺しあい、憎しみあうこの現世こそが地獄なのだ。

残りの集落の男たちが、一歩、また一歩と、浅木から距離をとり、誰かが走りだしたのをきっかけにして、一斉に下山をはじめた。

「カエセ……」

浅木から、ほとんどノイズのように聞こえるうめき声がもれる。

「サトミ、カエセ……！」

地震が起こったのかと勘違いするくらい、地面がうごめいて、大きく揺れた気がした。自分の脳みそが揺れているのだと気がつくのに、しばらく時間がかかった。強烈な無念、憎悪が、音波のように放たれ、私の体と精神にぶつかり、内部まで侵そうとする。

住民たちに殺される恐怖はひとまず去った。しかし、このまま六地蔵を掘ろうとすれば、私は浅木に殺されてしまうだろう。私の計画のすべてが、浅木の無意味な死を呼び寄せてしまったのだから。

把持していた拳銃をそっとその場に捨てる。憎悪や殺意に結びつく道具はきっと悪影響しか及ぼさない。かわりに、数珠を握りしめる。深呼吸を繰り返し、恐怖の波をしずめていく。すべての感情を捨てて、凪にしなければならない。

たとえば、私が浅木に対して、恐怖や畏怖の念を強く抱いたとする。すると、それらの負の感情は、おそらく浅木の生き霊に吸い取られ、内部に蓄積され、ますますパワーを増してしまうだろう。

怨霊、魔物、悪魔と呼ばれるたぐいの現象は、みな、こうして生まれてきたのだと、私は深く了解した。周囲の人間たちが、それらの悪霊に恐怖の念を抱けば抱くほど、さらに悪いパワーは折り重なって蓄えられ、より強い呪いを形成してしまう。

おそらく、いにしえの時代から日本人はその事実に気がついていた。だから、怨霊や魔物を神様として祀(まつ)った。その場に封じこめるという意味あいもあるだろうし、神様として崇(あが)め奉(たてまつ)れば、周囲の人々が抱く負のオーラも溜まりにくくなる。

尻もちをついたまま、私はじりじりと後ずさりして、浅木から距離をとった。

浅木が、ゆっくりとこちらを振り返る。

私は、ひっと、小さく叫んでしまった。

顔は皮膚の色だったが、両目と口の部分が、ぐるぐると黒い渦を巻いていた。

目をそらすことができない。真っ黒い回転が、私を引きこもうとする。身動きもとれない。

浅木が近づいてくる。

「やめ……」

怖い、怖い、怖い。

「やめて……！」

お腹の底から、恐怖がせり上がってくるのを、とめることができない。

浅木の口の部分の渦が、三日月型になる。口角が上がって、笑ったのだとわかった。私の恐怖を感じとったのだ。

本当にタチが悪い。これが、浅木の死後の魂ならば成仏に向けての説得が功を奏する場合もあるだろう。

しかし、すべては浅木の念が具現化したものにすぎない。だから、人格もない。説得も泣き落としも通用しない。ただただ、周囲の生きている人間を呪いつづけるマシーンだ。

山の怨霊たちだってそうだ。たくさんの無念がからまりあって、ひたすら生者をのみこむことだけが目的の悪意の総体と化してしまった。

仰向けで両肘を地面につき、かろうじて上半身を起こしているが、もうこれ以上、後ずさりすることができない。

「カエセ」

浅木が私の首元に両手を伸ばしてきた。

「ゼンブ、カエシテクレ」

浅木の手が喉に触れる。

「オマエノセイダ」

不思議な感触が、首から脳天にまで突き上がった。冷たくも、温かくもない。

ゼリーに包まれるような感覚だった。浅木の両手が、ずぶりと喉の奥まで入ってくる。

苦しい。息ができない。首を絞められているのではなく、まるで溺れているみたいだった。

上半身を支えきれず、頭を地面についた。

浅木の伸ばした触手が喉元から、体の内部を通って心の内側へぬるりと侵入してくる。何かを吸い取られていく。浅木を恐れる心の動き、死に瀕して抱くパニックや恐慌が、生き霊の養分として吸い上げられていく。

そして同時に、浅木の側から、私の精神へどす黒い感情が流入してくる。

それは、憎しみの気持ちだ。恨みの気持ちだ。

どんどん増幅していく。

私だって返してほしい……！

マナブを返せ。

全部お前のせいだ。お前がマナブの家にやって来たからこんなことになったんだ。

殺す。

殺す、殺す、殺す！

寝そべったまま、私は右手を伸ばし、地面を探る。

もう少しで、拳銃に手が届く。

殺す！

しかし、一方で私の理性が悲鳴をあげている。

拳銃を放てば、私が死ぬ。浅木の生き霊はそれを狙っているのだ。だから、私のなかに憎悪を流しこんでいるんだ。おさえろ。殺意も、憎悪も、無念もおさえろ。おさえなければ、自分にすべて跳ね返ってくる。

返せ、殺せ！

やめろ！

押し引きの波がせめぎあう。

あと数センチのところで届かなかったはずの拳銃の把手が、ずずっ、ずずっと私のほうに近づいてくる。浅木の肩から、三本目の腕が生えてきた。その手で、拳銃をこちらに少しずつ押しやるのだ。

私の抱いた負の念がパワーとなり、浅木の新たな触手を生み出した。わかっているのに、恨みつらみの暴発をとめることができない。

殺す！

私の指先が、拳銃の冷たい金属に触れる。

浅木の口の部分の黒い渦がさらにゆがんで、にたりと笑う。

殺せ、殺せ、マナブの仇を殺せ——。

私の醜い心の声をかき消したのは、聞き慣れた、懐かしい声だった。

夢花は、負けず嫌いだろ。

負けてんじゃねぇよ！

拳銃の硬く、冷たい感触が、温かく、柔らかい何かにおきかわる。ぎゅっと私の右手を握る何者かがいる。

私は頭を傾けた。

ああ——。

来てくれたんだね。

そこにいるのは、まぎれもなくマナブだった。

憎悪に染まりかけ、拳銃を今にも握ろうとする私の手を、マナブが両手で包みこんでくれている。

少し天然パーマのかかった、やわらかい髪の毛。いつも私を安心させてくれる、優しげな微笑み。彼のお気に入りだったノーカラーのシャツと、黒いチノパン。右目の下のほくろ。

すべてが、生前のマナブそのままだった。

きちんと、目に虹彩がある。真っ直ぐなマナブの瞳が私を見つめる。ゆっくりと、何度もうなずいてみせる。

負けるなよ、夢花。

自分に負けるな。憎しみの感情は、優しい夢花には似合わないよ。

マナブが握りしめてくれる両手から、とめどなく流れこんでくるのは愛だった。みるみるうちにどす黒い憎悪が洗い流されていくのを感じる。心が浄化されていく。

呼吸も楽になってきた。

寝そべったまま、今度は左を見ると、私のかたわらにもう一人の男性がいた。

石室さん……！

神職の厳かな装束に身を包んだ石室さんが、私の首に伸びる浅木の手を懸命に押しとどめ、引き抜こうとしていた。

今もウィンドブレーカーのポケットのなかにある、石室さんの形見のメガネ。まったく同じフレームのメガネをかけた石室さんが、にこりと微笑む。

出口は必ずあります。

夢花さんなら、きっと明るい未来を目指せるでしょう。

私の目から、とめどなく涙があふれてきた。

生き霊を生み出す要因は、無念や憎悪など、負の感情しかありえないと思いこんでいた。しかし、違った。

愛だ。

マナブも、石室さんも、死にゆく間際、強烈な念をこの世に残し、焼きつけた。

私の命を救い、励まし、ともに山と集落を解放したい――その純粋な思いが結晶化し、こうして具現化した。正の念から生まれた生き霊が、私を助けに来てくれた。

ありったけの感謝を、二人に送る。

マナブ、大、大、大好きだよ！

石室さん、あなたとはもう少し早く、もう少し違ったかたちで出会いたかったな。自分の命を賭けてまで、私を逃がそうとしてくれたこと、一生忘れません！

私からも愛を送ります。愛が、マナブと石室さんの生き霊のパワーに変わる。

その瞬間、私に馬乗りになっていた浅木が、後方に吹き飛んだ。

激しく咳きこみながらも、私はあわてて起き上がり、体勢を整えた。右足で、思いっきり拳銃を蹴り飛ばした。こんなもの、私にはいらない！　私自身の憎悪も、心の奥底に沈めていく。

マナブと、石室さんが、そろって腕を水平に掲げた。人差し指を立て、何かを指し示す。

その先には小さな祠（ほこら）があった。

オン　カカカ　ビサンマエイ　ソワカ。

オン　カカカ　ビサンマエイ　ソワカ。

オン　カカカ　ビサンマエイ　ソワカ。

聞こえる！　私はシャベルをつかんだ。

祠に駆け寄る。

浅木が、まるで氷の上を滑るように迫り来る。マナブと石室さんが、立ちはだかる。

正の念と負の念のぶつかりあいだった。浅木の体から、何本もの触手が新たに生えて、マナブと石室さんの首を絞めにかかる。二人は、浅木を私に近づけないように、懸命に踏みとどまる。

私は視線を切った。祠の根元付近にシャベルを突き刺す。

二人を信じて、とにかく掘る。掘り進める。

すぐに硬い感触にぶつかった。お地蔵様の頭だ。息が切れる。慎重に、しかし大胆にお地蔵様の周囲の土をすくい出していく。

一仏目のお地蔵様は、合掌をして、静かに目を閉じている姿だった。地面に膝をつき、抱え上げる。石仏なので、ずしりと重い。

お願いします！　私も合掌する。マナブと、石室さんに、力を！　この集落に平穏を！

私の祈念に呼応するように、お経がさらに強くなる。

長い錫杖を携えた二仏目は、すぐとなりに埋まっていた。

泥まみれ、汗まみれになりながら、三仏目にとりかかる。

数珠を持ったお地蔵様、旗のようなものを両手に抱きかかえたお地蔵様――一つとして同じ仏像はなかった。百五十年以上、土のなかにお隠れになっていたせいで汚れが目立ったものの、大きな欠損もなく、ほぼ完璧な状態を保っている。

もう少しだ。腰のあたりまで穴のなかに入りこんだ状態で、髪を振り乱しながら周囲を突き崩すように土をどけていく。

五仏目の、香炉を携えたお地蔵様を掘り出したところで、異変を感じた。

ひたひたと、悪意が近づいてくる気配があたりにみなぎった。私はとっさに顔を上げた。

大勢の子どもたちが、ふたたび姿をあらわしたのだ。私が掘った穴の周りにわらわらと群がり、集まってくる。

「やめて！　お願い！　もう少しだから！」

恨めしげな、痩せこけた顔で、私を見つめる、幼い顔、顔、顔。

「お経が聞こえるでしょ！　もう少しで、あなたたちは解放される」

説得が無駄だということは、わかりきっているはずだった。

この子どもたちも、生者の残した念の結晶にすぎない。成仏に向けた説得を聞き入れるわけがない。

私はずっと、山に巣くう怨霊に子どもが多いことを疑問に思っていた。

この山だけじゃない。街中で見かける幽霊も、私の経験上、子どもや若者が断然多かった。

大人やお年寄りの霊がいないわけではないけれど、圧倒的に二十代以下が目立った。

もちろん、若くして亡くなった本人の無念も多分に影響しているだろう。しかし、残された親が抱く感情もかなり大きいのだと、浅木とさとみさんの例を通して私は思い知ったのだ。

我が子を泣く泣く生け贄（にえ）の人柱に捧げなければならない、親の憤りと無念。

食べ物が乏しく、生まれてきた子を口減らしで山頂に置いてこなければならない、罪悪感、後ろめたさ、恐れの気持ち。

災害、飢餓、伝染病――真っ先に犠牲になるのは、か弱い子どもたちだ。

心を焼き尽くす理不尽の炎に直面して、強烈な負の感情を抱かない親はいないだろう。子どもが死ねば、この地では山頂の石牢呂(いしむろ)に遺体をそのまま安置した。親は毎日山頂に登り、子を供養した。その膨大な心の動きの積み重ねが、呪いを生み出した。

厄介なのは、念を生み出した親が死んでも、この世に焼きつけられた生き霊の子どもたちは消えないということだ。明らかに昭和初期以前の、着物やボロ着をまとった子どもたちもたくさん見受けられるからだ。

衣服のリアリティは、生前のイメージが具現化したものだ。

子どもたちの、無数の手が伸びてくる。ひたすら恨めしいという感情の残滓だけで、生き霊たちは生者をからめとろうとする。

「やめて！」

子どもたちがつくる垣根の向こうに、マナブと石室さんの姿が見えた。二人は、浅木を押しとどめるのでやっとだ。こちらにパワーを割く余裕は、とてもじゃないけれどないようだった。すると、浅木がまた新たな触手を生み出した。私が子どもたちに抱いた恐怖が、さらに浅木に力を付与してしまったらしい。もはや手とも呼べない、憎悪の塊である器官が、真っ直ぐ私のほうにするすると伸びて、向かってきた。

反撃もできない。反撃すれば、やはり負の感情はすべて跳ね返されて、私の命を脅かすだろう。誤った方向に心を乱せば、間接的に浅木に加担していることになってしまう。

私はシャベルの柄を握りしめて、ぎゅっと目をつむった。心にガードを張りめぐらせる。

ところが、心や体に侵入される、不穏な感覚は一向にやってこなかった。そっとまぶたを開けた。

子どもたちが、まるでスクラムを組むみたいに、私の周りをかためていた。浅木の触手が入りこむ隙間がない。子どもたち同士で伸ばした手をアーチ状に組み、浅木の憎悪を拒みつづける。

「もしかして……、あなたたちも私を守ってくれてるの？」

くすくす、くすくす。

カカカ、カカカ。

子どもたちの笑い声が響く。

私はこの瞬間、自分の思い違いに気がつく。

子どもたちの生き霊を形成しているのは、きっと負の感情だけじゃないんだ……。

我が子に対する親の念が、生き霊を生み出しているのだ。その感情に愛の成分がないわけないじゃないか。

きっと、私とマナブ、石室さんのあいだに取り交わされた愛の感情に、子どもたちが感応したのだ。

愛を与える。

私も愛を返す。

こんなにも簡単で、素晴らしいやりとりが成り立たないこの世界の地獄を、少しでも綺麗な色に塗り替えたかった。黒を白に。自分の気持ちからはじめるんだ。憎悪を否定し、愛をこの胸に抱く。

最後の六仏目を掘る。何がなんでも掘る。

姿をあらわしたのは、左手に珠を持ち、右の手のひらをこちらにかざしたお地蔵様だった。

その瞬間、私に迫り、子どもたちを責めさいなんでいた浅木の触手が、急激に細くなっていった。

オン　カカカ　ビサンマエイ　ソワカ。

私も呼応する。

「オン　カカカ　ビサンマエイ　ソワカ！」

宗教も結局は人々の「思い」や「念」の膨大な蓄積なのだ。キリスト教や仏教などの世界宗教が力を持つのは、数千年にわたって、延べ何十億人もの人々が同じ聖典を読み、同じお経をあげ、同じ形式で繰り返し祈りを捧げてきたからだ。

一つの仏像に対し、何代もの僧侶が衆生を救うため、朝夕に祈りを捧げ、お経を唱えた。その仏像には、きっと迷える人の悪しき心を打ち消す、強い力が備わる。まさに、「念力」だ。ストーンヘンジのように、輪を描いて埋められていた六地蔵。その中心に、大きな木製の桶のようなものが鎮座していた。

いわゆる、座棺（ざかん）と呼ばれる代物だ。

私はごくりとつばをのみこむ。

いったい、何者が納まっているのか——。迷っている暇はなかった。

座棺の蓋には釘が打ちつけられていたものの、錆びてボロボロだ。土を払い、シャベルを隙間に差しこんで、テコの原理で持ち上げる。

土埃が舞い上がる。私は細めていた目を、おそるおそる開けていった。

「っ……！」

途端に言葉を失う。

ミイラ化した人間が、そこにあった。骨と皮ばかりになり、痩せ細った遺体が納まっていたのだ。

恐怖が真っ先に突き上がる。

しかし、えも言われぬ安心感に、しだいに身も心も包まれていく。

これは……、即身仏だ。生きたまま、自らこの地に埋められることを選んだ、生き仏だ。

座禅を組んだ姿の僧侶だった。着用している袈裟はかなり色褪せているものの、驚くほど百五十年以上前の形状をそのまま保っている。

頬はこけ、目は落ちくぼんでいる。少し開いた口から、歯のならびがはっきり見える。それでも、穏やかで優しげな表情だ。軽く合掌したほとんど骨ばかりの手を、股の上あたりにおいている。

おそらく、焼き討ちに遭ったお寺の、最後の住職に違いない。

仏教に危機が迫っていることを悟り、近しい第三者に六地蔵と地蔵菩薩の隠匿を頼んだ。同時に、自身は生きたまま座棺に納まり、この地の平穏を祈りながら、六地蔵とともに山頂に埋められる選択をした。

ためらいなく己の命を捧げる、強い念だ。

いつか、自分の姿が地上にあらわれるとき――仏の力が再興されるそのとき、六地蔵集落を一切の苦しみから解放し、救うべく、地中で祈りつづけ、その生命を燃やし尽くした。

オン　カカカ　ビサンマエイ　ソワカ。

即身仏から聞こえてくる、歌うような穏やかな読経が、あらゆる邪気を祓っていく。ともすれば人を呪いそうになる私たちの弱い心を、どうか正しい方向へお導きください。

山頂がにわかに明るくなった。

重く垂れこめていた雲が、急速に彼方に去っていった。煌々と輝く月が、天頂にあらわれる。瘴気がたちこめていた山の上の空気も、仏の愛と慈悲の御心によって晴れわたっていく。

月光に照らされた子どもたちの姿が、キラキラときらめいて見えた。その体が、徐々に透き通っていった。

ありがとう、ありがとう。

さようなら、さようなら。

私も合掌して答える。

「私を助けてくれて、ありがとう」

空気が軽くなる。呼吸も一段と楽になる。

清浄な空気が一陣、吹いた。風車が儚げな音をたててまわった。この山に焼きついていた、負の念が一掃されていく。

子どもたちが、消えていく。私の心のなかに、まだ幾ばくか残っていた憎悪も、きれいに解消していった。

私はみずから掘った穴から這い出た。

マナブと、石室さんは……？

驚くことに、浅木がまだしぶとく抵抗をつづけていた。

もはやその存在は「浅木」とも呼べない姿かたちをしていた。サッカーボールほどの大きさの真っ黒い球体が空中に浮かび、そこからトゲのような尖った器官が、無数に伸びている。

「マナブ……！」

マナブと石室さんの体に、浅木から伸びたトゲが突き刺さる。首や腕にからみついて、締め上げる。

しかし、確実にその力は弱まりつつある。

立派な袈裟をまとった僧侶が、突然、マナブのすぐ横に立ちあらわれた。片手に数珠、片手に錫杖を携え、一心に祈りとお経を捧げる。

きっと即身仏の、生前の姿だ。

みるみるうちに、浅木の中心をなす球体が小さくなっていく。あともう一押しだ……!

岩に立てかけていた松明をとっさに取り上げる。

「私はもう、あなたのことがちっとも怖くない。私を愛している人がとなりにいてくれるから」

究極まで煮詰まった浅木のどす黒い感情に、赤々と燃えさかる松明をかざした。

「私はあなたを恨まない」

静かに繰り返す。

「私はマナブが好き、大好き」

正の念を、ありったけこめて、浅木にぶつける。

「だから、消えてください」

浅木の念のコアが、拳くらいの大きさに急速に縮んでいった。

「マナブ……!　石室さん!　本当にありがとう。あなたたちに出会えて、本当に良かった!」

僧侶が長い錫杖の柄を地面に打ちつけ、しゃん、と鳴らした。

その瞬間、浅木の中心が、バチンとはじけた。黒が散る。憎悪も恐怖も、波がしずまるようにすぅっと流れ去っていく。

すべては、無に還った。気持ちのいい夏の夜の風が、すべての穢れを薙ぎ払って消えていった。

力が抜けた私は、膝からくずおれそうになったが、ようやくの思いで踏みとどまる。

浅木に倒された集落の男性たちに駆け寄ったが、撃たれた熊やんや、あとの二人も絶命していた。

あまりに犠牲が多すぎた。けれど、ようやく六地蔵集落は救われた。どうか、未練や無念を残しませんように――私は祈った。

生前の姿をあらわした僧侶が目を閉じ、合掌する。

神職の装いの石室さんも、同時に深く頭を下げる。

二人は、やがて霧のように、ゆらりと揺らめきながら、徐々に透明度を増し、消えていった。

終わった――。

すべて終わった。

あとに残されたのは、マナブの生き霊だった。

私はマナブと向かいあう。

今朝から泣きどおし、そして懸命に穴を掘ったせいで、私はきっとぐちゃぐちゃの顔をしている。マナブに見つめられるのが、ちょっと気恥ずかしい。

「ありがと……」

照れ隠しで、無意味に前髪を整えながら、私はようやくお礼の言葉を口にする。

マナブは、ただただ無言で、少し困ったように笑っている。

わかっている。

目の前にいるのは、マナブじゃない。

マナブが残した、私を救いたいという思い——念の結晶体だ。むき出しの愛の感情そのものと向かいあっているからこそ、私は照れくささを感じているのかもしれない。

「ねぇ、マナブ、この残酷な世界で、マナブなしで、私、それでも生きていかなきゃいけないのかな？　人間ってなんで生きなきゃいけないのかな？」

マナブはやはり少し悲しそうに笑ったままだ。

「もう、お別れだね」

二度と会えない。

正直、つらい。悲しい。深い悔恨と、憎しみが、ともすれば何度でもよみがえってきそうになる。

しかし、私は踏みとどまる。悲しみの感情を、ぐっと奥歯で嚙みしめて、のみこむ。

泣こうとも、わめこうとも、もうマナブは帰ってこないのだから。

私はおそるおそる右手を伸ばした。

すると、まるで合わせ鏡のように、マナブが左手をすうっと上げる。互いの手と手をぴたりと密着させた。

信じられないほど、温かく感じられた。そう感じさせているのは、おそらく私が抱いているマナブへのイメージからだ。

「早くおばあちゃんのところへ行かないと……」

安否が心配だ。いつの間にか、麓の集落にサイレンの音が満ちていた。救急車や消防車がようやく駆けつけてくれたのだ。

「もう、行かなくちゃ」

マナブが静かにうなずいた。その姿は月光に照らされて、神々しいほどに清く輝く。

ゆっくりと、マナブの姿が消えていく。煙のように儚く揺れて、さらさらと風にさらわれ、流れていく。

細かい砂の粒子みたいな念の残滓が、互いに合わせた手を通して、私の内部に流れこんできた。

やはり温かい。

私の胸の中心に、たっぷりと満ちていく。

私はみずからの胸に両手をあてた。

たしかに、ここにいる。マナブの思いが、私の一部となった。

これが、「守護霊」と呼ばれる存在の正体なのだと、私ははっきり悟る。私を守りたいという純粋な愛情が昇華して、呪いとは正反対の清い念でこの身を包んでくれる。

きっと、私にはこれからも困難が待ち受けている——そんな予感がある。この世界に焼きついた生き霊が見えてしまう以上、誰かが呪われ、苦しんでいるのをどうしても放っておくことはできない。

でも、これからはマナブが守ってくれる。

「じゃあ、マナブ、行こう」

わざわざ背後をたしかめないでも、わかる。意識をこらして見ないでも、わかるのだ。

マナブがぴったりと寄り添って、私を守ってくれる。

# エピローグ　三位一体

なんで……？

なんでなんすか、夢っち先輩。

「いいから、オクラちゃん。教えろ……！　教えてよ、お願い」夢っち先輩が、明らかに尋常ではない口調で迫ってきた。「オクラちゃんが教えてくれなくても、どうせ私は自分で調べる。だから、早くしろって……！　あぁ、ごめん、できれば教えてほしいなぁって」

今まで、夢っち先輩が声を荒らげ、乱暴な言葉づかいをするところを見たことがなかった。それなのに、最近はときどきぽろっと口からこぼれるみたいに荒っぽい表現をすることがある。夢っち先輩が、せわしなくメガネを押し上げながら、トングで大量の肉を焼きつづける。今日は「お願いがある」と言われて呼びだされ、焼き肉をご馳走になっているのだった。

山の呪いを解いてから三ヵ月、夢っち先輩はすっかり変わってしまった……。

まず、見た目の変化だ。

今かけているメガネは、丸いフレームのものだった。なんでも、亡くなった集落の宮司の形見らしい。顔が小さい先輩には、少しオーバーサイズなのではと思うのだが、わざわざ自分の視力に合うレンズに付け替えてまで使いつづけている。

そして、服装。

今までは、わりとガーリーなファッションが多かった。それなのに、Ｔシャツやジーンズといった、ラフで小ざっぱりとした好みに突然変わってしまった。

さらに、めちゃくちゃ食べるようになった。

小食とはいかないまでも、きちんと食材を味わい、噛みしめ、食べるのがおそかった先輩が、今では焼き肉をばくばくと口に放りこんで、ビールで流しこむ。人前で吸うことはないけれど、ときどきタバコの匂いを漂わせていることもある。

最愛の彼氏を亡くして、三ヵ月。最初は意気消沈して、何も手につかない様子だった夢っち先輩……。

たった三ヵ月で、こんなにも簡単に悲しみが癒えてしまうものなのだろうか。もちろん、焼き肉を食べるなとは言わないけれど、なんだか他人に人格を乗っ取られつつあるようで、私は怖い。とても怖い。

その恐怖を押し隠しながら、私は口を開いた。

「呪いを飼い慣らす方法を教えてほしいって言われても……」

私の取り皿には、先輩が焼いてくれたタンが山積みになっている。

「正直、その目的を教えてくれないと困るっすね」

おそるおそる、夢っち先輩の反応をうかがう。

先輩は、落ち着きなく網の上のタンをひっくり返しては、「炭が弱ぇな、クソ」などと、男っぽい口調でつぶやいている。

いったい、どこに落とし穴があったのだろう……？　私は記憶を反芻する。

山での事件があったあの日、私は先輩とおばあちゃんを見送ったあと、集落に入る正規ルートの入り口付近で待機していた。日付が変わる頃、何台ものパトカー、消防車、救急車が通り過ぎ、私もあわててレンタカーで集落に入った。

その後の混乱は、大変なものだった。

救いがあったのは、おばあちゃんが足を撃たれたものの、命が助かったことだ。退院後、歩行には杖が必要になってしまったけれど、夢っち先輩がおばあちゃんの家で正式に暮らすようになり、甲斐甲斐しくお世話をしているようだ。

マナブさんの遺体は、山の中腹で発見され、現場検証、司法解剖のあと荼毘に付された。納骨も済み、夢っち先輩は毎日のようにお墓参りをしているようだ。私も暇を見つけては、お参りをしている。

浅木こと、本名・浅沼俊臣は被疑者死亡の状態で、複数の殺人、死体遺棄の罪に問われている。しかし、警察が山の捜索をはじめると、あまりにも多くの遺体や骨が出てきた。そのため、いまだに多くの謎が残されている。

浅木の犯した罪ではっきりしているのは、娘さんをひき逃げした犯人たちを、誘拐、監禁して、殺し、山に埋めたこと（浅木のスマートフォンやパソコンのたぐいは、いったいいつどこで処理したのか一切見つかっていないらしい。通話、通信履歴、自動車の走行ルートなどが、防犯カメラなどから徹底的に解析されている）。

そして、マナブさんや石室宮司、集落の男四人を殺害したこと（夢っち先輩いわく、集落の住民のうち二人は浅木の生き霊が殺したというが、もちろん警察には話していない）。

おばあちゃんは、そもそもの発端となった強盗事件と、みずから犯した殺人の罪を警察に告白するつもりだったらしい。けれど、夢っち先輩が強くとめたそうだ。すべてを話せば、浅木を手伝っていたことが明るみに出て、マナブさんの名誉が傷ついてしまう、それは絶対に許せない――その主張を尊重して、おばあちゃんも口をつぐむ決断をした。

ただでさえ、世間から大きな注目を浴びている事件だ。亡くなったマナブさんは、あくまで浅木の暴挙の被害者だったと印象づける必要があったのだ。

とにかく、長年呪われていた集落が救われたことが何よりだ。

発掘された六地蔵は、山頂で丁重に祀られ、集落の平穏を優しく見守っている。

即身仏は、一度警察に引き取られ調査が行われた。その結果年代が特定され、事件性がないと判断されたため、集落に戻されることとなった。石牟呂神社本殿跡地に、仮のお堂が建立され、ご本尊の地蔵菩薩と即身仏が祀られた。定期的に、となりの村のお寺の僧侶が訪れ、祈りを捧げているという。

問題は、山頂の石牟呂に安置されていたたくさんの人骨だ。

ほとんどは年代が古いもののようだったが、明らかにここ三十年以内に亡くなった者の骨も多数あった。その大半が子どもか、若い女性であることが判明している。

集落の住民全員に聴取がなされたが、まるで長い白昼夢から醒めたみたいな様子で、ほとんど要領を得ない証言が繰り返された。そのあまりの闇の深さに、三ヵ月経った今でもワイドショーなどで六地蔵集落事件の報道が連日なされている。

「すいません！」

夢っち先輩が大声で店員を呼び、私は我に返った。

「生ビールと、ホルモン盛り合わせと、キムチ盛り合わせで。オクラちゃんは何か飲む？」

「いや……、遠慮しとくっす」

「じゃあ、以上でお願いします」

煙の向こうの先輩が、軽く微笑む。どうしてもゆがんだ笑みに見えてしまうのは、私の恐怖心が影響しているからだろうか……。

「もういい加減、食べすぎじゃないすか？」

「オクラちゃんは、きちんと牛さんに感謝して、お肉食べてる？」

突然、脈絡もないことを問われて、私はひるんだ。ひるみながらも、答える。

「そ……、そりゃ、こう見えてもお寺の娘なんで、日々頂く命にも感謝はしてるつもりっすよ」

「そう。良かった。私も感謝してるよ」

それっきり、先輩はまたお肉と格闘をはじめる。

「私、生きなきゃいけないの」

タンを食べきり、届けられたホルモンを焼きながら、先輩がまた唐突に口を開いた。

「だから、食べなきゃいけないの」

「それは、もちろんわかってるっすよ」

「でもこのまま生きてたら、私、いつか人を殺しちゃう。まずは憎い父親。それから母親……」

くわしい事情はまったく知らないけれど、夢っち先輩は両親を嫌っている。

「呪いがどんどん私のなかで大きくなっていく。いちばん穏便な解決方法は、私が心を無にしたまま自殺することなんだけど、私を守護してくれるマナブがそれを許さないから」

店内に充満する煙と、お客たちの笑い声が、私の感覚を鈍らせる。

「だから、オクラちゃんに聞いてるの。呪いを飼い慣らす方法を」

一ヵ月ほど前、切羽詰まった様子の夢っち先輩から電話がかかってきた。先輩は、こう告げた。

見える。見えるの。浅木が、すぐ近くに立ってる。消えたはずなのに……！　お地蔵様と、即身仏の祈りで、すっかり悪い念は消えたはずなのに、すぐそこで私を笑いながら見てるの。

かなり怯えている様子だった。私はひとまず先輩をなだめて、明日、お寺に来るように伝えたのだった。

私は先輩から、幽霊がこの世に存在しないこと、すべては生きている人間が残す念にすぎないことを聞かされていた。そう言われてみれば、たしかに怪異現象の原因すべてに合理的な説明がつくのだった。

集落の山頂で、夢っち先輩は浅木の念の介入を受けたという。仏教の力でそれはすっかり祓(はら)われたかに思えた。

しかし、残っていたのだ。浅木がこの世に残した念は、先輩に悪意の種をひそかに植えつけていた。

聖人ではないかぎり、日々の生活で負の感情を抱かない人間はいない。ちょっとした憎しみ、怒り、苛立ち、悲嘆が養分となり、その種が芽を出した。芽は着実に成長し、浅木の悪意と憎悪の念が、先輩のなかで育まれ、復活してしまったものと思われた。

先輩はそれから父とともに、何度も護摩修行に勤しんだ。慣れていない人間が御護摩をすると、真夏に長時間出歩いたみたいに顔面が真っ赤に焼けてしまう。それほどまでに強い炎の前でひたすらお経を唱えても、先輩の心の奥底で芽生えた浅木は消えなかった。

「ねぇ、お父さん、なんで呪いは消えないの？」

私はたまらず父にたずねた。

「なんで悪意は消えてくれないの？　仏は無力なの？」

先輩が帰ったあと、実家の本堂で私は父と向かいあった。

「この世界は非常に危ういバランスで成り立っている。呪いや悪がはびこれば、途端に人類は滅亡するだろう」

静かに目をつむったまま、父が答えた。

「しかし、裏を返せば、呪いや悪がなくなってしまってもまた、この世界は存続できない。必要悪というものがあるんだ。シーソーや天秤を思い浮かべてみなさい。片方は、善。片方は、悪。理想は、少し善のほうが重く、勝っている状態かもしれない。しかし、時代によって、善と悪のバランスは微妙に変化していく」

「だから、なんでなの！　なんで呪いが必要なの！」

私はつい声を荒らげてしまった。阿闍梨（あじゃり）の位を持つ僧侶が導き出す答えにふさわしくない気がしたからだ。

「たとえば、善だけになった世の中を想像してみるといい」

父が言った。

「ユートピア、理想郷だ。まったく悪意のない、憎しみのない世界」

言われてみれば、たしかにそんな世界は気持ちが悪いし、そもそも成立が難しい気がした。ＳＦ小説で、政治システムと高度管理社会のプログラムによって無理やりそんな世界を生み出してしまった設定のフィクションを読んだ記憶があるけれど、それはユートピアではなく、ディストピアとして描かれていた。絶望的な未来像だ。

「すべてが善一色に染まれば、おそらく人間は正気を保てない。保てたとしても、少子化がますます進んで、緩やかに滅んでいくことだろう」

本堂の不動明王像が、燃えるような怒りの表情で私たちを見下ろしている。

「悪の代表は戦争だが、戦争によって科学技術が発展する側面もあるし、戦後は子どもも一気に増える。不謹慎な話だけどね、日本だってひとたび戦争に巻きこまれればおそらく例外ではないだろう。その代わり、たくさんの理不尽な死によって呪いもふたたび育つわけだが」

父が疲れたようにため息をついた。

「私たち僧侶が祈る。消えたかに思えた悪や呪いも、またどこかで芽を出し、しぶとく生き残る。念を持った人間が地球にいつづけるかぎり、その永遠の繰り返しだ。私たちは逃れられないんだよ」

善と悪――愛と憎悪の綱引きが拮抗をつづける。人間の世界はかろうじて存続をしている。

同じようなことが、今、夢っち先輩の心のなかで繰り広げられているとしたら……。

それ以来、私は呪いの研究をはじめた。

密教にも呪いの知識は蓄積されている。はっきり言って、大いなる禁忌だ。

しかし、浅木が死の間際に残した思念――死念が強すぎる以上、このままでは先輩と、先輩のなかにいるマナブさんがのみこまれてしまう。

私は先輩が焼いたタンを、一気に頬張った。何度も何度も嚙みしめ、心の底から感謝し、飲み下す。

そして、夢っち先輩を見すえる。

「覚悟はあるっすか？」

かすかなレモンの風味で舌が痺れる。

「呪いを飼い慣らす覚悟は、ありますか？」

「もちろん」

先輩がにっこり笑ってうなずく。

「私は、人を救うために、呪いを体得する。愛と呪いで、私は一人でも多くの苦しんでいる人を救いたい」

「使い方を間違えれば、全部自分に跳ね返ってくるかもしれない。それが呪いっすよ。はっきり言って、呪いを使いはじめたら、もう戻ってこられない。地獄っすよ」

「あのね、オクラちゃん」

夢っち先輩が、テーブルに身をのりだした。そして、ささやく。

「オクラちゃんは、まだわかってない」

私の鼓膜に、先輩の言葉が突き刺さる。

「生まれた瞬間から、地獄なの」

網の上で、ホルモンが焦げる。

ジュージュー、ジュージュー、音がする。

そうか……。生きている人間の思念渦巻くこの世界こそが地獄なのか……。

それなら、躊躇(ちゅうちょ)する理由はないっすね。

「わかりました。さっそく来週から、修行を開始するっす」

ありったけの毒虫が必要だ。奥多摩の山に入って獲ってくることにしよう。

「私も、夢っち先輩の見る景色をこれから一緒に見てもいいっすか？」

私はおそるおそるたずねた。先輩が即座に答える。

「当たり前でしょ」夢っち先輩が店内の照明を淡く反射させるメガネを押し上げる。「どうせなら楽しもうよ。私たちが迷いこんだ遊園地に、結局のところ死ぬ以外の出口なんて存在しないんだからさ」

「ふっ」私は思わず笑ってしまった。「うふふふふっ」

その存在の濃度があまりに濃く、修行の真似事をした程度の私にも、ずっと見えているのだ。諦めたように笑う夢っち先輩のとなりの席に、マナブさんが座っている。マナブさんは、右腕を先輩の肩にまわして抱き寄せている。

さらに、先輩の背後には浅木が立っている。浅木は、右手で先輩、左手でマナブさんの首根っこをがっしりとつかんで離さない。

マナブさんの愛、浅木の呪い、夢っち先輩の慈悲——泥沼の三位一体を前にして、私は畏れを抱いている。

しかし、同時にワクワクもしているのだ。

この二人の念の力を、夢っち先輩がすべてコントロールできるようになれば。

絶大な力で、より多くの悪を祓えるに違いない。誰も見たことのない、新しい景色が見えるかもしれない……！

不謹慎な興奮を覚えずにはいられない。私のなかにも、きっと呪いが存在しているんだ。認めてしまえば楽になった。

突然、私の背後にも誰かが立っているような気がして、とっさに振り向いた。

誰もいなかった。

けれど、夢っち先輩は目を細め、少し首を傾けながら、じっと私の後ろを見つめている。

死念山葬（しねんさんそう）

2024年10月18日　初 版

著者
朝倉宏景（あさくらひろかげ）

装画
真々田ことり

装幀
西村弘美

発行者
渋谷健太郎

発行所
株式会社東京創元社
〒162-0814 東京都新宿区新小川町1-5
03-3268-8231（代）
https://www.tsogen.co.jp

DTP
キャップス

印刷
萩原印刷

製本
加藤製本

 ISBN978-4-488-02914-2　C0093

四六判仮フランス装

**怪談作家・呻木叫子の事件簿**

THE WEIRD TALE OF THE MUTILATION MURDER HOUSE◆Kiyoaki Oshima

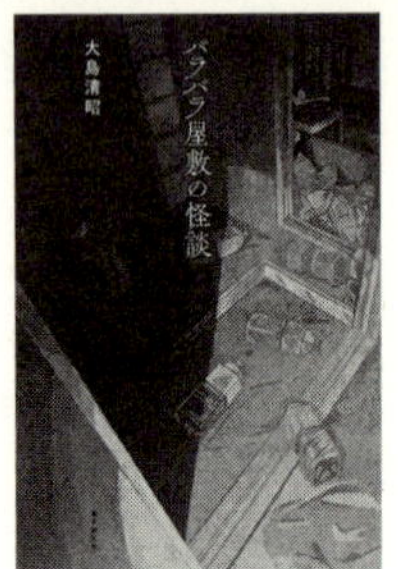


# バラバラ屋敷の怪談

**大島清昭**

◆

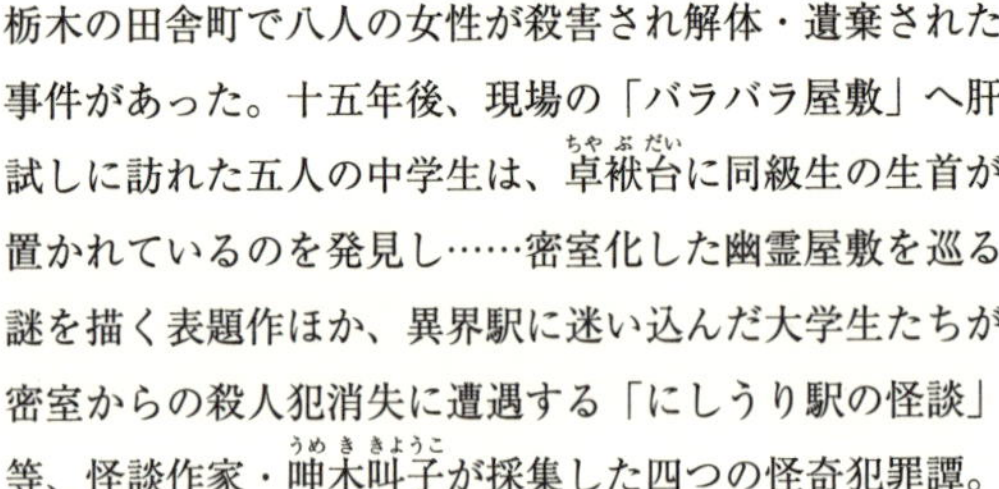

栃木の田舎町で八人の女性が殺害され解体・遺棄された事件があった。十五年後、現場の「バラバラ屋敷」へ肝試しに訪れた五人の中学生は、卓袱台に同級生の生首が置かれているのを発見し……密室化した幽霊屋敷を巡る謎を描く表題作ほか、異界駅に迷い込んだ大学生たちが密室からの殺人犯消失に遭遇する「にしうり駅の怪談」等、怪談作家・呻木叫子が採集した四つの怪奇犯罪譚。

とびきり奇妙な「謎」の世界へ、ようこそ

NIGHT AT THE BARBERSHOP◆Kousuke Sawamura

# 夜の床屋

**沢村浩輔**

創元推理文庫

山道に迷い、無人駅で一晩を過ごす羽目に陥った
大学生の佐倉と高瀬。
そして深夜、高瀬は駅前にある一軒の理髪店に
明かりがともっていることに気がつく。
好奇心に駆られた高瀬は、
佐倉の制止も聞かず店の扉を開けてしまう……。
表題の、第４回ミステリーズ！新人賞受賞作を
はじめとする全７編。
『インディアン・サマー騒動記』改題文庫化。

収録作品＝夜の床屋，空飛ぶ絨毯，
ドッペルゲンガーを捜しにいこう，葡萄荘のミラージュⅠ，
葡萄荘のミラージュⅡ，『眠り姫』を売る男，エピローグ